악처에게 바치는 레퀴엠

악처에게 바치는 레퀴엠

아카가와 지로 장편소설

오근영 옮김

살림

| 차례 |

제1장
살의

1

"오늘은 꼭 이야기하는 거예요. 알았죠?"

노부코의 질문에는 문법적인 면에서 한 가지 특징이 있다. 다시 말해 긍정이든 부정이든 그 선택권은 대답하는 쪽에 있는 게 아니고 질문을 던진 노부코 자신에게 있다는 것이다.

니시모토는 나름대로 긴 세월 동안 부부로 살아오면서 그런 사정은 충분히 이해하고 있는 터였다. 노부코가 기대하지 않은 대답을 했을 경우에 자신이 반창고 신세를 져야만 한다는 걸 잘 알고 있기 때문에 이런 질문에도 고분고분 대답하는 수밖에 없다.

"알고 있어."

"당신은 대답만 그럴싸하게 하고 도무지 행동으로 옮기지는 않잖아요."

누구 탓인데, 하고 대꾸하고 싶은 것을 니시모토는 꾹 눌러 참는다.

"말을 꺼낼 계기를 잡지 못해서……."

니시모토는 아침식사 대신 날계란 하나를 쪽 빨아 마시고 나서 눈을 희번덕거린다. 솔직히 날계란은 질색이지만 어느 날 노부코가 단호한 어조로 "몸에 좋다니까 아침마다 하나씩 먹는 거예요, 알았죠?" 하는 말에 언제나 그렇듯 "알았어." 하고 대답했고 그 이후로 몇 년씩 이 고생을 하고 있는 것이다.

"계기는 무슨! 아무 때고 말하면 되지."

노부코는 호로록 소리를 내며 차를 마셨다. "그런데 말이지'라든가 '그건 그렇고'라든가 아니면 '그건 그렇다 치고' 이러든가 더 간단하게 '그런데' 이래도 되잖아. 당신은 작가니까 그 정도는 잘 구별할 수 있을 텐데."

끔찍하게 통렬한 말을 태연하게 내뱉는 것이 노부코만의 특기다. 이미 충분히 적응이 되어 있는 니시모토지만 이럴 때는 자신을 억제하느라 힘이 든다.

"기회를 봐서 말하지."

"오늘은 꼭 하는 거예요."

말투는 한껏 부드럽지만 마치 마피아 두목이 죽음의 선고를 내리는 듯한 서슬이 배어 있다. 니시모토는 참다못해,

"그만 좀 해! 우리 네 사람은 출발 시점에서 약속을 했다고. 모든 수입은 평등하게 4등분하기로. 만약 누군가 병이 나서 작품에 전혀 참가하지 못했다 해도 한 사람 몫은 정확하게 지불하는 거야. 그게 우리의 정신이야. 부자가 될 때도 가난뱅이가 될 때도 다 똑같이 되는 거야. 그런 약속을 지켜왔기 때문에 오늘날의 성공이 있었던 거 아니냐고. 그걸 이제 와서 바꾸라니 말이 돼! 도대체 네 사람 중에 누가 몇 퍼센트 공헌했는지를 어떻게 계산한다는 거야? 우리는 넷이서 하나라고. 넷이 모여야 비로소 '니시코지 도시카즈'가 되는 거야. …… 알아? 누가 머리고 누가 다리고 그런 게 아니야. 모두가 손이고 모두가 다리야. 자기 몫만 챙기다가 모처럼 다 져놓은 팀워크를 깨뜨리면 그야말로 본전이고 뭐고 찾을 수도 없는 지경이 된다는 걸 당신이 알기나 해?"

…… 하고 말하려고 했다. 그러나 실제로는 차를 홀짝 한 모금 마시고 나서,

"그러지 뭐." 하고 대답했을 뿐이다.

니시모토를 얼간이라고 비난해서는 안 된다. 실제로 용기를 짜내서 말해본 적도 있다. 그것도 표현은 훨씬 더 부드럽

게……. 그때의 경험으로 니시모토는 아내에게서 어떤 대답이 나올지 훤히 알고 있었다.

"그건 다들 거의 일이 없어서 무일푼일 때 이야기지. 지금은 달라요. 연수입이 3천만 엔이나 된다고요. 혼자서 이 정도 수입이면 진작 집 한 채는 지었을 텐데……."

"그건 나머지 세 사람도 마찬가지야." 하고 니시모토가 대꾸한다.

"그러니까 이쯤에서 분배 방식을 재고하라는 거예요. 말이 났으니 말이지만, 네 사람 중에서 상을 받은 건 당신뿐이잖아."

"고작 신인상이야. 그것도 '가작에 가까운'이라는 심사평이 붙어 다닌다고."

"그래도 상은 상이죠. 다른 세 사람은 후보작으로 뽑힌 게 고작이잖아요."

"그건 운이야."

"운이든 재수든 무슨 상관이냔 말이야! 아무튼 당신이 신인상을 받았기 때문에 출판사에 원고를 팔 수 있었던 거 아닌가? 그걸 생각하면 당신 몫을 더 챙겨주는 게 당연하지."

"하지만 그건 처음에만 그랬다는 이야기지. 지금은……."

"바로 그 처음에 일이 틀어졌으면 지금쯤 여전히 가난뱅이로 남아 있을지도 모르는 일이잖아. 그걸 생각하면 자기들 몫이 조금 줄었다고 불평할 수는 없을걸요!"

노부코의 말은 확신에 차 있어서 본인은 그 정당성에 대해 추호의 의문도 갖고 있지 않은 것 같다. 그런 만큼 어떤 말로 반론을 해봤자 먹히지도 않을 것이다. 니시모토는 그런 아내의 논리에 다른 세 사람을 납득시킬 만한 뭔가가 있다는 생각은 도저히 들지 않았다.

어차피 똑같은 실랑이가 될 것임을 알기 때문에 니시모토는 아무 말도 하지 않았던 것이다.

"그럼 이제 나가볼게."

빨리 벗어나고 싶은 일념으로 조금 이른 시간이었지만 니시모토는 식탁에서 일어섰다.

"잠깐만!"

노부코가 그를 불러 세워놓고 방으로 들어가 부스럭거리며 장롱 서랍을 뒤지는가 싶더니 짧게 자른 실을 가지고 나왔다.

"손 좀 내밀어봐요."

"뭘 하려는 거야?"

"그냥 내밀어봐요." 노부코는 니시모토의 왼손을 획 잡아당기더니 새끼손가락에 하얀 실을 감아주었다.

"이봐! 초등학생도 아니고 이게 무슨 짓이야!"

"안 돼. 싫어도 생각이 나게 만들어야 한다니까."

"이런 거 안 해도 오늘은 꼭 이야기할게. 그러니까……."

"그러니까! 집에 왔을 때 이게 없었다가는…… 알았죠! 그냥 넘어가지 않을 테니까."

노부코는 양손을 허리에 대고 무서운 선고를 내리듯 말했다. 니시모토는 한심한 기분으로 왼손 새끼손가락의 하얀 실을 바라본다.

니시모토 야스지西本安治는 41세다. 지루한 월급쟁이 생활이 15년에 접어들었던 37세 때, 별 생각 없이 써서 응모한 원고가 어떤 소설잡지의 신인상을 받았다. 설마 입선하리라고는 생각도 하지 않았기 때문에 실명을 사용한 것이 화근이었다. 게다가 소설의 내용이 샐러리맨에 관한 야유 비슷했다는 것이 더 큰 말썽거리였다. 회사의 상사에게 불려가서 소설 따위를 쓸 틈이 있으면 일을 그만큼 열심히 하라며 호통을 당했다. 아마 그 상사는 니시모토의 소설에 나오는 여자 밝히는 중역이 자신을 빗대서 한 이야기라고 생각하는 것 같았다. 울컥 화가 난 니시모토는 "도둑이 제 발 저리는 게 아니라면 그런 이상한 추측은 하지 않았을 텐데요!" 하고 말해주었다. 그걸로 모든 게 끝이었다. 니시모토는 '가작에 가까운' 신인상이라는 직함 하나로 작가로서 자립해야 하는 처지가 되었던 것이다.

그로부터 4년. …… 지금은 그나마 순조롭게 해나가고 있지만 처음 1년은 너무나 끔찍했다. 필사적으로 원고를 쓰고 여기저기 편집부에 들고 갔다가 번번이 보기 좋게 딱지를 맞았다. 주간지 르포 기사며 탤런트 자서전 대필 작가 등등 아무 일이나 닥치는 대로 해서 겨우 먹고사는 나날이었다.

그 무렵을 생각하면 (노부코의 표현과는 반대로) 지금 자기 몫을 조금 늘리는 것 따위 배부른 투정이라는 심정이다. 어쨌거나 생활에 여유가 생겼고 상당한 저축도 해놓았다. 니시모토는 더 이상을 바라는 마음은 털끝만치도 없었다.

"그럼 다녀올게."

니시모토는 코트를 입었다. 노부코가 배웅하러 나올 것도 아닌데 그냥 말없이 집을 나서면 될 것 같지만 어쩐지 판에 박은 인사라도 하지 않고는 나올 수가 없다. 버릇 같은 것이다.

노부코도 결혼 초기에는 저렇게 그악스럽지 않았다. 당연히 젊었고 야무진 사람이긴 했지만 여자다운 부드러움도 있었다. 그런데 지금은……. 니시모토는 구두를 신고 왼손 새끼손가락에 묶어놓은 실을 보며 한숨을 내쉬었다.

두 사람 사이에는 아이가 없다. 부부 중 누가 딱히 이상이 있는 것도 아니건만 왠지 아이가 생기지 않은 채 이 나이가 되어버렸다. 노부코는 니시모토보다 두 살 위니까 43세다. 결혼하던 28세 때보다 나이는 거의 1.5배가 되었지만 체중은 두 배로 불어났다. 아니, 정확하게는 아니지만 인상이 그렇다는 말이다. 원래가 야윈 체격에다가 중년이면 생긴다는 군살과도 인연이 없는 니시모토와는 요즘 들어 갈수록 두드러진 대조를 보이고 있다.

현관을 나온 니시모토는 부르르 진저리를 쳤다. 벌써 3월에 접어들었건만 봄이 올 조짐은 전혀 없었다. 아무리 봐도 지난 몇 년 동안 계절이 조금씩 밀려나는 것 같다는 생각이 들었다. 쨍, 하고 깨지는 듯한 겨울 추위가 오지 않는구나 하고 여유를 부리고 있다 보면 어느 날 뼛속까지 찬 기운이 스며드는 봄이다.

니시모토가 자유업을 가진 자만이 누리는 특권으로 아침에 집을 나와 작업실로 가는 것도 회사원들이 하품을 삼켜가며 책상 앞에 앉는 9시가 지나서다. 그런데도 날씨는 한기를 느끼게 한다.

"그래!"

코트 주머니에 손을 넣으며 자기도 모르게 중얼거렸다. 장갑이 있지! 이걸 끼고 가면 아무한테도 들키지 않고 넘어갈 수 있다. 가방을 옆구리에 끼고 양손에 장갑을 낀 니시모토는 그 실이 보이지 않게 된 왼손을 치켜들며 만족스럽게 고개를 끄덕였다. 작업실에 도착하면 어떻게 할지 거기까지는 생각하지 못하고 있는 것이다.

니시모토는 약간 기운을 차리고 걸음을 옮겼다.

니시모토가 살고 있는 곳은 도심에서 한 시간 정도 걸리는 주택단지다. 단지라고 해봐야 고층 콘크리트 덩어리가 우뚝 서 있는 아파트가 아니고 단독주택에다 외관이 똑같은 분양주택이 길게 줄지어 있는 집들 중 한 채다.

역까지는 걸어서 15분 정도. 이 시간에는 출근하는 사람들의 모습도 거의 볼 수 없다. 한적한 길을 걸어가노라면 양옆 주택에서는 어느새 청소기를 돌리는 소리며 세탁기가 신음소리를 내며 돌아가는 소리가 들린다.

필명 니시코지 도시카즈西公路俊一의 한 사람 '니시'가 니시모토다.

니시코지 도시카즈의 '코지'에 해당하는…… 고지 다케오公路武夫는 니시모토가 전차를 탔을 무렵 침대에서 겨우 몸을 일으켜 빠져나오고 있었다.

"제기랄, 벌써 9시 반이잖아……."

비틀비틀 불안한 걸음걸이로 주방으로 가서 전기주전자의 스위치를 켜고 의자에 털썩 주저앉는다. 숨이 끊어질 것 같은 지경이다.

"빨리 나가봐야 하는데."

마음은 초조한데 몸이 말을 듣지 않는다. …… 그래도 그는 '니시코지 도시카즈'를 구성하는 네 명 중에서는 가장 젊은 35세다. 보통은 가장 왕성하게 일할 나이다. 특별히 어디 나쁜 데가 있어서도 아니고 오히려 대학시절에는 풋볼로 단련된 스포츠맨이다. 따라서 체력에는 자신이 있었다.

그런데도 "해도 해도 너무하는군, 사람이 한계가 있지." 하고 자기도 모르게 중얼거린 것은…….

고지는 신혼이었다. 세상의 상식으로 말하자면 한창 깨가 쏟아지는 부류에 속해야 할 것이다. 바로 작년 연말에 결혼한 몸이었으므로. 그러나 어느새 결혼을 후회하는 마음으로 하루하루를 시달리고 있었다.

고지 다케오는 원래 부잣집 셋째 아들로 태어나 대학 시절에도 진탕 놀기만 하다가 졸업하고 나서도 취직은 하지 않고 빈둥거리고 있었다. 서른을 코앞에 둔 나이에도 그런 상태가 계속되자 그의 아버지도 이제는 아들을 세상에 내던져야 할 필요가 있다고 느꼈던 모양이다. 지인의 회사에 억지로 취직을 시켰지만 일주일 연속 지각이라는 기록을 남기고 모가지를 당했다. 불같이 화가 난 아버지에게 집을 쫓겨났지만 타고나기를 낙천가에다가 고생을 모르는 사람은 뭘 해도 운이 따르게 마련인지 친구의 자취방으로 밀고 들어간 고지는 틈나는 대로 TV 시나리오를 써서 방송국 프로듀서에게 보낸 것이 채택되었고 그 후로 심심치 않게 일을 맡아 하기 시작했다.

그리고…… 이제 니시코지 도시카즈의 4분의 1이 된 것이다.

아들이 작가로서 사람 노릇(4분의 1인의 몫)을 하게 되었다는 걸 알고 아버지 쪽에서도 아들을 다시 보기 시작했다. 그리고 남자 나이 35세가 되면 마누라와 집 정도는 가져야 하지 않겠느냐는 말과 함께 두 가지를 모두 그에게 갖다 안겨준 것이다. 다시 말해 그것이 바로 며느리 히토미, 그리고 결혼 기념으로 사준 이 아파트였다.

고지는 결혼 따위는 번거롭다고 생각하는 편이라 아파트만 주면 좋겠다고 생각했지만 히토미를 만나보고 나서 생각이 바뀌었다. 피부가 희고 청초한 생김새에다 체구가 아담한, 전형적인 일본 미인으로 요즘 세상에 이런 '규수'다운 규수가 있을까 싶은 아가씨였다. 게다가 무엇보다 스물두 살이라는 젊음. 피로연에서는 다른 세 명의 동료와 학창 시절 친구들이 고지에게 선망의 눈초리를 보냈다.

고지도 자신감에 한껏 들떠 있었다. 니시모토를 비롯한 동료 세 명의 눈이 휘둥그레질 정도로 새하얀 턱시도에 장미꽃까지 달고 어린 새색시에게 키스까지 해보였다. 고지도 상당한 미남이었기 때문에 겉으로 보기에는 더할 나위 없는 신랑 신부로 비쳤던 것이다. 그런데⋯⋯.

전기주전자가 땡, 소리를 내며 물이 다 끓었음을 알렸다. 고지는 하품을 하면서 일어나 커피를 준비했다. 식욕은 별로 없었다. 커피만 있으면 된다. 작업실 근처에서 뭔가 사 먹어야지, 하고 생각했다.

전동 커피분쇄기에 원두를 넣고 갈자 은은한 커피 향이 피어오른다. 고지는 왠지 편안한 기분이 되었다. 커피 드립퍼에 여과지를 끼우고 갈아놓은 커피를 채우고 전기주전자의 물을 천천히 부어 넣는다. 커피 가루에 거품이 일면서 부풀어 향기가 한층 짙게 퍼진다. ⋯⋯ 맞아. 이래야 하는 거지. 이제야 아침다운 기분이 드는군. 가루를 충분히 부풀게 해놓고 나서 조용히 뜨거운 물을 부어 넣는다.

"벌써 나가는 거야?"

거실에서 목소리가 들렸다. 일어났구나. 더 푹 자도 되건만!

"서두르지 않으면 지각이야."

고지는 뜨거운 물을 붓는 손길을 멈추지 않고 힐끗 아내 쪽으로 눈길을 주다가 그대로 놀라 석상처럼 굳어버렸다. 히토미가 냉장고 쪽으로 걸어가며 나른한 목소리로 말한다.

"뭐라도 먹고 가지그래? 계란이라도 삶을게."

"아, 아니…… 됐어." 고지는 당황해서 말했다.

"어머, 식욕이 없어?"

"아니…… 그렇게 하고 냉장고를 열면 감기 들어."

히토미는 실오라기 하나 걸치지 않은 알몸이었다.

"괜찮아. 아직도 몸이 뜨거운걸." 하며 히토미가 쿡, 하고 웃었다.

"아니…… 뜨거운 건 좋지만…… 그래도 뭐든 좀 입어. 아침이잖아."

"어머! 뭐가 어때서? 어차피 샤워할 건데. 샤워하고 나서 입을 거야."

"하지만…… 누가 보기라도 하면……."

"보긴 누가 본다고. 여긴 창문도 없는데 뭐."

히토미는 너무나 태연스럽다. "어머! 당신 괜찮아?"

"괜찮냐니? 누가 할 소린데! 아무튼 옷 좀 입어! 창피하지도 않아?”

“어머나, 당신이 첫날밤에 그랬잖아. 우리 사이에 부끄러울 건 아무것도 없다고. 난 당신한테 보이는 건 하나도 창피하지 않아.” 하며 치즈를 꺼내온다. “정말 괜찮은 거야? 당신.”

“뭐, 뭐가?”

“드립퍼에서 물이 넘치고 있잖아.”

“우와악!”

넋이 나갈 정도로 놀라는 바람에 물을 계속 부어 넣고 있었던 것이다. 커피 가루와 함께 조리대 위로 물이 넘치고 있었다.

“난…… 하고 나면 꼭 배가 고프더라.”

히토미는 햄에그를 단숨에 먹어치우며 말했다. 겨우 가운을 걸치긴 했지만 안에 아무것도 입지 않은 알몸이라 가운 사이로 유방의 골이 들여다보인다.

“당신은 안 먹을 거야?”

“별로 식욕이 없어서.”

“그래? 정말 이상해.”

“뭐가?”

“남자가 운동을 더 심하게 하니까 피곤할 텐데. 여자는 그렇게 많이 움직이는 것도 아닌데 왠지 배가 고프거든.”

너무 지쳐도 먹지 못하는 거야, 하고 고지는 속으로 중얼 거렸다.

히토미도 처음에는 손만 잡아도 볼을 붉히는 순진한 처녀였다. 결혼 전에는 키스도 안 된다며 고집스럽게 그의 유혹을 거절했을 정도다. 그런데 막상 결혼을 하고 그 재미를 알고 나더니 180도로 변해서 거의 밤이면 밤마다 먼저 달려들기 시작했다. 처음 얼마 동안은 고지도 자못 유쾌하게 히토미의 요구에 신나게 응해주었지만 한 달, 두 달이 지나면서 남자와 여자의 차이, 게다가 35세와 22세의 차이가 서서히 드러나기 시작했다.

그래도 히토미는 도무지 열정이 식을 기미가 보이지 않는다. 원고 마감에 쫓겨 작업실로 쓰는 아파트에서 밤을 지내고 들어오기라도 하면 대낮이든 뭐든 상관없이 침대로 끌어들인다. 죽은 듯이 자고 있는 사람을 어느새 알몸으로 만들어놓는 바람에 깜짝 놀란 일도 드물지 않았다.

요즘 들어 고지는 거의 그로기 상태였다.

"아직이야?" 커피를 마시면서 고지가 물었다.

"뭐가?"

"응? 그 뭐냐…… 매달 있는…….."

"아아, 생리? 아직 5,6일 더 있어야 돼. 괜찮아."

그러고는 생긋 웃는다. 고지는 맥이 쭉 빠졌다.

"그러고 있잖아, 그 기간 중에도 상관없다고 하던데."

"아, 아니, 그건 절대 그렇지 않아." 하고 고지는 얼른 덧붙였다. "그건 절대로 안 돼!"

"하지만, 지난번에 읽은 여성잡지엔 그렇게 나와 있었어. '생리 중이라고 해서 부부의 기쁨을 포기할 건 없다.'고."

고지는 도대체가 요즘 주부들의 잡지는 틀려먹었어, 하고 속으로 화를 냈다. 남편을 죽일 작정인가! 아무리 주부 대상의 잡지라도 '주부'가 남아 있으려면 남편이 필요한 거잖아. 그게 아니라면 '미망인의 벗'이라거나 '미망인 생활' '미망인 클럽' 이러면 마치 수상쩍은 살롱처럼 되어버리잖아! 하며 속으로 욕을 해댄다.

"아무튼 그건 안 돼!"

"왜에?" 하고 히토미가 코맹맹이 소리를 낸다.

"그건…… 선조 대대로의 유언에 있거든."

난처한 나머지 입에서 나오는 대로 대꾸해놓고 일어섰다.

"이제 곧 나가야 돼. 벌써 30분 이상 지각이야."

서둘러 면도를 하고 머리를 빗고 옷을 입고 가방에 필요한 물건들을 쑤셔 넣었다.

"다녀올게."

히토미의 모습이 보이지 않는다. 샤워라도 하는 건가, 하면서 현관으로 갔다가 흠칫, 놀라 눈을 부릅떴다. 히토미가 기다리고 있었던 것이다. 알몸으로 요염한 포즈를 취하고 있다.

"뭐하는 거야?" 하고 조심스럽게 묻자 히토미가 천천히 덤벼들었다. 하마터면 뒤로 넘어질 뻔하다가 가까스로 다리에 힘을 주고 중심을 잡았다.

"이봐! 이러지 마!"

"몇 시간이나 떨어져 있어야 하는걸…… 키스해줘."

말이 떨어지기가 무섭게 기다려주지도 않는다. 대뜸 입술을 눌러온다.

"어이…… 숨이…… 막히잖아."

마음대로 움직이지도 못하고 어떻게든 떼어놓으려고 몸부림치지만 히토미는 자라처럼 먹이를 물고 절대로 떨어뜨리지 않겠다는 듯 달라붙는다.

그때 현관의 초인종이 울렸다.

"어어! 누가 왔나 봐!"

"괜찮아, 그냥 내버려두면 돼."

"하, 하지만…… 누가 보기라도 하면……" 하고 말하려는 고지의 입을 히토미의 입술이 다가와 틀어막는다. 나바론 요새의 문도 이보다 견고하지는 않을 거라는 생각이 들었다.

그리고 생각이 났다. 현관문! 조금 전 신문을 가지러 나갔다가 금방 나갈 텐데 싶어서 잠그지 않고 그냥 닫아두었던 것이다.

"이봐! 히토미!" 하고 힘껏 밀어내려고 했을 때 현관문이 열렸다.

"등기우편입니다." 하며 집배원이 들어온다. "도장 부탁……"

마지막의 '합니다.'를 내뱉기도 전에 집배원의 입이 그대로 쩍 벌어진 채 굳어버렸다.

"자, 잠깐 기다려요."

고지는 여전히 매달려 있는 히토미의 알몸을 우체부의 시야에서 감추려고 등을 돌리면서 말했다. "도장이라고?"

"예, 예에……"

"키스마크로는 안 되나?"

고지 다케오. 니시코지 도시카즈의 '코지'가 바로 그였다.

나머지 두 사람, '도시'와 '카즈'에 대한 이야기는 조금 뒤로 미루고 네 사람이 모인 작업실로 눈을 돌려보자.

2

"마누라를 죽일까?"

당연한 투로 니시모토가 말했다. 순간 테이블을 둘러싼 다른 세 사람 사이에 묘하게 긴박한 공기가 흘렀다. …… 니시모토는 그걸 알고 약간 당황스러운 기색으로 말했다.

"왜들 그래? 다음 장편 이야기야."

아아……. 안도의 한숨 같은, 그러면서도 뒤통수를 한 대 얻어맞은 듯한 낙담의 기색이 미묘하게 섞인 미소가 세 사람의 얼굴에 퍼졌다.

네 사람…… 즉 니시코지 도시카즈의 작업실은 도심에서 조금 벗어난 한적한 주택지의 아파트에 있었다. 주위의 일조권 등의 문제가 있어서 아파트도 별로 크지는 않다. 5층짜리 아파트지만 그 대신 붉은 벽돌로 차분한 외관을 갖추고 있다.

지금 네 사람은 아파트 1층에 있는 커피숍에 모여 있었다. 새로운 작업에 착수하기 전에는 여기서 논의를 하는 게 습관처럼 되어 있다. 그 외에도 잠시 숨을 돌리러 하루에 한 번은 여기에 온다. 여종업원들도 물론 네 사람을 다 알고 있어서 어떤 이야기를 해도 놀라지 않는다.

“부인을 죽이는 이야기라고요?”

마침 커피를 가지고 온 아가씨가 니시모토의 말을 듣고 말했다. “그런 이야기라면 여러 가지 아이디어가 나오지 않을까요?”

“아가씨도 제법 위트가 있군.” 니시모토가 웃으면서 말했다.

“그야 뭐 남자라는 게 다 그런 거 아닌가요? 여자를 유혹할 때는 온갖 감언이설로 달려들다가 일단 손에 넣고 나면 모르는 척! 부인도 똑같을 거예요. 가능하면 다 때려치우고 싶지만 성가시니까 참고 있는 게 진심이 아닐까요?”

“그렇게 달관하기에는 아직 10년은 이른 것 같은데.” 하고 니시모토가 놀렸다.

“…… 하지만 니시모토 씨, 마누라 죽이기 같은 건 너무 흔해빠진 이야기 아닌가?” 하고 말한 것은 니시코지 도시카즈의 ‘도시’에 해당하는…… 가게야마 도시야景山俊哉다. 나이는 니시모토보다 한 살 위이고 네 명 가운데 가장 나이가 많다. 전직 신문기자라는 강점을 살려 소설을 위한 취재를 혼자 맡고 있다. 햇볕에 그을린 구릿빛 피부, 이마가 훌렁 벗겨져 나이보다 조금 더 노숙해 보이지만 전체적으로 받는 인상은 에너지가 넘치는 분위기에다 생기발랄하다. 어딘가 번들번들 기름진 인상을 준다.

"아니, 그렇게는 생각하지 않는데요." 하고 끼어든 사람은 고지다. "의외로 많지 않을걸요. 그런 단순한 드라마. 잡지의 단편 같은 건 종종 있었을지 몰라도……."

"그러니까 하는 말이야. 장편으로 하려면 나름대로 특색이 있지 않고는……."

"니시모토 씨도 그런 면까지 다 감안해서 하는 이야기 아닐까요." 하며 고지는 니시모토 쪽을 보았다. "아닙니까? 니시모토 씨?"

"글쎄, 그런 면이라." 하고 니시모토는 대답을 얼버무렸다. "분명 흔히 있었던 모티프지만 이것만으로는 도저히 장편이 될 것 같지 않다, 그게 노리는 바지. 다시 말해 그것만으로도 장편 작품이 나온다, 그거지."

"그게 무슨 말이야?" 가게야마가 물었다. 별로 생각이란 걸 하지 않는 남자로 모르는 건 즉시 묻는 주의다.

"그러니까 우리는 넷이서 순조롭게 작품을 만들어왔지. 사업적인 측면으로는 성공하고 있고 이 팀워크는 나무랄 데가 없다고 생각하는데."

니시모토는 노부코 앞에서와는 사뭇 다르게 침착했다. 제법 품위를 갖춘 얼굴로 이야기를 하고 있다. 이 네 사람 중에서는 문단의 선배—라고 해봤자 대단할 건 없지만—라는 입지에서 리더 격이다.

그러나 왼손은 조심스럽게 바지 주머니에 찔러 넣고 있었다…….

"하지만 공동 집필이라는 방법이 단지 능률적으로 작품을 만들어내거나 많은 주문을 해결해 나가는 데만 머물러 있어서는 진보가 없어. 어쨌거나 작가 네 명이 모인 거잖아. 보통 작가 한 사람의 머리로 짜낼 수 없는 다양한 아이디어를 모으면 넷이서 쓰는 작업에 독자적인 존재가치를 창출할 수 있지 않을까 하는 생각을 해본 거지."

고지는 맞는 말이라는 듯 고개를 끄덕였다. 가게야마는 니시모토가 하는 말이 이해가 되는 건지 아닌지 아무튼 듣고는 있었다.

"그래서 말인데……." 니시모토는 커피를 마시려고 왼손을 꺼내려다가 얼른 주머니 안으로 다시 찔러 넣었다.

"왼손, 어떻게 된 겁니까?" 고지가 물었다.

"아니, 그냥. …… 그래서 내 생각에는 말이지. 아내를 죽인다는 테마로 각자가 아이디어를 모아 와서 일종의 옴니버스 소설을 쓰면 어떨까 하는데."

"옴니버스! 아, 그리운 단어야." 고지가 자기도 모르게 한숨을 내쉬었다. "옛날 프랑스 영화 중에 종종 있었지요. 〈일곱

가지 대죄〉 〈파리의 하늘 아래 세느강은 흐르고〉…… 〈침대의 비밀〉이라는 것도 있었지요."

젊은 사람치고는 옛날 영화에 대해 꽤 많이 안다.

가게야마가 의아한 얼굴로,

"〈파리의 하늘 아래……〉 그건 이시이 요시코인가 뭔가의 책 아니었나?"

"그건 〈파리의 하늘 아래 오믈렛 냄새는 흐르고〉였지요. 영화 제목을 빗대서 지은 제목입니다."

"흐음." 하고 가게야마는 별로 관심이 없다는 투로 말하고 나서 니시모토 쪽을 향해 "옴니버스라는 건 몇 개의 짧은 이야기를 엮은 거지?" 하고 말했다.

"맞아. 그냥 엮어놓기만 하는 게 아니고 거기에 하나의 테마가 흐르고 있다는 조건이 필요하겠지. 그렇지 않으면 그냥 단편집이 되어버리지."

"흐음 그러니까 그것을 〈마누라 죽이는 이야기〉라는 테마로 하자는 말인가?"

"그런 셈이지. 각자가 하나씩 이야기를 생각해오면 네 개의 이야기가 완성되겠지. 한 권의 책으로 만들기에는 딱 맞는 숫자야."

"4는 죽을 '死' 자와 통한다 그건가……."

혼잣말처럼 중얼거리는 사람이 있다. …… 지금까지 한 번도 입을 열지 않고 커피를 마시며 마치 다른 세 사람의 이야기 따위 듣지도 않는다는 식이었던 사람. 그가 바로 니시코지 도시카즈의 '카즈', 가가와 가즈오香川一男였다.

그의 풍채는 독특했다. 아니 이 네 사람 중에서 그렇다는 의미다. 작가들의 모임 같은 데서는 오히려 평범한 스타일인지도 모른다. 그러나 니시모토와 가게야마는 예전에 직장생활을 했던 사람들인 만큼 트위드 윗옷에 넥타이를 매는, 샐러리맨에서 약간 벗어난 정도의 복장이고 고지도 비교적 반듯한 차림을 좋아하는 편이라 머리도 짧고 색깔을 맞춘 상의와 조끼를 입고 있다.

그에 비해 가가와 가즈오는 우선 어깨까지 늘어뜨린 긴 머리가 눈에 띈다. 그리고 좀처럼 벗지 않는 선글라스. 복장은 온통 검은색이다. 아래위로 검은 옷에 검은 구두, 검은 양말, 검은 와이셔츠…… 여기까지라면 특별히 희한할 것도 없지만 그 위에 검은 망토를 걸치고 다닌다. 거의 땅바닥을 쓸고 다닐 것 같은 긴 망토. 마치 크리스토퍼 리의 흡혈귀 드라큘라가 입고 휘날릴 것 같은 그런 망토다.

가가와의 정확한 나이는 같이 일을 하는 다른 세 사람도 모른다. 서른에서 마흔 사이라는 정도의 짐작만 할 뿐이다.

본인도 절대 말하지 않는다. 창백하고 주름이 없는 얼굴은 젊게도 보이지만 항상 깊이 생각에 잠긴 듯한 가느다란 눈과 예리하게 생긴 눈썹, 냉소적인 표정을 짓는 가느다란 입술은 도저히 젊은이의 것이 아니다.

"자네 생각은 어때? 가가와." 니시모토가 물었다.

가가와는 즉각 대답하는 법이 없다. 늘 그렇게 때문에 니시모토도 여유 있게 기다린다. 가가와는 남은 커피를 마저 마시고 카운터 쪽으로 돌아간 아가씨 쪽을 향해 고개를 돌렸다.

"커피 한 잔 더." 이렇게 말하고 나더니 "저속한 테마군." 하고 말했다. 그리고 "하지만 먹힐 거야."라고 말을 이었다. 니시모토는 빙긋이 웃었다. 가가와의 이런 말투에는 이골이 나 있었다.

"고마워." 하고 잠시 뜸을 들였다. "그럼 이제 각자에게 숙제를 주지. …… 세상에는 끔찍한 마누라 때문에 남모르게 우는 남자가 적지 않을 거야. 그나마 여기 있는 우리는 다행히 그런 일이 없겠지만."

이야기하면서 니시모토는 주머니 안의 왼손을 그러쥐었다.

"더구나 가가와는 독신이니까 처음부터 그럴 걱정은 없는 거지만."

가가와는 비꼬는 듯한 미소를 짓고 나서 "덕분에……." 하고 고개를 끄덕였다.

"독신인 가가와나 신혼인 고지 군에게는 좀 생각해야 하는 테마일지도 모르지만 만약 자네들이 죽이고 싶을 정도로 끔찍한 마누라에게 시달림을 받고 있다면, 그리고 마누라를 죽이려고 결심했다면 과연 어떻게 죽일 것인가. 물론 절대로 자신이 범인이라는 게 밝혀지게 해서는 안 되겠지. 순간적으로 화가 나서 목을 졸라 죽인다는 식의 이야기는 신문기사로는 좋은 재료일지 모르지만 우리가 지향하는 세련된 옴니버스 소설에는 맞지 않아."

"그렇습니다!" 고지가 정말 그렇다는 듯 몸을 내민다. "세련된 살인. 그것이 지금 요구되는 이야기입니다."

"하지만 말이지." 하고 가게야마가 떨떠름한 얼굴로 "나는 취재나 실록 다큐멘터리라면 자신이 있지만 그런 식으로 이야기를 만들게 되면……."

"아니, 그건 걱정하지 않아도 돼." 하고 니시모토는 말했다. "넷이서 따로따로 쓰는 게 아니라고. 최종적으로 소설 형태로 만드는 건 늘 하던 그대로의 수순이야. 자네는 취재하러 다니고 고지는 스토리를 구성하고. 나랑 가가와가 주축이 되어 문장으로 만드는 거지."

"하지만 그렇게 하면 네 개의 스토리를 나열하는 재미가 나오지 않을 것 같은데요." 하고 고지가 말했다. "어떤 형태로 완성할지는 차치하고라도 우선 네 명이 각자 소설 형태로 써 가지고 모이는 게 좋을 것 같은데요."

"그것도 일리가 있어." 니시모토가 고개를 끄덕이고 나서 말을 이었다. "네 개의 이야기가 모두 비슷비슷하면 곤란하겠지. 어느 정도 각자의 개성이 나오는 것도 재미있을지 몰라."

가게야마는 우울한 듯 팔짱을 꼈다. 니시모토는 가가와를 향해 물었다.

"어때? 자네 의견은?"

늘 그렇듯 가가와는 천천히 담배에 불을 붙이고 두 번 연기를 뿜어내고 나서 "재미있겠군." 하고 고개를 끄덕였다. "적어도 지금까지와 같은, 슈퍼마켓풍의 개성도 없는 작품이 되지 않는다는 것만으로도 진보라고 할 수 있지."

"그 개성도 없는 작품이 팔리기 때문에 우리가 돈을 버는 거야."

가게야마가 유쾌하게 말하자 가가와가 힐끗 노려보았다. 니시모토가 얼른 말했다.

"그럼 일단 고지, 가가와는 찬성이군. 가게야마, 자네는 어때?"

"으음……. 해보는 수밖에 없겠군." 가게야마가 마지못해 말했다.

"원고용지 쓰는 법 정도는 가르쳐주지." 이번에는 가가와가 가게야마를 무시하듯 말했다.

가게야마가 울컥 화가 난 얼굴로 "뭐라고?" 하며 싸우자고 달려드는 것을 고지가 말렸다.

"그만하십시오. 우리는 넷이서 한목소리를 내는 작가군단입니다. 싸움질이나 하면서 작품의 완성에 영향을 주면 곤란합니다."

"고지 말이 맞아." 니시모토가 학교 선생님 같은 어조가 되어 "팀워크가 중요한 거야. 서로 응어리가 있으면 좋은 작업을 할 수가 없지."

가게야마가 흥, 하고 코웃음을 치며 입을 다물었다. 가가와 쪽은 태연하게 담배를 재떨이에 비벼 끄고 또 한 개비를 꺼내 불을 붙였다.

"그럼 결정한 겁니다." 고지가 혼자서 신이 나 있었다. "각자 하나씩 이야기를 가지고 모인다. 그걸 돌려가며 읽고 의견을 교환한 다음에 손질을 가한다. 이제 됐습니까?"

"됐어." 니시모토가 고개를 끄덕였다. "단 손질할 때도 평소보다 최대한 원문을 존중하기로 하지."

"알겠습니다."

"가게야마도 가가와도 이의 없는 거지?"

니시모토의 질문에 두 사람은 말없이 고개를 끄덕였다. 아니, 가가와 쪽은 고개도 까딱하지 않았지만 이 남자의 경우 침묵은 긍정을 의미한다. 니시모토도 그런 분위기는 예전부터 이해하고 있었다.

"그럼 언제쯤……?" 하고 고지가 물었다.

"응. 마감일에서부터 역산하면 되겠지." 니시모토가 수첩을 꺼내며 말했다. "원고…… 첫 번째 원고 완성이 5월 말로 약속이 되어 있어. 마무리하려면 다른 때보다 약간 많은 시간이 필요하겠지. 그래도 한 달이면 충분할 거야."

"그럼 검토 기간을 2주로 하고……." 고지도 수첩을 보면서 "4월 중반까지 각자 원고를 완성하면 되는군요."

"4월 초에는 또 잡지 마감이 몇 개 걸려 있어. 가능하면 그 전에 모으는 게 좋을 거야."

"그 전에 말입니까?"

"그럴 생각으로 하는 게 가장 좋아."

"과연. 그럼 3월 말. 이번 달 꼬박이군."

가게야마는 자신의 수첩에 적어 넣으면서 "빡빡한데." 하고 한숨을 내쉬었다.

"돈벌이가 원래 빡빡한 거야." 니시모토가 웃으면서 말했다.

"어라, 니시모토 씨, 그 새끼손가락, 어떻게 된 겁니까?"

고지의 질문에 니시모토는 자기도 모르게 왼손을 꺼내버렸다는 것을 비로소 깨달았다.

"응? …… 아아, 이거 말인가?" 하고 얼른 실을 뺐다. "아니, 아무것도 아니야."

나중에 무슨 일이 일어날지는 생각하고 싶지 않았다.

"부인이 뭐 사오라고 부탁이라도 한 거 아닙니까?"

가게야마가 빙긋이 웃으면서 "어릴 때 엄마가 종종 심부름을 잊지 말라고 손가락에 실을 묶어주곤 했지."

"호오! 그런 게 있습니까?" 고지는 재미있어하는 모습이다. "그래서 잊지 않고 챙겼습니까?"

"실이 묶여 있다는 건 신경이 쓰여 기억했지. 하지만 왜 묶었는지를 잊어버렸는걸."

킬킬대는 가게야마의 웃음소리를 들으면서 니시모토는 생각했다. '심부름을 잊지 말도록?' 맞는 말이다…….

"그럼 이번 달 꼬박 각자의 아이디어를 스토리로 정리해서 올 것. 됐지?" 하고 다짐을 한다. "모두 자신이 마누라를 죽이고 싶어 한다고 생각해보는 거야. 무리한 주문일지도 모르지만."

세 사람의 얼굴에—아니, 니시모토 자신의 얼굴에도—쓴

웃음이 퍼진다.

"그럼 오늘은 이걸로 해산하자고. 급한 일은 정리가 되었고 잠깐 쉬었다 가는 것도 좋으니까."

"니시모토 씨, 한잔 하시겠습니까?"

"가볍게 한잔이면 같이 갈게. 도저히 젊은 사람을 따라갈 수는 없으니까."

"나는 얼마든지 같이 가주지." 하고 가게야마가 말한다.

"그래? 자네 부인이 여행을 갔다고 했던가. 프랑스라고 했나?"

"파리와 로마."

"언제 오는데?"

"이번 주말에는 올 예정." 가게야마는 '예정'이라는 부분에 약간 힘을 주었다. "아무튼 그 여편네의 여행 변덕은 아무도 못 말린다니까."

"외도로 치닫는 것보다야 낫지 않아?" 하고 니시모토가 웃었다. "그럼 갈까. …… 가가와, 자네는 어떻게 할래?"

가지 않을 것임을 알면서 묻는 것이 니시모토의 고지식한 면이다. 가가와는 말없이 고개를 가로젓고 마치 잠에 빠져들기라도 하듯 눈을 감았다.

"그럼, 내일 또 보세." 니시모토가 말하며 다른 두 사람을 재촉했다.

“감사합니다.”

니시모토가 전표에 사인을 하자 종업원이 활기차게 말했다. 가게야마는 가게를 나오려다 문득 발을 멈추고 자리에 혼자 남아 있는 가가와를 돌아보더니 “잘난 척은!” 하고 중얼거렸다. 먼저 밖으로 나온 니시모토가 마침 지나가는 택시를 세웠다.

“어이, 가게야마! 얼른 와!” 하고 부르자 가게야마가 급히 뛰어왔다. 세 사람을 태운 택시가 긴자 쪽으로 사라졌다.

가가와는 눈을 떴다.

“갔어?”

“예.”

여종업원―에리코라고 한다―이 간들간들 몸을 흔들며 가가와 쪽으로 온다. 다방 안에는 손님 한 사람도 없다.

“속물들!” 가가와가 내뱉듯이 말했다.

“그렇게 뻗대지 말아요.”

에리코가 가가와에게 다가와 어깨 위로 손을 감았다. 가가와가 힐끗 카운터 쪽으로 눈길을 주자 에리코가 말했다.

“괜찮아. 주방장은 지금 낮잠 중이거든.”

“그래?” 가가와가 살짝 에리코의 치마를 걷어 올리면서 “우리도 낮잠이나 잘까?”

“손님이 오면 어쩌고?”

“지금 바빠서요, 하고 말하면 되지.”

“속 한번 편하시네!” 에리코는 웃으면서 가가와로부터 떨어졌다. “하지만 난 편안하지 않은 건 싫어.”

“오늘 밤 어때?”

“글쎄요.” 에리코는 카운터 안쪽으로 들어가서 “내일은 괜찮은데.” 하고 말했다.

“좋아. 그럼 내일 퇴근 때 기다리지.”

“어디서?”

“늘 가는 호텔은 어때?”

“좋아요.”

“그럼…….” 하고 자리에서 일어서는 가가와에게 에리코가 놀리듯 말했다.

“오늘밤엔 누구랑 잘 거예요?”

“누굴 택할지 망설이고 있어.”

가가와는 자못 진지한 표정을 짓고 이마에 주름을 만들어 보였다. “클레오파트라냐 트로이의 헬렌이냐. 아니면…….”

“야마구치 모모에?(일본의 가수 겸 여배우—옮긴이)”

가가와는 웃으며 손을 흔들고 나서 가게를 나왔다.

애당초 공동 집필을 생각해낸 사람은 니시모토였다. 아니,

니시모토와 고지가 이야기를 하다가 자연스럽게 아이디어가
나왔다고 하는 게 정확할 것이다.

두 사람은 방송국 빌딩의 찻집에서 우연히 같은 테이블에
앉았다. 물론 서로 얼굴도 모르고 아무 연고도 없었는데 우
연히 같은 TV 프로그램 대본을 갖고 있었다는 인연으로 이
야기를 나누었던 것이다.

그것은 니시모토의 신인상 수상작이 단편 드라마로 방영
되는 행운을 얻은 그 대본이었다. 그러나 정확하게 말하면
그 무렵 젊은 층에 인기가 있었던 탤런트를 기용하기에 딱
알맞은 작품으로서 그의 수상작이 선발되었고 그 때문에 스
토리와 캐릭터에는 대폭 수정이 가해져 있었다.

니시모토는 그 점에 대해 별로 불만을 말하거나 하지 않
았다. 자신의 작품이 영상화되어 '원작 니시모토 야스지'라
고 화면에 나온다는 것만으로도 만족했다. 게다가 많지는
않았지만 원작료라는 것도 받았다. 이 무렵 니시모토에게는
더없이 반가운 수입이었다.

게다가 솔직히 말해 니시모토는 완성된 대본의 변화에 내
심 크게 감탄하고 있었다. 등장인물의 내면적인 고뇌는 모조
리 생략되고 주인공도 가수 겸업 탤런트의 학예회식 연기력
으로도 충분히 감당이 될 것 같은 단순한 성격으로 바뀌어

있는 데다 원작이 갖는 풍자적인 느낌은 바랄 수도 없었다. 그래도 스토리는 꽤 재미있게 되었다.

과연, 이런 방법이 있었구나, 하고 니시모토는 시나리오를 읽으면서 몇 번이나 신음소리를 냈다. 그 시나리오 작가가 바로 고지였다.

찻집에서 서로 원작자, 시나리오 작가라는 것을 알고 두 사람은 나이 차이를 초월하여 의기투합했다. 그리고 니시모토는 고지에게서 스토리를 만들어내는 재주를 발견하고 고지는 니시모토 소설의 등장인물이 갖는 매력적인 분위기에 감복했다.

두 사람의 재능을 합치면 어떨까, 하는 제안이 어느 쪽이랄 것도 없이 나온 것은 그날 밤 바로 가서 술을 마시는 자리에서였다. 두 사람은 의기투합했다. 둘이서 공동으로 베스트셀러를 써보자고 신이 나서 호언장담을 했다.

그러나 술이 깨고 나서 두 사람이 진지하게 그 아이디어를 검토해보니 아무래도 뭔가 부족한 부분이 있다는 결론에 도달했다. …… 현대 소설은 많든 적든 정보소설이라는 측면을 갖고 있다. 그러나 발품을 팔아 취재를 해야 한다는 결론에 이르자 니시모토도 고지도 전혀 경험이 없는 처지라 어떻게 하면 좋을지 몰라 벽에 부딪혔다.

취재 전문가가 필요하다. 게다가 소설을 쓰려는 마음이 조금이라도 있는 사람이……. 니시모토는 자신이 신인상을 받았을 때 최종후보에 남은 다른 여섯 편 가운데 신문기자가 있었던 것을 떠올렸다. ‘면밀한 취재는 높이 평가할 만하지만 그것을 소설로 완성할 만한 역량이 없다.’는 심사평이 있었다. 니시모토는 그를 만나야겠다는 생각이 들었다.

그것이 가게야마였다.

가가와가 가담한 것은 그야말로 우연이었다. 고지가 손질한 시나리오를 들고 방송국 프로듀서실로 갔을 때 프로듀서와 싸우는 묘한 남자가 있었다. 신주쿠 지하도쯤에서 ‘나의 시집’ 따위를 들고 나와서 늘어놓고 파는 부류로 보이는 예술가 같은 풍채를 하고 있었다. 아마 시만으로는 밥을 먹고 살 수가 없어서 TV 드라마 주제가 작사를 맡아온 모양인데 프로듀서가 그 가사 중에 한 단어를—‘은근한’을 ‘어렴풋한’으로—바꾸라고 제안한 것을 그 시인이 도저히 승낙하지 않는다는 이유로 싸움이 벌어진 것 같았다.

저런 머저리가 있나. 프로듀서를 화나게 하면 본전도 못 찾는데, 하면서 보고 있노라니 이야기는 도무지 평행선만 달리다가 드디어 프로듀서는 정정하지 않으면 가사를 채택하지 않겠다고 선언했다. 그러자 시인은 천천히 그 가사를 쓴

종이를 들더니 갈기갈기 찢어 프로듀서의 책상 위로 눈처럼 흩뿌려놓고 유유히 사라졌다.

시키는 대로 고쳐 쓰는 게 당연하다고 믿고 있던 고지는 깜짝 놀랐다. 그리고 스스로도 영문을 모르는 채 그 시인을 쫓아갔던 것이다.

그것이 물론 가가와였던 셈인데 처음에는 공동 집필자로 그를 가담시키는 일에 불안을 느꼈다. 성격도 나이도 전혀 다른 네 사람이 하나의 필명으로 소설을 쓰게 되면 서로에게 타협점을 찾지 않고는 일이 되지 않는다. 그러기에는 가가와 같은 남자는 적당치가 않다는 생각이 들었던 것이다.

그러나 고지의 강력한 설득으로 일단 해보자는 이야기로 결정이 났다. 막상 네 사람이 시작해보니 가가와는 의외로 공동 작업에 임하는 태도가 철저했고 이상하게 자기를 주장하는 일도 없었다. 니시모토는 고지가 생각해내는 스토리와 가게야마가 모아온 자료를 토대로 초고를 완성하고 가가와가 문체에 손질을 가했다. 가가와가 갖고 있는 언어의 리듬감이 문장을 몰라볼 정도로 신선하게 만들었다.

이건 틀림없이 된다! 니시모토는 이 네 사람의 팀워크에 자신감이 생겼다.

이렇게 하여 넷이서 한 사람인, 니시코지 도시카즈의 창작

활동은 개시되었다.

　　3

　"마누라를 죽이는 법이라……."

　자기가 테마를 제안해놓고도 니시모토는 과연 자기가 그런 글을 쓸 수 있을지 걱정이 되었다.

　고지에게는 분명 안성맞춤의 테마일 것이다. 그는 머릿속으로 얼마든지 허구의 세계를 만들어 즐기는 재주가 있다. 그런데 니시모토라는 인물은 현실을 보는 안목에서는 사회 경험이 풍부해서 고지보다 훨씬 예리하지만 상상력이 부족하다. 이건 선천적인 기질이라 어떻게 할 수도 없이 힘든 요소다.

　고지, 가게야마와 헤어져 집을 향하던 니시모토는 전차에 흔들리면서 취기도 사라졌다. 원래가 성실한 사람이라 할 일이 없으면 자기도 모르게 작업에 대해 생각한다.

　도무지, 왜 그런 테마를 내놓은 것인지 스스로도 잘 모른다. 아무 생각 없이 입에 올렸고 그다음부터는 고지의 말에 휘둘려 결정해버린 거지만……. 뭔가 무의식적으로 아내를 죽이겠다는 기분이라도 작용하고 있었던 걸까.

"노부코를 죽인다고……."

중얼거리다가 니시모토는 쓴웃음을 지었다. 내가 그 여자를 죽일 수 있을까. 생각해보지 않아도 안다. 죽임을 당하는 일은 있을지 모르지만 죽이는 일이라니, 도저히, 절대로. 도대체가 그렇게 간단히 죽을 그런 여자가 아닌 것을.

게다가 노부코는 분명 좋은 아내라고까지는 할 수 없어도 예전에는 좋은 아내였던 적도 있었고 지금 저렇게 되어버렸다고 해서 노부코 한 사람을 책망하는 것도 불공평한 처사가 아닐까. 악처를 만드는 건 남편일지도 모른다.

니시모토는 지극히 공평하고 성실한 남자인 것이다.

그건 그렇고, 집이 가까워질수록 우울해지는 건 사실이다. 특히 오늘은……. 니시모토는 왼손에 시선을 준다. 묶여 있었던 실은 빼버렸고 이제 실을 사서 다시 묶은들 도리가 없다. 노부코가 '그냥 넘어가지 않을 테니까.' 했던 말을 떠올리고 니시모토는 머리 위로 납덩이를 얹은 것처럼 몸이 자꾸 가라앉는 것을 느꼈다. 그 여편네가 그렇게 말했지. 정말 그냥 넘어가지는 않겠구나.

역 앞에서 술을 더 마시고 들어갈까. 그렇게 정신을 잃을 정도로 취해 들어가면…….

“아니, 관두자.”

고작 반나절 정도나 버틸까. 실랑이가 늘어나기만 할 이야기다. 아무리 취해서 들어가도 부드럽게 수발을 들어줄 노부코도 아니고 그 후의 컨디션이 더 걱정이다.

“설마 죽이지야 않겠지.” 하고 니시모토는 스스로를 타일렀다. 재떨이나 뭐든 날아와 부상을 입을지도 모르지만 그걸로는 생명의 위험이 있는 것도 아닐 테고 소나기라도 맞는 셈치고 참고 있으면 되는 것이다.

스스로에게 용기를 불어넣어주지 않고는 집으로 들어갈 수도 없다니, 정말 한심한 이야기다. 그렇다고 집을 나오려고 해도 수입, 지출은 모조리 노부코가 관리하고 있어서 니시모토는 인감 하나 현금카드 한 장 갖고 있지 않다. 다시 말해 무일푼인 것이다. 인세나 원고료는 은행으로 입금이 되니까 현금이 직접 니시모토의 손에 들어오는 일도 없다.

이 나이에 가출할 수도 없는 노릇이고…….

니시모토는 어떻게든 얼버무리고 지나가면 되지, 하고 눈을 감았다.

이럴 때면 어김없이 내릴 역이 가까운 것 같다. 니시모토는 가능하면 이제부터 엄습해올 사태를 생각하지 않으려고 노력하면서 집을 향해 걸었다.

"나 왔어!"

현관으로 들어갈 때는 아무래도 심장이 꽉 조여드는 듯한 느낌이 들었다. 당장이라도 노부코가 엄니를 드러내고 모습을 나타내는 건 아닐까 생각하면서 구두를 벗고 있는데, "어머, 일찍 오네." 하는 여자 목소리가 났다.

얼굴을 들어보니 낯선 여자가 생글생글 웃고 서 있다.

…… 낯선 여자? 아니, 노부코다. 노부코임에는 틀림없지만 예상과는 너무도 달라 다른 사람 같다는 생각마저 들었던 것이다.

"자, 잠깐, 다른 친구들이랑 한잔 하고 왔어……."

"그럴 줄 알았어요. 저녁은?"

"아, 안 먹기는 했지만……."

"그럼 먹어요. 당신 먹을 거 남아 있으니까. 목욕 먼저 할래요?"

"그, 글쎄. …… 아니, 나중에. 먼저 들어가지."

스스로도 무슨 말을 어떻게 하고 있는지 모르겠다. 그 정도로 어리둥절한 것이다.

"…… 자, 여기 차 마셔요."

"고마워."

가볍게 저녁을 먹고 니시모토는 휴, 하고 한숨을 내쉬었

다. 뜨거운 차를 마시면서 도대체 이게 어떻게 된 일이지, 싶
었다. 노부코가 언제 그 말을 꺼낼지, 왼손 새끼손가락의 실
이 없어진 걸 알아챘을까, 하고 내심 조마조마한 마음으로
식사를 했는데 결국 노부코는 아무 말도 하지 않았다.

이럴 리가 없다. 당연히 집에 들어온 순간 노부코는 남편
의 새끼손가락을 보고 알았을 것이다. 오늘 아침 일을 깜빡
잊고 있을 그런 여자가 아니다. 그렇다면 왜 아무 말도 하지
않는 거지? 무슨 생각을 하는 거야? …… 잔소리를 듣고 싶
지 않으면서도 잔소리를 하지 않는 것이 오히려 걱정이 되어
숨을 쉴 수가 없다. 무슨 소리! 이제 말할 거야. 이쪽의 빈틈
을 살피고 있는 게 분명해.

니시모토는 방심하지 말자고 자세를 가다듬으면서 차를
마셨다. 당연히 조금도 맛을 느끼지 못했다.

잠깐 주방에서 나간 노부코가 돌아왔다.

"목욕물 온도가 딱 좋은데, 들어갈래요?"

"아, 그래…… 그러지 뭐."

"비누 새 걸로 꺼내놨으니까 갖고 들어가요."

"알았어."

욕실로 간 니시모토는 옷을 벗기 전에 문득 생각이 나서
욕조 뚜껑을 열어보았다. 안이 비어 있거나 끓는 물로 채웠

거나 찬물이거나 할 경우도 생각할 수 있다. …… 그러나 그
것도 아니었다. 손을 넣어보니 온도는 적당하고 일부러 전류
가 흐르거나 하는 장치를 해놓지도 않은 것 같다.

이건 완전히 '남편을 죽이는 법'이군. 니시모토는 쓴웃음
을 지으며 옷을 벗었다. …… 욕조에 몸을 담그고 천천히 눈
을 감고 있는데 차츰 찌릿찌릿했던 신경도 진정이 되는 것
같았다.

'그냥 아무것도 아니야. 노부코 저 여편네, 뭔가 좋은 일이
있어서 기분이 풀어졌겠지. 그래서 잊지는 않았지만 오늘은
봐주기로 마음먹은 걸 거야.'

'아니. 아직 안심하기는 일러.' 니시모토는 생각을 바꾸었
다. '돈에 관해서라면 기분이 좋고 나쁘고에 흔들리지 않는
사람이 노부코다. 아무래도 뭔가 속에 꿍꿍이가 있는 게 분
명해.'

'그런데…… 이렇게 아내를 믿지 않아도 되는 걸까. 아무
리 악처라고 해도 결혼했을 때는 서로 행복해질 거라고 믿어
의심치 않았다. 그 선의를 순수하게 믿어주는 것이 남편이라
는 존재 아닐까.'

'머저리! 그렇게 얼간이 같은 생각만 하니까 마누라한테
늘 당하는 거잖아. 상대의 마음속을 제대로 읽지 않으면 몇

년은 또 수명이 줄어들 거다!'

'아니, 설사 배신을 당해도 이쪽은 상대를 믿으면 되는 거야.'

'무슨 순진한 소리야. 고지 같은 풋내기 새신랑도 아니고.'

'아니……'

'하지만……'

'그러나……'

니시모토는 비틀거리면서 욕실을 나왔다. 현기증까지 일으키고 있었다.

"상당히 오래 있네요." 노부코가 기가 막히다는 듯 말했다. 그녀는 소파에서 잡지를 넘기고 있었다.

"응……. 현기증이 좀 나서."

"욕조에 오래 있는 건 몸에는 독이라고요."

그렇게 말하고 노부코는 잡지 쪽으로 눈을 돌렸다가 다시 얼굴을 들고 말했다. "차가운 거라도 한잔 할래요?"

"아니…… 글쎄."

"어쩌라고요?"

"응. …… 그럼."

"차가운 홍차라도 만들게요."

"귀찮을 텐데."

"아니, 괜찮아. 당신은 앉아 있어요." 하며 얼른 일어선다.

니시모토는 어안이 벙벙해서 언제 자기가 소파에 앉았는지도 모를 정도였다.

"이건…… 대지진의 전조인가?" 하고 자기도 모르게 중얼거린다. 노부코가 얼른 일어나 주방으로 가는 광경을 본 게 몇 년 만일까? 5,6분 지나자 노부코는 아이스티가 담긴 유리잔을 들고 돌아왔다.

"고마워, 미안하군."

"뭘요." 노부코는 아무것도 아니라는 듯 말하고 다시 잡지 쪽으로 돌아갔다. 홍차에도 독은 들어 있지 않은 것 같았다. 니시모토는 어딘가 모르게 거북함을 느끼고 있었다.

"이봐, 노부코."

"왜요?"

"사실은…… 오늘 아침에 한 이야긴데……."

상대가 잊고 있을 가능성도 만에 하나 정도는 있을 수 있는 것을 굳이 자진해서 꺼내는 것이 니시모토다운 면이다.

"응, 어떻게 했어요? 이야기했어요?" 노부코는 별로 관심도 없는 모습이었다.

"그게…… 술을 한잔 하면서 이야기를 하려고 했는데 마시다 보니까 그냥……."

"그럴 줄 알았어요." 하고 노부코가 웃으며 말했다. "뭐, 괜찮아요.”

니시모토는 그 대답에 겨우 안도의 한숨을 내쉬었다. 살
았다!

마치 숙제를 잊은 초등학생의 기분에서 단번에 내일부터
여름방학이라는 기분으로 바뀐 듯이.

“내가 그럴 줄 알았다니까.” 노부코는 잡지로 눈길을 돌리
며 말했다. “그래서 내가 편지를 보냈어요.”

니시모토의 눈이 갑자기 번쩍 뜨였다.

“…… 편지?”

“그래요.”

“무슨 편지?”

“뻔하잖아요. 오늘 아침에 이야기한 거 말이에요.”

“그러니까…….”

“우리 몫을 늘려달라는 이야기.”

“몫을 늘린다고?”

“그래요. 우리가 절반, 나머지 반을 세 사람 몫으로 할까도
생각했는데 그렇게 하면 당신이 조금 곤란할까 싶었어요. 그
래서 우리가 40퍼센트, 나머지를 세 사람이 20퍼센트씩, 이
런 식으로 했어요. 딱 떨어지는 계산이잖아요.”

“그걸…… 편지로 썼단 말이야?”

"그래요. 다음 달 수입부터 그렇게 하자고 했어요. 올 초부터 계산하는 걸로 소급하는 것도 좋겠지만 누구라도 한번 받은 걸 내놓기는 싫을 테니까요."

노부코는 잡지에서 눈을 떼지도 않고 말했다. 니시모토는 얼굴에서 핏기가 가시는 것을 느꼈다.

"그걸…… 누구한테 보낸 거야?"

"누구냐니? 뻔하잖아요. 고지 씨, 가게야마 씨, 가가와 씨 세 명이지요. 같은 내용을 세 번 썼더니 지겹더라고요."

니시모토는 벌떡 일어섰다.

"과, 관둬! 어디 있어, 그 편지?"

"바보 같기는. 벌써 우편함에 넣었는걸요."

"어디 우편함?"

노부코는 짜증이 난다는 듯 잡지를 내던졌다.

"그걸 알아서 어쩌려고?"

"어쩌다니…… 다시 찾아와야지. 집배원이 가지러 오기 전에 잘못 보낸 편지라고 말하고……."

"미쳤어요? 그만 좀 해요!"

노부코가 벌떡 일어나 니시모토에게 달려들었다. 니시모토는 자기도 모르게 뒷걸음쳤다.

"당신한테 맡겨놓으면 백년이 가도 결판이 나지 않을 테니

내가 직접 한 거잖아요. 불만 있어요? 있으면 말해봐요!”

니시모토는 비틀비틀 소파로 가서 털썩 주저앉았다. ……
무슨 짓이람! 네 사람의 단결도 이걸로 끝이다. 그런 일을 자
기 입으로도 아니고 마누라 편지로……. 니시모토는 남편으
로서의 자존심이 와르르 무너지는 것을 넋을 놓고 보고 있
었다. 아니, 애당초 산산조각이 나 있었지만 분자였던 것이
원자 단위로까지 가루가 되는 것 같았다.

“아니 뭐…… 그렇게까지 하지 않아도…….” 힘없는 항의가
입에서 저절로 나왔다.

말이 떨어지기가 무섭게 노부코의 목소리가 그 말을 묵살
한다.

“그럼 진작 직접 말했으면 됐잖아요! 이젠 아무리 소리 질
러도 늦었다고요!”

늦었다고? 늦었다고……. 결혼 자체가 이미 ‘늦은 일’이지.

“당신은 아무 말 말고 일만 열심히 하면 되는 거예요.”

노부코는 니시모토가 반쯤 마시다 말고 들고 있던 아이스
티 잔을 낚아채더니 “흥, 조금만 잘해주면 기어오른다니까!”
하며 부엌으로 가버렸다.

한없는 무력감이 니시모토를 엄습했다. 그렇게까지 당하
고도, 화를 내지도 못하는 자신이 서글펐다.

도대체 내일 그 세 사람을 무슨 낯으로 대해야 하는 거지. …… 아니, 편지가 배달되는 건 내일 오후가 될 테니까 내일은 그나마 괜찮을 거야. 집에 돌아가면 그 편지가 기다리고 있을 테니.

도저히 작업에 몰두할 생각이 나지 않는다. 작업……. '아내를 죽이는 법'이라고. 아내를 죽이는…….

"먼저 잘게요!" 내던지듯 말하고 노부코는 침실로 가버렸다.

아내를 죽인다. …… 니시모토는 자신의 내면에 노부코에 대한 살의가 싹트고 있음을 알았다.

"아내를 죽이는 법이라고."

혀가 살짝 꼬부라지기 시작한 가게야마가 알아듣기 힘든 발음으로 말했다.

"어때, 응? 자네도 마누라가 죽이고 싶을 때가 있어?"

"저는 아직 신혼입니다." 고지가 얼른 대답을 피했다.

니시모토가 돌아간 후 가게야마가 한잔 더 하자고 집요하게 졸라 하는 수 없이 고지도 이 바로 들어왔다.

"신혼? 신혼이건 구혼이건 악처는 악처야! …… 그래도 처음 얼마 동안은 사소한 일은 용서가 되지. 그렇지 않아? 헤헤! 어쨌거나 같이 붙어 자고 하다 보면 기분이 좋지. 진력이

나기 전까지는."

"예에……."

고지는 힐끗 손목시계를 본다. 가게야마가 그걸 보고 즉각 한마디한다.

"어이, 그렇게 시간에 신경 쓸 거 없어. 예쁜 마누라가 목을 길게 빼고 기다리고 있다 이건가? 좋겠다. 제기랄!"

맞아, 제기랄이야, 하고 고지는 생각했다. 히토미는 분명 집에 들어가자마자 침대로 끌고 가려고 잔뜩 벼르고 있을 게 분명하다.

"가게야마 씨도 부인을 죽이고 싶다는 생각은 안 들지요?" 고지는 화제를 돌리려고 했다.

"응? 글쎄. 죽이면 죄가 될 테니까. 아무리 마누라지만." 하고 고개를 끄덕이고 나서 "하지만 죽었으면 좋겠다고 생각한 적은 있어."

"그렇습니까?"

"당연하지. 세상 남편들치고 그렇게 생각하지 않는 작자가 과연 있을까. 자네도 조만간 그렇게 될 거라고."

"그 전에 남편이 먼저 죽을지도 모르죠."

"뭐?"

"아니, 그냥 아무것도……. 가게야마 씨의 부인은 미인이라고 들었습니다."

정말 그런 이야기를 들은 건 아니지만 되는대로 뇌까려본 것이다.

"그래? 아니, 뭐 인물은 별로 나쁘지 않아. 어쨌거나 같은 회사에서 남자가 다섯 명이나 붙었으니까. 그 정도로 동경의 대상이었다고."

조금 전까지만 해도 '죽었으면 좋겠다.'고 해놓고 이번에는 대놓고 자랑이다. 남편들이란 참 귀여운 자들이다.

"여행 중이시라니 적적하시겠네요."

"이 나이에 독신은 괴롭지, 정말." 하고 가게야마는 한숨을 쉰다. "딸까지 데리고 가버렸거든."

가게야마는 아내 가즈요와 중학생 외동딸 도시코를 생각하며 잠시 센티멘털한 기분이 되었다. 지금쯤 파리, 로마가 아니면 발길이 런던 쪽으로 진출해 있을까…….

"어머, 비행기가 떨어졌대요."

카운터에 있는 여종업원이 신문을 보며 큰 소리로 말했다. "무섭다. 그래서 나는 비행기가 싫어요. 해외여행도 할 게 못 된다니까."

"갈 수 없으니 그런 소리를 하는 거지." 하고 누군가가 놀렸다.

“무슨 말을 그렇게! 그럼 데리고 가줘요.”

웃음소리가 퍼졌다. …… 가게야마는 손을 뻗어 신문을 집었다.

“어라, 반가운데, 나의 그리운 친정 A신문 아냐?”

“신문사 시절이 그립습니까?”

“아니, 천만에. 그냥 향수병 같은 거지. 지금이 훨씬 편하고……. 비행기 사고라.”

“어디래요?”

“유럽.”

가게야마는 진지한 얼굴이 되어 신문을 펼쳤다. “…… 일본인 승객은 없는 것 같다고?”

“부인이 걱정되시는군요. 아까는 그런 소리까지 해놓고.” 고지가 놀리듯 말하자,

“무슨 소리야! 내가 걱정하는 건 딸이야!” 하고 짐짓 눈을 부라렸다.

“어디쯤에 떨어졌대요?”

“스페인 쪽이야. 뭐, 우리 마누라는 스페인에는 관심 없어.”

“탑승자 명단에 없으면 괜찮은 거지요.”

“자네 모르는 모양이군. 그쪽 명단이라는 게 엉터리야. 떨어져도 누가 탔는지 모르는 경우도 있어.”

“예에? 그런가요?”

고지의 머리 안테나가 재빨리 그 데이터를 붙잡았다. 이건 뭔가 쓸 만한 정보가 아닐까…….

“그럼 이제 그만 갈까.” 가게야마가 일어섰다.

“택시로 가실 거죠? 도중에 내리시면 되니까 같이 타실래요?”

“아니, 나는 전철로 갈 거야.”

“하지만 어차피 가게야마 씨 집 근처를 지나가는데요.”

“됐어. 가봐. 그냥 집에 가면서 술도 좀 깨야 할 테니까 전철이 나아. 괜찮으니까 가봐.”

“그렇습니까……?”

밖으로 나온 두 사람은 바 앞에서 헤어져 고지가 택시를 잡았다. 가게야마는 멈춰 서서 고지가 탄 택시가 사라지기를 기다렸다가 자기도 택시를 세웠다.

운전사에게 행선지를 알리고 가게야마는 크게 기지개를 켜며 눈을 감았다.

“도착하면 깨워주쇼.”

“알겠습니다.” 하고 운전사가 대답한다. 가게야마는 안심하고 이내 잠에 빠져들었다. …… 신문을 본 탓인지 비행기가 불을 뿜고 떨어지는 꿈을 꾸었다. 왠지 가게야마는 뛰어서 그것을 쫓고 있다. 창문으로는 도움을 청하는 딸 도시코의 얼굴이 보인다. 그 안쪽에는 가즈요의 얼굴이…… 아니, 그게 아니었다. 그 안에서 요염하게 웃으면서 가게야마를 손짓해 부르는 사람은 아사쿠라 후유코였다…….

"빨리 와. 여태 기다렸어." 하고 원망스러운 듯한, 콧소리를 내는 듯한 목소리가 들려온다. 정말 착한 여자다. 어줍지 않게 유한부인인 양 거드름을 피우며 높은 데서 내려다보는 듯한 가즈요와는 정말 다르다. 30세라는 나이치고는 마치 스물 몇 살 정도의 탄탄하고 보기 좋은 몸이다.

지금 갈 거야. 기다려…….

"어머 당신이야?"

문을 열자 후유코가 헐렁한 가운 차림으로 서 있다.

"뭐야? 반가워하지도 않는 거야?" 방으로 들어가면서 가게야마가 말했다.

"속이 안 좋아서." 후유코는 한기라도 드는지 몸을 잔뜩 웅크리며 좁은 소파에 앉았다.

"한잔 할 거면 알아서 적당히 찾아봐요."

"아니, 마시고 왔어." 가게야마는 걱정스러운 듯 후유코의 얼굴을 들여다보았다. "병이라도 난 거야? 아님 그냥 숙취야?"

후유코는 금방은 대답하지 않았다. 한동안 손가락으로 관자

놀이를 누르고 있다가 이윽고 가게야마를 보며 입을 열었다.

"임신이야."

가게야마는 깜짝 놀랐다. 얼마간 남아 있던 취기가 단번에 날아가버렸다.

"확실한 거야?"

"유감스럽게도 당신 아이야."

"무슨 그런 당연한 말을……."

후유코는 희미하게 웃으며 "고마워요. '정말 내 아이야?' 하고 묻지 않을까 싶어 내 정신이 아니었어."

가게야마는 후유코의 손을 잡았다. 후유코도 그 손을 마주 잡고 말했다.

"처리해야겠지?"

"그, 글쎄……."

"나는 낳고 싶은데……."

"어이……."

가게야마가 자기도 모르게 입을 열려는 것을 막으며,

"걱정하지 마. 당신 번거롭게 하지 않을 거니까."

아사쿠라 후유코는 가게야마가 근무하던 A신문사에 근무하는 여직원이다. 까다로운 노처녀라는 이미지와는 달리 여자다운 면과 동시에 야무진 차분함이 있어서 가게야마의 눈을 끌었다. 그러나 두 사람이 이런 사이가 된 것은 가게야마가 A신문사를 그만두고 작가생활로 접어들고 나서 한참이 지나서였다.

딱히 어느 쪽이 먼저 유혹한 것도 아니다. 우연히 자료를 조사하러 옛 직장을 찾아간 가게야마가 복도에서 후유코와 마주쳤고 자연스럽게 차나 한잔 하러 가자고 했고, 저녁 시간이었기 때문에 자연스럽게 저녁식사 약속을 했고, 자연스럽게 바에 들렀고 자연스럽게 호텔로 가는, 그런 식이었다.

자연스럽게 시작된 관계치고는 어느새 1년 이상 이어지고 있었고 가게야마도 날이 갈수록 이 아파트를 찾아오는 횟수가 많아졌다.

"내가 마누라랑 헤어지면……." 하고 가게야마가 말을 꺼내자 후유코가 웃으며,

"헛된 희망을 갖게 하는 것도 죄야. 딸도 생각해야지."

"그 녀석도 이제는 어린애가 아니야. 이해해줄 거야."

"부인이 고분고분 받아들일 것 같아? 난 갈등은 싫어."

그 말을 듣고 가게야마도 더 이상 아무 말도 하지 않았다.

"…… 그러니까 지우는 걸로 해야지."

후유코는 짐짓 아무렇지도 않은 투로 말했지만 가게야마는 후유코의 말투에 서글픔이 배어 있다는 것을 알아챘다.

“저기, 오늘 밤에는 어떻게 할 거야?”

“자고 가도 될까?”

“나는 괜찮지만. …… 부인이 돌아올 때까지는 괜찮은 거네.”

가게야마는 문득 생각했다. 스페인에서 추락했다는 그 비행기에 가즈요가 타고 있었다면……. 가게야마가 진심으로 아내의 죽음을 바란 건 이번이 처음이었다.

아내를 죽이는 법이라고……?

고지는 부엌으로 가서 냉장고를 열고 먹을 수 있는 것을 찾았다.

소시지가 있는 걸 발견하고 우적우적 먹었다. …… 공복 상태에서 침대로 끌려들어갔고 이제는 눈이 핑핑 돌 지경이다. 이대로 가면 죽을 거야.

정말 끔찍한 여자야. 당사자 히토미는 일을 마치자 잠에 곯아떨어졌다.

하는 수 없이 고지는 스스로 냉동식품을 꺼내 데우기 시작했다.

“마누라를 죽이는 법이라고……?”

내 경우엔 정당방위라고!

4

"마누라를 죽이는 법이라고……?"

가가와는 집으로 돌아가기 전에 가까운 커피숍에 들렀다. 단골 커피숍으로 에리코 같은 매력적인 여종업원은 없지만 묘하게 손님에게 들러붙어 치근거리지도 않고 그렇다고 쌀쌀맞지도 않은 주방장과 그 젊은 부인이 작은 점포를 운영하고 있었다.

이곳은 조용함이 있고 마음의 편안함을 주는 공간과 무관심이 있었다. …… 최근에는 그 정도 조건조차 충족시켜 주는 업소가 거의 전무한 세태가 되어가고 있었다.

가가와는 절반 정도 마신 커피 잔을 놓고 앉아 멍하니 눈을 허공으로 향하고 있었다. …… 무위의 시간. 시인에게 있어서는 그 시간이야말로 가장 생산적인 시간이다.

작업실에서 산문적인 세 남자들과 자리를 나란히 하고 있는 것은 가가와 입장에서는 아무런 소용도 없는 시간이었다. 그러나 생활을 위해서는 어쩔 수가 없다. '이상'을 버터구이로 만들어 먹을 수는 없는 노릇이므로.

그러나 요즘 들어 가가와의 내면에 짜증이 부풀어 오르기 시작했다. 나는 저런 싸구려 글쟁이나 기자 나부랭이와는 다르다. 시인이다. 이렇게 스스로를 타이르곤 하지만 실제로는 그가 쓰고 언어로 창조하는 것은 니시코지 도시카즈의 원고 뿐이었다.

지난 4개월 동안 한 편의 시도 쓰지 못했다. 이런 적은 한 번도 없었다. 한 달 혹은 두 달 정도 쓰지 못하는 경우는 몇 번 있었다. 그러나 이것과 그건 다르다. 쓰다가 막히는 것과 아예 쓰지 않는 것과는 다르다. 쓰고 있는 시에서 한 줄이 도저히 마음에 들지 않는 경우. 완성된 시 한 편 중에 단어 하나가 아무리 봐도 마음에 들지 않는 경우. 그런, 소위 목적과 이유가 분명한 초조감이었다.

그러나 이번과 같은 기분은 다르다. 아무것도 쓰지 못하는 것이다. 아무것도 솟아나지 않는 것이다. 갑자기 정전으로 TV 화면이 사라진 것처럼 가가와의 내면에 '시'가 그 흐름을 멈춰버린 것이다. 일시적인 현상일까. 마감에 쫓기는 네 명의 일상에 젖어버린 결과라면 일시적인 휴식…… 충전을 위한 시간이라고 여유를 부리고 있을 수는 없다.

이미 시의 샘은 말라가고 있는 건지도 모른다. 이대로 내 버려두면 점점 말라가다가 바닥이 드러나면서 갈라지고 풍화해갈 것이 분명하다…….

그러니 어떻게 하면 좋을까?

원인은 분명하다. 저속한 소설 작업에 휘말려 언어를 낭비하고 있기 때문이다. 언어의 신성함을 더럽히고 있기 때문이다. 시라는 것은 한 줄을 완성하기 위해, 시로서 몇날 며칠이 걸릴 때가 있다. 하나의 단어, 구두점조차 있어야 할 곳에 있어야 할 모습으로 놓여 있고 다른 것과 바꾸거나 옮기는 것이 절대로 용납되지 않는다.

그 대신 니시코지 도시카즈의 작품이 되면…… 이야기가 전혀 다르다. 그저 그런 형용사, 어딘가 리듬이 모자란 문체, 단순히 원고 매수를 채우기 위한 대화의 홍수……. 풍부한 자료를 토대로 한 정보소설이라고 하면 말이 좋아서 정보소설이지 요는 문헌의 복사와 자료의 나열로 원고 매수를 채우는 것에 불과하다. 게다가 그 자료가 어디까지 객관적으로 신뢰할 수 있느냐, 하는 점에 있어서는 수상하기 짝이 없는 노릇이다.

게다가 남자와 여자가 나오면 반드시 한 침대에 들어가는 그 진부하기 짝이 없는 설정. 묘사가 진부한 점도 이것이 시작詩作이라면 아무리 엉터리 시인이라도 한 가닥 양심이라도 있다면 결코 하지 않을, 같은 표현의 반복이다. 남자는 어김없이 섹스의 달인이고 여자는 반드시 절정을 오락가락한다. 그러나 현실적으로 제대로 알지도 못하는 남녀가 처음 같이 잔 자리에서 그렇게 자주 절정에 이른다는 건 상상할 수가 없다.

심리적으로 볼 때 부자연스러운 행동도 '스토리를 위해서'라면 용납된다. 등장인물의 처치가 곤란해지면 '교통사고라도 당하게 할까.' 이런 식으로 마구잡이다.

그런 식으로 대중에게 아부하는 오락소설 따위는 적어도 언어를 받들고 사는 시인이 손댈 작업은 아니다. …… 그건 알고 있다. 그렇다면 가능한 일은 분명하다. '니시코지 도시카즈'에서 손을 떼면 되는 것이다. '니시코지 도시카즈'가 어떻게 되든 그런 일은 그가 알 바가 아니다.

그러나 그건 불가능하다…….

가가와는 커피숍 주방장을 향해 가볍게 손을 들고 상대가 알아차리자 "커피 한 잔 더." 하고 말했다. 젊은 아내가 얼른 와서 아직 조금 남아 있는 커피를 가지고 간다. 생각이 일단락되면 커피를 한 잔 더 시키는 것이 가가와의 버릇이다. 그 시간적인 '동안'이 새로운 공기를 머리에 불어넣어줄 것만 같기 때문이다.

지금 하는 일을 그만둔다. 그건 불가능한 이야기다. 수입 격감. 그 자체는 크게 무섭지 않다. 원래 가가와는 돈을 별로 쓰는 편도 아니고 없으면 없는 대로 살아가게 마련이라는 것은 일찍이 떠돌이 생활을 하면서 알고 있었다.

상관없어. 나 혼자라면…….

늘 같은 결론에 이르렀다. 가가와는 그 이상의 일을 생각하려 들지도 않고 두 잔째의 커피를 무심히 마셨다.

"감사합니다."

주인 부부의 목소리가 동시에 나와, 가가와는 잠깐 '아름답다.'고 생각했다. 순수한 음정으로 서로를 돋보이게 하는 화음과도 같은 절묘한 조화를 그 순간 느꼈다.

저 부부는 나이 차이가 많이 나지만 분명 서로를 사랑하고 있고 행복하게 살아갈 거라고 가가와는 생각했다. 저다지도 조화로운 음색은 의도한다고 낼 수 있는 게 아니다.

자신이 고심해서 짜낸 시 몇 줄보다 저 '감사합니다.'라는 말이 훨씬 아름답고 가슴에 와 닿는다는 생각에 가가와는 조금 우울해졌다.

"마누라를 죽이는 법이라고……?"

문득 가가와는 자신이 쓴다면 이런 말로 시작할 거라고 생각했다.

'감사합니다.'

커피숍 주인 부부는 한목소리로 인사했다. 그것을 등 뒤

70

로 들으면서 분명 저 부부는 화목한 가정을 꾸려가고 있을 거라고 생각했다. 우리 집과는 뭔가 다른…….

가가와는 문패도 아무것도 없는 주택으로 들어섰다. 집 주소를 알고 있는 사람은 동료 세 사람뿐이지만 그들도 여기에 와본 적은 없다. 더구나 출판사 등에는 작업실 주소와 전화번호밖에 가르쳐주지 않았다.

2층짜리의 아담하고 소박한 집이다. 분양하고 남은 한 채를 교섭을 통해 빌려서 살고 있었다. 여기로 이사 온 지 1년 가까이 된다.

현관에 열쇠를 꽂아 문을 연 가가와는 "나 왔어." 하고 말했다.

그러자 즉시 료코가 얼굴을 내밀었다.

"어서 와요. 한잔 했어요?"

료코의 말투에 불만스러운 낌새는 전혀 없다.

"응, 뭐 좀 논의할 게 있어서." 가가와는 현관 안으로 들어섰다.

료코는 앞치마 차림으로 부엌에 섰다. 가가와는 그녀가 앞치마를 두르지 않은 모습을 별로 본 기억이 없다.

가가와가 결혼한 것은 딱 1년 전이다. 그 때문에 싸구려지만 최소한 필요한 넓이만은 갖추고 있는 이 집으로 이사를 왔다. 셋이서 살기에는 아무래도 이 정도의 넓이가 필요했다.

결혼했을 때 료코는 임신해 있었다. 그리고 지금은…….

"우타코는?"

"자요. 그렇게 하루 종일 움직였으니 피곤할 거야, 분명."

"그래……."

가가와는 신문을 펼쳤다. "아, 내일 저녁은 편집자 초대로 늦을 거야. 먼저 자."

"알았어요."

료코는 냄비 뚜껑을 열었다. "조금만 더 기다려요……."

조금도 그를 의심하지 않는다. 가가와는 가볍게 숨을 내쉬고 신문을 본다. 안도의 한숨인지 낙담의 한숨인지 스스로도 잘 알 수가 없었다.

가가와가 결혼에 대해 나머지 세 사람에게 감추고 있는 건 그렇고 그런 축하나 설교 같은 말을 듣는 게 싫기 때문이다.

가가와는 결혼 자체를 부정하는 일부 예술가들과는 다르다. 그것은 나름대로 아름답다고 생각하고 있다. 그러나 결혼하는 것과 결혼생활을 영위하는 것은 다르다. 결혼하면 자기의 인생은 자기만의 것이 아니게 된다. 거기서 과연 시가 탄생할 수 있을까.

"오래 기다리셨습니다."

료코가 저녁을 차린다. …… 료코는 아직 젊다. 이제 겨우 스물두 살. '평범'이 뭔지 그림으로 보여주는 듯한 여자다. 적당한 살집에 적당한 키, 미인도 아니고 못생긴 편도 아니고 옆에 있어도 신경이 쓰이지 않는 대신 없어도 전혀 알아차리지 못하는.

가가와가 료코와 결혼한 것은 순전히 충동과 우연 때문이었다. 광고회사 선전문을 만드는 일을 하고 있을 때 그 회사에서 심부름으로 찾아온 사람이 료코였다.

아직 니시코지 도시카즈의 작업도 궤도에 오르지 못하고 악전고투를 계속하던 시기였기 때문에 가가와도 아르바이트로 그런 일을 했는데 자신감 넘치는 카피를 번번이 딱지맞고 화가 나서 그 광고회사를 나오다가 심부름 갔다 돌아온 료코와 마주쳤다. 그의 화난 모습을 알아차린 료코가, "왜 그래요?" 하고 물었다. 가가와의 기분은 울화와 함께 답답해서 미칠 지경이었다. 다짜고짜 료코의 팔을 잡고 가까운 커피숍으로 데리고 갔다. 료코는 어리둥절한 모양이었지만 그런데도 거역하지 않고 따라왔다.

가가와가 회사에 대해 욕을 퍼부으며 "저 따위 회사 그만둬." 하고 말하자 료코가 고개를 끄덕 했다.

“그리고 어떻게 하지요?”

설마 그런 식으로 되물을 거라고는 생각하지 않았던 가가와는 대답할 말이 없었다. 그래서 불쑥 “그냥 뭐…… 나한테 오면 되지.” 하고 말했다.

료코는 “싫어요! 무슨 그런 농담을!” 하며 웃음을 터뜨렸다. 가가와도 점점 더 정색하고 나왔다. 자기가 한 말에 대해 웃어넘긴다는 것이 가가와에게는 가장 화나는 일이었던 것이다.

“거짓말인 줄 알아? 그럼 따라와!” 하며 자리에서 일어섰다.

“어디로?”

“우리 집.”

“하지만 심부름 갔다 오는 길인걸요. 회사로 들어가봐야 해요.”

“회사 그만두는 거 아니었어?”

“그래도 그렇지…….”

료코는 눈을 휘둥그레 떴지만 화가 나 있는 것 같지는 않았다. 그것도 생각해보면 이상한 일이지만 가가와는 특별히 마음에 두지 않았다. 둘은 그 길로—가가와의 자취방은 너무 멀었기 때문에—근처 호텔로 직행했다.

두 사람은 지극히 산문적인 과정을 통해 결혼에 골인했지만 나중에 료코는 처음부터 회사에 와 있던 가가와에게 마음이 끌렸다고 털어놓았다.

가가와는 때로 남보다 두 배로 감상적이 되는 면이 있어서 그때 료코가, "결혼해주지 않아도 좋아요. 당신이 첫 남자였다는 것만으로 만족해요." 하는 말에 눈물이 날 정도로 감격했다. 두 사람은 다음 날 결혼했다. 아니, 혼인신고를 했다는 의미다. 료코가 가가와의 자취방으로 이사를 온 것도 바로 그날이었다. 료코도 친인척이 별로 없었다. 시골에 계시던 부모님은 이미 돌아가셨고 하나밖에 없는 언니는 생활과 육아에 쫓겨 료코의 근황 따위는 안중에도 없었다.

저녁식사를 하면서 가가와는 만약 료코와 결혼하지 않았으면 어떻게 되었을까 하고 문득 생각해봤다. …… 수입은 정확하게 4등분으로 나누어 지급되기 때문에 독신자인 그는 꽤 우아한 생활을 즐길 수 있었을 것이다. 이렇게 분위기도 멋도 없는 성냥갑 같은 집이 아니고 주택가에서 좀 떨어진 별장 같은 곳에 거주하며 자연과 하나가 되어 살면서 시상詩想을 가다듬을 수 있었을 것이다. 작업실에는 필요할 때만 나가면 된다.

그런데 현실은 어떤가? 눈앞에는 이제 살림꾼 냄새가 물씬 나도록 살이 찐 아내. 2층 방에는 일 년 내내 신경을 찌를 듯이 울어대는 아기.

단 한 번의 충동이 인생을 크게 바꿔버렸다…….

"어느새 1년이 다 되었네요." 하고 료코가 말했다. "여기로 이사 온 지가."

"그렇게 됐나?" 하고 아무 생각 없이 대답했다.

"꿈만 같아요. 이런 집에 살다니."

"꿈? …… 여기가 꿈이라고?"

"그럼요. 우리 집은 가난했어요. 항상 남의 집에 세 들어 살면서 주눅이 들어 지내야 했어요. 도쿄로 와서도 단칸 자취방 신세였고. 당신과 결혼을 해도 그럴 거라고 생각했어요."

"날 그렇게 못난 놈으로 봤다는 거군."

"그게 아니고요. 봐요. 사람마다 자신의 별이라는 게 있잖아요? 나쁜 별 아래 태어났다던가. 나는 단칸 자취방이라는 별 아래 태어났다고 생각했어요."

"조금 낫다 이건가?"

"낫다기보다는 꿈만 같은걸요. 이렇게 2층짜리 집이라니……." 하고 료코는 싸구려 장식이 달린 천장을 올려다보았다.

"가끔 밤에 잠에서 깨면요, 어머, 왜 위층이랑 옆에서 소리가 나지 않지? 하고 이상한 생각이 들 때가 있어요. 아, 맞아. 여기는 온전히 우리 집이었지, 하는 생각이 떠오르면 절로 웃음이 나요.”

료코는 미소를 짓고 나서 남편 쪽으로 눈길을 돌리더니 조금 생뚱맞은 어조가 되었다.

“저기요. 부탁이 하나 있는데요.”

“무슨 부탁?”

료코는 잠깐 입속으로 중얼거리고 있었다.

“만약…… 당신이 바보 같은 짓이라고 생각하면…….”

“말을 해야 알지.”

“예……. 저기요, 사진을 찍고 싶어요.”

가가와는 좀 뜻밖이라는 생각이 들었다.

“사진을 찍는 게 왜 바보 같은 짓이지?” 하고 물었다.

“그러니까…… 결혼식 사진…….” 하고 료코는 거의 기어 들어가는 목소리로 말했다. 그리고 얼른 말을 이었다.

“결혼식을 올리고 싶다는 이야기가 아니고요. 이제 와서 아기까지 있는데 새색시도 아니고. 그냥 웨딩드레스를 입은 사진을 찍어두고 싶어요. 우타코가 나중에 크면 보여줄 수 있게. 돈도 그렇게 많이 들지 않는대요. 우타코는 내가 데리고 갈 테니까, 당신을 번거롭게 하는 일은 없을 거예요.”

빠른 어조로 쏟아내는 료코의 말을 듣고 가가와는 쓴웃음을 지었다. 물론, 그의 입장에서 보면 쓸데없는 허영심이라고 타이르고 싶은 순간이다. 그러나 료코의 소원도 소박하고 나름대로 아름답다. 평범하고 순진하니까 용납이 된다. 평범하면서 비뚤어진 사람이라면 도저히 흉내 낼 수 없는. 그런 점에서 료코가 나았다.

"좋고말고. 찍어보자고."

"고마워요!" 료코는 정말 의자에서 몇 센티미터는 뛰어올랐다.

"웨딩드레스가 좋을까? 아님 전통 혼례복이 더 잘 어울릴까요? 피로연용 칵테일드레스도 한 벌 입어보고 싶어요."

어린애처럼 들떠 있는 료코를 보고 가가와는 미소를 머금었다. 그러나 그 이면에는 저 커피숍 여종업원 에리코와의 밀회에서 오는 양심의 가책을 상쇄하려는 기분도 있었을지 모른다.

에리코와의 정사는 지난 3개월 정도 계속되고 있었지만 그렇게 자주는 아니고 정신없이 빠져 있는 것도 아니었다. 굳이 말하자면 에리코 쪽에서 유혹을 해왔고 가가와가 그 유혹을 뿌리치지 않았다는 쪽에 가까울 것이다. 특별히 죄책감은 없었다. 료코와의 관계도 비슷했다. 그러니까 어쩌다 보니 결혼까지 하게 되었을 뿐이라는 이야기다.

물론 료코에게는 감추고 있었지만, 그런 관계가 알려졌을 때 옥신각신하는 게 싫기 때문이다. 료코는 그런 일은 의심할 줄 모르는 여자다. …… 료코의 그런 면이 가가와에게는 참을 수 없는 점이었다. 질투할 정도의 여자라면 그 또한 시적일 것이다. 그러나 료코에게 시라는 것은 스와힐리어(아프리카 동남부, 즉 탄자니아, 케냐를 중심으로 한 지역에서 공통어로 쓰는 언어―옮긴이) 같은 거나 다름이 없어서 일반인은 이해하려고 하지 않아도 되는 것이었다. 료코는 철저하게 현실적인, 소위 '꽉 막힌 살림꾼' 마누라였다.

딸에게 우타코詩子라는 이름을 붙인 것은 물론 가가와였고 료코는 '히로코博子'라던가 '유키코幸子' 등 평범한 이름을 붙이고 싶어 했다. 그러나 딱히 남편의 의견에 반대도 하지 않고 지금은, "우타코가 글쎄……" 하며 이야기를 한다. 우타코라. …… 가가와는 어쩐지 자신의 시가 맞이할 미래를 상징하는 것 같아 쓴웃음을 짓곤 했다.

난감한 것은 그런 료코의 역할 덕분에 이 가족이 매우 쾌적하고 편안하다는 사실이다.

시인이 만족스러운 생활을 하면 어떻게 될까?

이제 그는 시인이 아니다. 가가와는 지금 자신이 그렇게 되려고 한다는 것을 느꼈다. 그러나 어떻게 그걸 막을 수 있을까? 이혼을 해? 이혼사유는…… 너무 착한 마누라이기 때문에? 바보 같기는! 그런 미묘한 뉘앙스를 료코가 이해할 리 없다.

료코가 울부짖는 모습을 상상하며 가가와는 부르르 진저리를 쳤다. 그런 일은 그의 섬세한 신경을 갈기갈기 찢어버릴 것이다. 그렇게 되면 시는커녕 아무것도 되지 않는다.

달리 방법이 없다. …… 두 사람을 버리고 방랑의 길을 떠나기에는 가가와는 사람을 너무 좋아했다.

"마누라를 죽이는 법이라……."

자기도 모르게 중얼거렸다.

료코가 "예에?" 하고 얼굴을 들었다. "뭐라고 했어요?"

"아니, 아무것도 아니야. 작업에 대한 생각."

료코는 다시 웨딩드레스의 환상에 취하기 시작한 것 같았다.

가가와는 문득 생각했다. 현실 속의 살인은 우선 동기가 있는 사람이 의심을 받는다. 만약…… 만약에 가가와가 료코를 죽였다고 하면 가가와는 의심을 받을까? 에리코와의 일이 발각이라도 나면 모를까 아무리 남편이라고 이유도 없이 아내를 죽이거나 하지는 않을 것이다. 가가와는 이제 어느 정도 알려진 작가(의 일부)다. 료코와는 더할 나위 없이 잘 지내고 있었다. 두 사람이 싸우는 모습을 본 사람도 없을 것이고 말다툼하는 소리가 밤의 정적을 깨뜨린 적도 없다. 이웃 사람 누구라도 무척 다정한 부부였다고 증언해줄 것이 틀림없다.

형사들은 그의 동기를 도저히 이해할 수 없을 것이다.

"잘난 마누라였기 때문에 죽였습니다."

"시를 쓸 수 없으면 곤란하기 때문에 죽였습니다."

누가 이런 동기를 생각이나 할 수 있을까. 명백한 증거만 남기지 않는다면 의심을 받지 않고 넘어갈 수 있다.

이건 꽤 재미가 있는데, 하고 가가와는 생각했다. 동기를 감춰놓고 마지막으로 밝힌다. 독창적인 동기 아닌가.

쓸 만한 작품이 나올지 모른다. …… 가가와는 저녁을 먹고 난 후 곰곰 생각했다.

그날 밤 우타코가 곤히 자고 있는 것을 확인하고 나서 가가와는 료코를 안았다. 오랜만의 관계였다. 료코가 만족스러운 미소를 지은 채 잠에 빠져들자 가가와는 일어나 책상을 향해 앉았다. 아이디어를 적어두기만 할 생각이었는데 준비작업도 아무것도 없이 가가와는 갑자기 글을 쓰기 시작했다……

제 2 장
준비

1

(니시모토 야스지의 원고)

여자란 결국 경제적인 동물이다. 그 사실을 깨달은 순간, 거의 동시에 그의 뇌리에 아내를 죽일 방법이 퍼뜩 떠올랐다.

니시카와는 연약한 남자다. 육체적으로도 별로 튼튼하다고 할 수 없지만 육체적인 면만이 아니라 십 수년 동안의 결혼생활에도 항상 아내 노부코에게 짓눌려 지냈기 때문에 이제는 정면으로 반항의 주먹을 치켜드는 일 따위는 불가능하게 되었다.

종종 ‘눌리고 눌리다 못해 분노가 폭발했다.’ 등의 표현을 볼 때가 있지만 몇 달, 혹은 기껏 1년 정도라면 모를까 그 이상 눌려 지내다 보면 몸으로 적응이 되어 더 이상 분노는 폭발도 하지 않고 끝나버릴 것이 분명하다. 화약이 젖어 불발이 되는 것처럼 말이다. 분노의 에너지는 그렇게 오래도록 신선할 수는 없는 법이다.

니시카와의 경우 분노는 이미 체념으로 풍화하여 지금 그를 부추겨 아내를 죽이는 계획에 열중하게 하는 것은 오로지 탈출하고 싶다는 욕구인 것이다.

아내를 죽인다. 글자로 표현하면 지극히 간단한 일이지만 이보다 어려운 일도 세상에는 별로 없을 것이다. 특히 니시카와처럼 마음이 약한 남자는 스스로 칼이나 돌을 휘두르는 따위의 행동은 하지도 못한다. 그렇다고 누군가에게 부탁할 수도 없다. 니시카와는 암흑가에 줄이 닿아 있는 것도 아니므로.

노부코를 죽일 경우 일단 두 가지 조건이 채워져야 한다. 직접 니시카와 자신이 손을 쓰지 말 것. 그리고 니시카와가 혐의를 받지 않아야 할 것.

너무 뻔뻔한 조건인지 모르지만 아무리 아내를 죽여도 10년이나 형무소에서 썩게 되면 아무런 의미도 없다. 결혼이라는 감옥에서 현실의 감옥으로 옮기는 것에 불과한 형국이 된다. 게다가 재판에서 무죄가 되었다고 해도 그때까지 막대한 시간을 낭비해야 할 것이고 세상의 시선은, "어쩌면 유죄인지도 몰라."라는 것만으로도 냉정해질 것이다. 그런 시선을 받으며 살아가는 건 절대 사양하고 싶다. 그렇다면 유일하고도 확실한 방법은 노부코가 자살을 하도록 만드는 것이다. 이 방법이라면 니시카와가 직접 손을 쓰지 않아도 되고 살인 혐의를 받을 일도 없다.

그렇다면 이제 어떻게 해서 노부코로 하여금 자살을 하도록 할까.

"한 가지 부탁이 있는데."

"뭘요?"

"자살해주지 않을래?"

이런 방법으로 흔쾌하게 OK해준다면 더 말할 것도 없지만 이건 도저히 바랄 수 없는 상황이다. 그러면 노부코가 죽고 싶어 할 상황을 만들어낼 필요가 있다. 이것이 그리 쉽지는 않을 것이다. 무슨 일이 있어도 그렇게 간단히 죽을 수 있는 여자가 아닌 것이다. 비행기가 남해 고도에 불시착하고 상어가 득시글거리는 바다에 표류했다고 해도 노부코라면 혼자만 살아남을 게 틀림없다.

그런 노부코의 약점. 그것은 '돈'이다…….

"어이! 여기야, 여기."

혼잡한 점심시간의 한 카페. 니시카와는 안으로 들어와 두리번거리는 에구치 가즈미를 향해 소리를 지르면서 엉덩이를 들썩이며 손을 흔들었다. 에구치는 즉시 알아보고 테이블 사이를 지나 다가왔다.

"안녕하세요, 고모부."

"오랜만이군, 자, 앉아라." 니시카와가 처조카를 맞으며 말했다. "점심은 아직 안 했지? 그럼 뭔가 먹자고. 요기가 될 만한 게 있을지 모르겠다만……."

니시카와는 여종업원을 불러 스파게티와 커피를 주문하고 나서 "어때? 요즘은." 하고 의자에 천천히 기대앉으며 물었다.

"여전하지요." 에구치는 좀 쑥스러운 듯 웃었다.

에구치 가즈미는 노부코의 조카다. 스물네 살이나 되었지만 여전히 직장도 없이 빈둥거리고 있다. 딱히 머리가 나쁜 건 아닌데 타고나기를 땀 흘려 일하는 것에 맞지 않아서인지 본인도 직업을 찾아 일을 하려는 의지가 전혀 없는 것 같다.

그의 아버지—노부코의 오빠—는 외교관으로 거의 일본에 있는 일이 없다. 아들 쪽도 그런 아버지를 따라 소년시절부터 유럽, 미국, 중남미 등 여러 나라를 전전하며 살아왔다. 그의 방랑자적인 성격도 그런 환경에 요인이 있는지도 모른다.

그건 그렇고 현재도 부모님은 영국에 가 있고 그는 혼자 아파트에 산다. 아버지가 보내주는 용돈으로 우아하게 사는 모양이라고 했다.

"가끔 집에 놀러도 오고 그래. 집사람이 늘 이야기하던데."

"예. 그러려고 하는데, 어쩌다 보니까……." 하고 말을 꺼내다가 갑자기 풋, 하고 웃는 얼굴이 되더니 "바빠서 그런다고 하면 고모부가 화내겠지요."라며 담배에 불을 붙였다.

"뭐야, 던힐 피우는 거야? 라이터는 물 건너온 거군."

"예, 듀퐁입니다." 별것 아니라는 듯 말하며 테이블 위에 놓는다.

"여자한테 선물 받은 거야?"

"고모부도 무슨 말씀을 그렇게…… 아버지한테 받은 거예요."

에구치 가즈미는 미남자다. '미남자'라는 표현은 좀 구닥다리 같긴 해도 그 말이 딱 어울리는 인물이다. 피부는 희고 갸름한 얼굴에 서글서글한 눈매, 단정한 입매, 훤칠한 키에 다리가 길고 또 외국에서의 생활로 몸에 밴 자연스러운 세련된 감각은 조금도 꾸밈이 없고 경쾌하여 어디에 있어도 눈길을 끈다.

노부코는 이 조카를 그야말로 '눈에 넣어도 아프지 않을' 정도로 아끼고 있었다. 그 자린고비가 이 조카에게만은 놀러 올 때마다 용돈을 준다는 것을 니시카와는 잘 알고 있다.

“저도 마침 고모부한테 부탁할 게 있었는데 희한하게도 먼저 전화를 주셨더군요.”

“그래? 그럼 이야기해봐.”

“아니, 고모부 용건부터……:”

“아니야, 내 이야기는 좀 길어. 먼저 자네 부탁이라는 걸 들어보고 싶군.”

“그럴까요.”

에구치는 조금 뜸을 들이고 나서 “…… 뭐라고 해야 좋을지. 요컨대 지금 아파트에 여자랑 동거를 하고 있는데요.”

목소리를 낮추는 기색도 전혀 없고 눈치를 보는 것 같지도 않다. 니시카와 쪽이 설마 그런 이야기를 듣게 되리라고는 생각지도 못했기 때문에 괜히 어쩔 줄을 몰라 하면서, “그, 그건 또……:” 하고는 더 이상 말을 잇지 못했다.

“아주 괜찮은 아가씨예요. 결혼해도 좋을 것 같은데……:”

“그, 그래. 그거 잘됐구나.”

“그래서 한번 고모랑 고모부님께 그녀를 소개해드리고 싶어요. 그런 다음에 우리 부모님께는 고모부가 이야기를 해주시지 않을래요? 고모부랑 고모가 좋은 아가씨라고 칭찬해주면 아버지도 그렇게 심하게 반대는 하지 않을 것 같아서요.”

“흐음……. 하지만 그건 아가씨를 만나보지 않고는 뭐라고 말할 수가……."

"아, 고모부도 분명히 마음에 드실 거예요." 에구치는 이미 결정이라도 난 듯 이야기했다.

"하지만 동거하고 있다는 건……. 아니, 나는 그렇다 치고 집사람한테는 말하지 않는 게 좋을 거야."

"그렇게 하겠습니다. 그럼 제 부탁 들어주시는 거죠?"

"그래, 뭐 그러자."

"와아, 다행이다! 그러실 줄 알았어요." 에구치는 빙긋이 웃으며 종업원이 가져온 스파게티를 먹기 시작했다. "…… 그런데 고모부가 하실 말씀은 뭡니까?"

"응, 그게 말이지, 갑자기 이런 이야기를 꺼내면 자네도 깜짝 놀랄지 모르지만……."

"재미있을 것 같은데요. 저는 놀랄 만한 이야기를 아주 좋아하거든요."

젊은이다운 경박함이 넘치는 어조로 그렇게 말하더니 흥미진진한 얼굴로 니시카와를 빤히 쳐다본다. 니시카와는 일단 헛기침을 한번 하고 나서 입을 열었다.

"어때? 회사를 하나 시작해볼 생각은 없나?"

에구치는 잠시 어리둥절한 얼굴로 니시카와를 보다가 이내 얼버무리는 듯 웃으며 "참 나, 고모부도. 농담이시겠지요."

하고 말하면서 스파게티를 포크로 돌돌 말기 시작했다. "내가 할 수 있는 거라곤 기껏 잘나가는 회사를 말아먹는 역할 정도일걸요."

"알고 있대도." 하고 니시카와가 고개를 끄덕였다. "그러니까 하는 말이야."

에구치는 이번에는 진지한 얼굴이 되어 니시카와를 쳐다보았다. 그러고 나서 흥미 있는 얼굴로 포크를 움직이던 손을 멈추고 물었다.

"무슨 이야기입니까? 들어보고 싶습니다."

"그러니까 말이지, 자네가 뭔가 사업을 시작하려고 하고 있고 자금을 만들러 뛰어다니고 있다, 이런 걸로 해달라는 거야."

"저는 교내 마라톤 대회에서도 빠져나와 걸어다녔으니까. '뛰어다니는' 건 생각만 해도 숨이 찹니다. 하지만 뭐, 좋습니다. 그래서요?"

"집사람한테 돈을 융통해달라고 부탁해줬으면 해."

"고모한테요?"

"그래."

"…… 그래서 빌려주겠다고 하면…… 빌리는 겁니까?"

"물론이지."

"그 돈은 어떻게 하는 겁니까?"

"내가 말하는 은행 계좌에 넣어두면 돼."

"고모부가 그걸 인출해서 쓰는 겁니까? 하지만 그건……
고모를 속이는 일에 가담하는 건 싫은데요."

"어이, 오해하지 마." 니시카와가 쓴웃음을 지으며 말했다.
"누가 쓴대? 그냥 맡겨두기만 하는 거야. 그 돈에는 절대 손
대지 않아."

에구치는 반신반의하는 얼굴로,

"그럼 요컨대 계좌에서 계좌로, 돈을 옮기기만 하는 겁니까?"

"맞아."

"도대체 뭣 때문에 그런……."

"집사람이 바보 같은 짓을 못하게 하려는 거야."

"바보 같은 짓?"

"그래. …… 사실은 요즘 집사람이 돈을 늘리는 일에 아주
열심이거든. 이자가 어떻고 주식, 투자가 어떻고 하는 설명서
와 팸플릿을 모아들이고 있어. 그냥 우리도 그럭저럭 조금씩
저축은 했었지. 집사람, 완전히 신이 나서 통장을 보는 게 유
일한 낙이 된 거지."

"그래서 좀 더 늘리는 데 손쉬운 방법을……."

"맞아." 니시카와는 한숨을 내쉬었다. "아무리 내가 그런

허황된 이야기는 없다, 그렇게 간단히 돈을 늘릴 수 있다면 세상은 온통 부자만 살고 있을 거라고 지극히 상식적인 설명을 해줘도 소용이 없어. 예금통장 액수가 단번에 두 배, 세 배가 되는 걸 꿈꾸고 있으니 감당이 되지 않아."

"그냥 놔두면 엄청난 손해를 보는 거네요?"

"십중팔구…… 아니 99퍼센트 그렇게 될 게 뻔해. 안 그래? 주식 따위는 제대로 알지도 못하는 초짜야. 투기에 손을 대봐야 제대로 될 리가 없어."

"그건 그렇지요."

"그런데 우리 집 돈줄은 모두 집사람이 쥐고 있다고. 통장, 인감에서부터 현금카드, 신용카드, 수표, 현금…… 전부 집사람이 갖고 있어. 나는 그냥 필요한 용돈만 받아쓴다고. 그러니까 집사람이 어리석은 짓을 하려는 걸 말릴 방법이 나한테는 없어."

"그래서 저한테 사업을 시작한다고 없는 사실을 날조하라는 이야깁니까?"

"맞아. 집사람이 자네는 전폭적으로 신뢰하니까. 항상 자네 걱정만 하고 있지. 그러니까 자네가 그런 이야기를 하면 아주 좋아할 게 틀림없다고."

"하지만 완전히 가공의 이야기인데 괜찮을까요?"

"괜찮아. 그 사람 회사 설립이 어떤 일인지 알지도 못해. 하지만 돈이 필요하다는 것 정도는 알겠지."

"얼마 정도 빌려달라고 할까요?"

"가능한 많은 게 좋아. 그 사람이 다른 투자로 자금을 돌릴 마음이 없어질 정도로."

"그렇군요."

처음에는 의아스럽게 생각했던 에구치도 드디어 의지가 생긴 듯 열심히 고개를 끄덕였다.

"현재 은행잔고가 얼마 정도 있습니까?"

"대단한 돈은 없을 거야. 자유롭게 쓸 수 있는 돈이……." 니시카와는 머릿속으로 대충 계산하고 "대략 천만 엔 정도는 될 거야."

"그래도 부럽네요…… 하지만 사업을 시작하기에는 좀 적은 금액 아닌가요?"

"그러니까 자금은 거의 다 마련이 됐는데 조금 부족하다는 식으로 이야기를 꺼내라고. 전액을 부탁한다고 하면 집사람도 걱정이 되어 빌려주지 않을지도 몰라."

"알겠습니다. 그럼…… 7백만 정도?"

"그 정도가 적당할 것 같군. 어때? 부탁 들어주는 거지?"

"예. 물론입니다. 저한테 맡기십시오. 그런 일이라면 자신

있습니다.”

에구치는 싱긋 웃고 나서 스파게티를 말끔하게 먹어치웠다.

“자네한테 사례는 꼭 할 테니까.” 하고 니시카와가 말했다.

“그건 아무래도 좋습니다. 아까 이야기한 동거녀의 건도 잘 부탁합니다.”

“나한테 맡겨.” 이렇게 짐짓 큰소리를 쳐놓고 나서 (전혀 어울리지도 않았지만) “아 참. 자네 양복 갖고 있나?” 하고 물었다.

“글쎄요……. 아마 없을 것 같은데요. 왜요?”

“그럼 여기 4만 엔이 있네. 고급 양복을 사기는 무리지만 기성복 정도는 살 수 있을 거야.” 하며 돈을 건네주었다.

“예에…….”

“사업을 시작하느라 자금을 마련하러 다니는 남자가 청바지 스타일로 다니는 건 좀 이상해. 양복에 넥타이 정도는 갖춰야지.”

“알겠습니다. ‘무대장치’는 완벽하게 하라는 말씀이군요.”

에구치는 돈을 주머니에 찔러 넣고 나서 “아, 참. 고모가 내 이야기를 아버지한테 이르거나 하지는 않겠지요?”

“그럴까? 거기까지는 생각지 못했군.” 니시카와는 잠시 생각하고 나서 “그럼 집사람한테는 이렇게 말해두면 돼. 나도 이제 어엿한 어른이니까 아버지의 힘을 빌리지 않고 해보고 싶으니 아버지한테는 아무 말도 하지 마세요, 하고. …… 뭐, 자네 고모야 항상 자네 말이라면 무조건 믿잖아."

"그렇군요. 역시 고모부는 달라요."

"이상한 걸 갖고 칭찬하지 말게." 하며 니시카와는 쓴웃음을 지었다.

"그럼 이 돈으로 즉시 양복을 사오겠습니다. 서두르는 게 좋겠지요. 이야기를 하러 가려면."

"그래. 이상한 투기에 돈을 쏟아부으면 골치야. 가능하면 빨리 찾아가는 게 좋겠지."

"알겠습니다. …… 일요일이 좋을까요?"

"아니, 평일이 더 낫지. 그런 이야기는 내가 없을 때 하는 게 편할 거야."

"그런가요. 그게 더 자연스럽겠네요. 그럼 2,3일 내에 꼭 찾아뵙겠습니다."

"집사람은 매일 나가니까 미리 전화를 하고 가."

"알겠습니다." 에구치는 재미있다는 듯 고개를 끄덕였다.

"에구치한테서?"

"예. 그렇다니까요. 나한테 뭔가 의논할 일이 있다네요. 내일 온다고 했어요."

　노부코는 TV 홈드라마에서 눈을 떼지 않은 채 말했다. 니시카와는 석간을 펼치고 물었다.

“대체 무슨 일일까?”

“글쎄요. 아무 말도 하지 않았는데.”

“뭐 곤란한 일이 있으면 의논해줘야지.”

“물론이죠. 걱정해줄 가치가 있는 아이라고요.”

“하지만 언제까지 저렇게 놀고만 지내려는 건지.” 하고 니시카와는 짐짓 노부코를 자극해보았다.

“귀하게만 자라서 그래요. 그 아이는 이제 곧 큰일을 할 거예요. 큰 인물이 될 소질이 있어요. 나는 알아요.” 하고 혼자서 고개를 끄덕이더니 “…… 그 아이가 뭔가 의욕을 보여준다면 지원해주겠는데.”라며 혼잣말처럼 중얼거렸다.

　니시카와는 슬그머니 혼자 웃었다. 좋았어! 두말없이 에구치의 요구를 들어줄 게 틀림없어. …… 예금의 대부분을 에구치가 만든 가공의 사업에 쏟아붓고, 그리고…… 사업은 실패, 에구치는 모습을 감춘다. 노부코에게는 이중의 쇼크다. 돈이 없어지고 사랑하는 조카에게 배신을 당한다. 그 상황에서 니시카와가 심각한 얼굴로 입을 연다.

“사실은 나도 에구치의 부탁을 받고 회사 돈을 융통해줬어……”

회사도 잘렸다고 말해준다. 그렇게 하면 노부코는 단순한 여자라 곧이곧대로 믿고 절망에 빠질 것이 틀림없다. 자살로 몰아넣으려면 뭔가 충격이 한 가지 더 있으면 된다…….

니시카와는 뛰는 가슴을 누르고 신문을 이리저리 뒤적였다.

— (이상이 니시모토의 제1장 부분)

"그리고 집사람이 자네들한테 이상한 편지를 보낸 모양인데 신경 쓰지 말게. 그건 약간의 오해 때문에 생긴 일이야. 무시하고 잊어버리게."

(니시모토의 원고에 대한 다른 멤버의 평)

고지 : "서두 부분으로서는 나쁘지 않은 것 같습니다. 그런데 역동감이 좀 부족하지 않나 싶습니다. 그리고 아내를 죽이는 동기에 대해서도. 2장 이후에 나올 테니까 그걸 기다리겠습니다. 편지에 대해서는 신경 쓰지 않겠습니다."

가게야마 : "주인공이 어떤 회사에 근무하고 월급을 얼마 받고 있는지도 언급해야 한다. 그렇지 않으면 예금 1천만 엔은 너무 많다는 생각이 든다. 가공의 사업에 대해서는 역시 무엇을 시작하는 건지, 사무실은 어떻게 할지, 등 어느 정도

구체적으로 쓸 필요가 있다. 아, 그렇지. 그 부분은 내가 자료를 수집해야겠군. 그리고 편지라니 무슨 편지? 나는 아직 못 받았는데."

가가와 : "통속적이다. 편지는 오자, 문법상의 오류가 매우 많았다."

2

(고지 다케오의 원고―시나리오 형식)

○빈 빌딩의 빈 방(저녁)

검은 트렌치코트, 검은 안경, 검은 모자를 깊숙이 쓴 남자가 창을 등지고 서 있다. 얼굴은 거의 보이지 않는다.

남자 앞에 가죽점퍼 차림의 세 젊은이. 한눈에 봐도 심상치 않은 분위기가 느껴진다. 리더인 듯한 젊은이는 껌을 질겅질겅 씹고 있다.

코트 입은 남자 : "너희가 여자를 습격해라."

세 젊은이, 서로 얼굴을 마주 본다.

리더 : (상대의 기분을 살피듯이) "당신이 말하는 습격이란

어느 정도를 말하는 건가?"

코트 : "죽이거나 상처를 입혀서는 안 된다. 소지품이나 보석류는 빼앗아도 된다."

젊은이2 : "그것뿐인가?"

코트 : "강간해야 한다."

리더 : "그게 핵심인가?"

코트 : "그렇다. 소지품을 훔치는 것은 강도로 위장하기 위해서다……. 그리고 너희에 대한 사례의 일부다."

젊은이2 : "사례가 그뿐이라는 말은 아니겠지?"

코트 : (주머니에서 갈색 봉투를 꺼낸다) "여기 30만 엔이 있다. 잘만 해주면 나중에 30만 엔 추가다."

리더, 봉투를 낚아채듯이 받아 내용을 확인하곤 고개를 끄덕인다.

리더 : "틀림없는 것 같다. 나쁘지 않은 임무군. 하지만 어떻게 하고 싶지도 않을 정도로 노파는 아니겠지?"

코트 : "이 여자다."

한 장의 사진을 건네준다. 세 젊은이는 얼른 들여다보고 휘파람을 분다.

젊은이3 : "끝내주는데!"

젊은이2 : "10년 전 사진은 아니겠지."

코트 : "극히 최근의 것이다."

리더 : "OK, 접수다. 어디로 가면 이 여자를 만날 수 있나?"

코트 : (메모를 넘겨주며) "내일 저녁 10시 지나서 이 장소를 지나간다. 이 주변은 인적이 없는 외진 곳이라 범행하기에 딱이다."

리더 : "알았다. 친절하기도 하지." (메모와 사진을 주머니에 넣으려고 하는데)

코트 : (날카롭게) "안 돼! 사진이랑 메모는 도로 내놔라."

리더 : "뭐? 그게 무슨……."

코트 : "기억해. 금방 머리에 들어갈 거다."

리더 : (재미없다는 듯 입술을 일그러뜨리지만 이윽고 어깨를 으쓱해 보이며) "알았다. 스폰서는 당신이니까." (주머니에 넣으려던 메모를 자세히 보고 나서 사진과 함께 코트 입은 남자에게 준다)

리더 : "사진은 한 번만 봐도 기억하겠군."

젊은이2 : "알았어, 상대를 잘못 알아보면 두 사람 모두 죽어나는 거지." (하며 심술궂게 웃는다)

코트 : (무표정한 얼굴로) "그럼 성공하면 다음 날짜 같은 시간에 여기로."

리더 : "알았다. 뭐야, 간단하잖아." (다른 두 사람에게) "어

이, 가자." (하고 어깨를 흔들며 방을 나가려고 한다)

코트 : "알았나. 쓸데없는 탐색은 금물이다."

리더 : (씩 웃으며) "알고 있다. 우리도 사업상의 의리는 지킨다."

젊은이들, 나간다. 발소리가 멀어진다.

코트 입은 남자는 휴우, 하고 크게 한숨을 내쉬고 검은 안경을 벗고 모자를 벗는다. …… 아직 서른 안팎의 얼굴. 이마에 흐르는 비지땀을 손등으로 닦고 입술을 핥는다.

코트 : "나쁜 놈 행세하는 것도 힘들군……."

창으로 가서 밖을 내다본다. 세 젊은이가 빌딩을 나가 세워둔 대형 오토바이에 각각 올라탄 뒤 폭음도 요란하게 사라진다. 그 모습을 물끄러미 바라보다가 이윽고 시야에서 사라지자 비로소 안심한 모습으로 미소를 지으며 방을 나간다.

○빈 빌딩 뒤의 길거리(저녁)

길에 차가 서 있다. 코트 입은 남자, 다가와서 트렁크를 열고 코트와 검은 안경, 중절모를 안에다 던져 넣는다. 트렁크를 닫으려고 하다가 문득 생각이 난 듯 코트 주머니를 뒤져 방금 젊은이들에게 보여줬던 메모와 사진을 다시 꺼낸다. 남자, 사진을 바라본다.

(인서트 쇼트) 여자의 사진. 젊다. 미인이다.

남자, 메모와 사진을 잘게 찢어버리고 나서 트렁크를 닫는다. 앞으로 돌아가 차에 타고 시동을 걸어 출발시킨다. 길 위에 뿌려진 사진 조각들. 그중 한 장. 여자의 눈 부분을 클로즈업하면서 겹치는 화면…….

○야마지의 아파트(밤)

야마지 히로미(24세, 조금 전 사진 속의 여자)의 등장.

부엌에서 저녁식사 준비에 여념이 없다. 행복한 젊은 아내의 전형적인 이미지.

끓어넘치는 냄비. 히로미 얼른 가스 불을 끈다. 현관 초인종이 울린다. 히로미 허둥지둥 현관으로 달려간다.

현관, 히로미가 달려와서는, “당신?”

문 너머에서 “응.” 하는 목소리. 히로미 얼른 체인을 벗기고 잠긴 문을 연다. 야마지 들어온다. 그 코트 입은 남자다.

히로미 : “일찍 오네, 오늘은.”

야마지 : “회의가 일찍 끝났어.”

두 사람 현관에서 포옹과 동시에 키스를 나눈다.

히로미 : (앞장서 가면서) “금방 저녁 차릴 수 있는데…….”

야마지 : "응, 그럼 먹지 뭐."

히로미 : "알았어!"

부엌으로 서둘러 가는 히로미의 뒷모습을 바라보며 야마지, 얼른 눈길을 바닥으로 향한다. 뒷맛이 그다지 좋지 않은 표정. 어깨를 한번 으쓱 올리고 나서 방으로 들어간다.

주방. 야마지와 히로미가 저녁을 먹고 있다.

히로미 : "월말에 여행 갈 수 있겠어?"

야마지 : "글쎄…… 아마 괜찮을 거야."

히로미 : "다행이다!"

야마지 : "규슈 같은 데를 그렇게도 가고 싶어?"

히로미 : "그것도 있지만……" (말끝을 흐린다)

야마지 : "무슨 다른 이유라도 있어?"

히로미 : (부끄러운 듯 입속말로 중얼거리며) "그때쯤이면…… 아마 생길 것 같아. …… 딱 좋은 시기거든."

야마지 : "그래? 우리가 결혼한 지도 어느새 6개월이 되는군. 아이가 생겨도 좋을 시기야. 그럼 힘껏 한번 애써보자고."

히로미, 쑥스러운 듯 웃으며 얼굴을 숙인다. 야마지가 밥공기를 내밀며, "밥 좀 더 줘."

히로미 : "응."

야마지 : “아, 내일은 저녁 같이 못 먹을 거야.”

히로미 : “어머, 먹고 올 거야?”

야마지 : “K출판사 친구가 30만 부 돌파기념으로 한턱 쏜다는군.”

히로미 : (밥을 담은 공기를 건네주면서) “알았어. 그럼 혼자서 쓸쓸하게 먹어야겠네.”

야마지 : “미안해.”

히로미 : “일인 걸 어떻게 해. 할 수 없지 뭐.”

야마지 : “부탁이 있는데.”

히로미 : “무슨 부탁?”

야마지 : “어차피 술을 마실 테니 차는 갖고 갈 수 없을 거야. 집에 올 때 차 갖고 역까지 나와주지 않을래?”

히로미 : “응, 알았어. 몇 시쯤?”

야마지 : “글쎄, 아마 한…… 열 시쯤?”

히로미 : “술자리 끝나고 바로 택시 타고 오지그래?”

야마지 : “여기까지 길을 설명하기가 복잡하잖아. 게다가 취하면 잠들어버릴 테니까. 역 앞에도 택시는 없을 것이고, 괜찮겠어?”

히로미 : “응, 물론.”

야마지 : “그럼 역에 도착하면 전화할게.”

히로미 : "알았어."

야마지 : "밤길이니까 조심하고."

히로미 : "괜찮아. 이래 봬도 운전 솜씨는 확실하니까."

남편을 의심하는 낌새라고는 찾아볼 수 없이 저녁을 먹는 히로미. 그 모습을 바라보는 야마지, 갑자기 진지한 얼굴이 되어…….

○침실(밤)

어둠 속. 침대 위에서 격렬하게 사랑을 나누는 야마지와 히로미.

○침실(밤)

앞 장면의 계속. 자고 있는 히로미. 조용한 얼굴이 침대 옆 스탠드 불빛에 부각되고 있다. 야마지, 일어나 담배를 피우고 있다. 눈을 부릅뜨고 뚫어지게 어둠 속을 노려보는 시선. 이 윽고 침대 옆 협탁 위의 재떨이에 담배를 비벼 끈다. 테이블 에 놓인 책이 보인다. 추리소설. 뒤표지의 '작가 소개' 란에 야마지의 사진이 보인다. 책 옆에 야마지와 히로미의 결혼식 사진이 액자에 담겨 있다.

야마지, 그 사진을 들고 한동안 바라보고 나서 히로미의

자는 얼굴로 시선을 옮긴다.

　야마지 : (나직하게 속삭이듯) "나쁘게 생각하지 마……."

스탠드를 끈다. 방이 어둠에 감싸인다.

　○역 개찰구 앞(다음 날 밤)

야마지가 공중전화로 이야기를 하고 있다.

"응. 나야. 지금 역에 도착했어. …… 응, 역 앞에서 기다릴 테니까 부탁해."

　○야마지의 아파트(밤)

히로미 전화를 받고 있다.

"…… 알았어. 금방 갈게."

히로미, 전화를 끊고 얼른 앞치마를 벗은 뒤 반코트를 입고 외출준비를 한다. 핸드백을 열고 안을 뒤지다가 "어머…… 이상하네…… 어디로 간 거지? …… 큰일 났네."

히로미, 당황하여 방 안을 뒤지기 시작한다.

　○역 개찰구 앞(밤)

야마지, 약간 긴장된 표정으로 건들건들 걷고 있다. 그의 손에서 뭔가 짤랑짤랑 소리를 내고 있는 것. (카메라 점점 가까워지며) 야마지가 손에 들고 있는 자동차 열쇠를 비춘다.

○야마지의 아파트(밤)

히로미, 서랍을 닫으며 "없네⋯⋯." 하고 난감한 얼굴로 일어선다. 시계를 보더니,

"빨리 가봐야 해⋯⋯."

잠시 생각하다가 얼른 현관으로 달려간다. 신발을 신고 밖으로 나온다.

○아파트 앞길(밤)

히로미, 종종걸음으로 나와 밤길을 바삐 걸어가는데⋯⋯.

○밤길

아직 잡목림이 남아 있는 변두리 동네의 길이다. 가로등이 드문드문 창백한 불빛을 던지고 있다. 히로미, 호흡이 약간 거칠어지면서 바쁜 걸음으로 다가온다. 주위에는 인기척이 없다.

히로미, 갑자기 보이지 않는 벽에 부딪힌 듯 걸음을 멈춘다. 가로등 불빛을 등지고, 앞을 가로막는 가죽점퍼 차림의 두 남자. 동시에 뒤에서 들리는 발소리에 히로미 놀라 돌아

다본다. 또 한 남자가 도주로를 차단하고 있다.

　히로미 : (애써 침착한 목소리로) "뭐지요? …… 무슨 일이에요?"

　눈앞의 두 사람 말없이 한 발 다가온다. 히로미 흠칫 놀라 뒷걸음질 친다.

　히로미 : (목소리가 떨리기 시작한다) "도, 돈이라면…… 이것뿐인데."

　반코트 주머니에서 지갑을 꺼내려고 한다. 손이 떨려 제대로 꺼내지지도 않는다. 겨우 꺼낸 지갑을 떨리는 손으로 남자들 쪽으로 내민다. 남자 하나가 낚아채더니 들여다보지도 않고 점퍼 주머니에 쑤셔 넣는다.

　히로미 : "이제 됐지요…… 가게 해줘요……."

　남자들, 앞뒤에서 조금씩 히로미에게로 다가온다.

　히로미 : (거의 울먹이는 목소리가 되어) "이러지 마세요…… 아무것도 없어요…… 부탁이니……."

　남자들, 덮친다. 히로미 비명을 지른다. 째질 듯한 비명소리.

　○역 개찰구 앞(밤)
　…… 요란한 구급차 사이렌 소리.
　깜짝 놀라 돌아보는 야마지의 얼굴 클로즈업.

구급차, 램프를 번쩍거리면서 그대로 지나간다. 야마지, 안도의 한숨을 내쉬고 나서 손목시계를 들여다본다.

(인서트 쇼트) 손목시계 클로즈업. 10시 40분.

야마지, 밤길을 걷기 시작한다. 길은 강을 끼고 나 있다. 역에서 조금 걸어간 야마지, 주머니에서 자동차 열쇠를 꺼내 강을 향해 던지고 발걸음을 빨리한다.

○강 건너 반대쪽 길(밤)

소년, 자전거를 타고 온다. 야마지가 던진 열쇠가 강을 넘어 길바닥에 짤랑, 하고 떨어진다. 소년, 자전거를 세우고 손을 뻗어 열쇠를 집어 올린다. 주위를 두리번거린다…….

강 반대쪽 길을 바삐 가는 야마지의 모습이 작게 보인다(롱 쇼트).

소년, 열쇠를 바지 주머니에 넣고 페달을 밟기 시작한다.

○밤길

야마지, 걸어온다. 멀리서 희뿌연 사람의 실루엣. 순간 실눈을 하면서 그쪽을 바라본다. …… 인기척, 다가와서 히로미가 된다. 창백한 얼굴에 방심한 듯한 표정. 머리가 헝클어져 있다. 야마지를 알아보지도 못하는 모양. 반코트를 마치

추워 죽겠다는 듯 잔뜩 움켜쥐고 감싸는 모습.

　야마지 : (입술 끝에 미소가 퍼진다. 아무렇지도 않게) "히로미!"

　히로미 : (깜짝 놀라며 야마지를 알아본다) "여보!"

순간 울음을 터뜨릴 뻔했지만 열심히 눈물을 삼킨다.

　야마지 : "무슨 일이야? 너무 늦기에 사고라도 난 줄 알았잖아."

　히로미 : "미안…… 해요. 열쇠를 찾을 수가 없기에……"

　야마지 : "그래? 그럼 집에서 기다리지 그랬어."

　히로미 : "응…… 정말. 그러네."

　야마지 : "이렇게 깜깜한 밤길에, 위험하잖아. 자, 갑시다."

야마지, 히로미의 어깨를 안고 밤길을 걸어간다. 뭔가 생각에 잠긴 듯한 히로미의 얼굴.

두 사람의 뒷모습이 멀어지면서 카메라는 길옆 덤불 쪽을 비춘다. …… 가죽점퍼를 입은 젊은이 하나가 똑바로 누워 있다. 눈을 부릅뜨고 입은 반쯤 벌리고 죽어 있다. 배에 꽂혀 있는 칼…….

○야마지의 아파트(밤)

거실. 가운 차림의 야마지가 책을 펼치고 있다. 욕실 수건으로 몸을 감싼 히로미가 들어온다. 젖은 머리칼을 타월로 감싸고 있다.

　야마지 : "오늘은 꽤 오래 씻는군."

　히로미 : "그래요?"

　야마지 : "어딘가 우울한 얼굴이야. 무슨 일 있었어?"

　야마지, 책을 덮고 히로미를 껴안으려고 한다. 반사적으로 몸을 비틀며 피하는 히로미.

　야마지 : "…… 왜 그러는데?"

　히로미 : "미안해요. …… 피곤해서…… 속이 좋지 않아요." 야마지의 시선을 피하면서 변명하듯 말한다. (일어서면서) "잘게. 당신도 잘 자."

　야마지 : "응. 푹 쉬면 좋아질 거야. 잘 자."

　히로미, 도망치듯 거실에서 나간다. 야마지, 약간 침울한 표정이 되지만 얼른 생각을 바꾸고 장식장으로 가서 유리잔에 위스키를 따라 단숨에 마신다.

　야마지, 슬그머니 미소를 짓는다.

　○차 안(이튿날 낮)

　야마지, 차를 운전하고 있다. 차는 역으로 향하는 길을 달리고 있다.

　어젯밤의 장소를 지나가던 야마지, 어라! 하는 얼굴이 된다. 길옆에 순찰차가 서 있고 경찰과 구경꾼들이 모여 있다.

야마지, 차를 세운다.

○거리에서(전 장면 계속)

야마지 : (차에서 내려 사람들이 모여 있는 쪽으로 걸어간다. 구경꾼들 틈에서 빠져나오는 점원인 듯한 남자에게) "무슨 일입니까?"

점원 : "살인사건이랍니다."

야마지 : "살인?"

야마지, 의아한 얼굴. 사람들이 모여 있는 곳으로 다가간다. 경찰이 세운다.

경찰 : "가까이 가지 마십시오. 비켜요!"

하얀 가운을 입은 두 남자가 들것을 앞뒤로 들고 덤불에서 나온다. 씌운 하얀 천 아래로 남자의 손이 늘어져 있다. 가죽점퍼가 보인다. 야마지 눈이 휘둥그레진다.

야마지, 어안이 벙벙한 얼굴로 서서 시체가 운반되는 모습을 지켜보고 있다가 이윽고 서둘러 차로 돌아온다.

○차 안(전 장면 계속)

야마지, 한동안 마음을 가라앉히려는 듯 눈을 감고 있다.

…… 그러고 나서 불쾌한 표정으로 자동차의 시동을 걸었다.

○야마지의 아파트(낮)

히로미가 넋이 나간 표정으로 거실 소파에 앉아 있다.

현관 초인종이 울린다. 히로미, 화들짝 놀라 벌떡 일어설 뻔했다. 다시 초인종 소리. 히로미 흠칫거리며 현관으로 나간다.

현관, 히로미가 문 앞에 바짝 붙어 관찰 구멍으로 밖을 보더니 체인과 잠금장치를 벗기고 문을 연다.

소년이 서 있다. 어젯밤에 열쇠를 주운 소년이다.

소년 : (활기차게) "안녕하세요!"

히로미 : (우물쭈물 미소를 지으며) "응, 안녕…… 무슨 일?"

소년 : "이거, 아줌마네 열쇠 아닌가요?" (하며 주머니에서 열쇠를 꺼낸다)

히로미 : (깜짝 놀라며) "어머! 맞아. 그런데…… 어디서 이걸?"

소년 : "역 근처에서요."

히로미 : "그래. 정말 고마워……. 잘됐다." (퍼뜩 생각이 나서) "우리 열쇠라는 걸 용케 알았구나."

소년 : "전에 신문 배달하러 이 근방까지 온 적이 있어요. 그래서 여기 아저씨를 알거든요."

히로미 : (영문을 모르겠다는 듯) "아저씨를?"

소년 : "예! 그런데 왜 열쇠를 그렇게 던졌을까요?"

히로미 : "던졌다고? 이 열쇠를?"

소년 : "예."

히로미 : "우리 아저씨가?"

소년 : "예. 그렇다니까요."

히로미 : "언제?"

소년 : "어젯밤에."

히로미, 경악하는 표정이 된다.

○길거리(낮)

자동차 도로. 야마지의 차가 달리고 있다.

○차 안(낮)

야마지, 이마를 잔뜩 찡그리고 생각에 골몰하면서 차를 운전하고 있다.

카메라, 백미러를 줌업. 따라오는 오토바이가 보인다. 오토바이를 탄 사람은 가죽점퍼를 입은 남자다. 야마지 그걸 깨닫고 자기도 모르게 뒤를 돌아다본다.

야마지의 자동차 뒤에 바짝 달라붙듯 따라오는 오토바이.

야마지, 약간 불안해지면서 속도를 조금 올린다. 오토바이, 즉각 추월한다. 야마지, 입술을 핥는다.

다시 백미러 줌업. 오토바이가 두 대로 늘어났다. 다시 한 대가. 또 한 대…….

야마지, 뒤쪽으로 힐끗 눈길을 주다가 경악한다.

야마지의 차를 쫓아오는 열 대가량의 오토바이. 야마지, 핸들을 부여잡는다. 갑자기 다섯 대의 오토바이가 야마지의 차 앞으로 나온다. 야마지의 차는 앞뒤로 에워싸인 모습이 되어 계속 달린다.

상대의 의도를 짐작할 수가 없어 불안한 야마지의 얼굴…….

○야마지의 아파트(낮)

거실. 열쇠를 들고 있는 히로미, 멍하니 서 있다가 무너지듯 소파로 가서 털썩 주저앉는다. 고개를 흔들며 중얼거리듯 말한다.

히로미 : (중얼거리듯) "설마…… 그런 일이……." (손에 들고 있는 열쇠를 물끄러미 바라보다가) "그 사람이…… 모든 걸 다 알면서……." (깊이 숨을 들이쉬고 머리를 끌어안는다. 열쇠가 바닥에 떨어진다)

갑자기 베란다로 나가는 유리문이 쨍그랑, 하고 깨지면서 돌멩이가 날아든다. 히로미 튕기듯 일어나 헐레벌떡 베란다 쪽으로 달려간다. 아무것도 보이지 않자 문을 열고 베란다로 나가 아래를 내려다보니 가죽점퍼를 입고 오토바이를 탄 남자 일고여덟 명이 히로미를 겨냥하며 돌을 던진다.

히로미, 얼른 머리를 감싸 안는다. 돌이 바로 위를 지나 다시 유리가 깨진다. 히로미, 어쩔 줄을 몰라 방으로 들어간다. 히로미를 쫓듯이 다시 돌이 날아든다.

히로미, 전화로 달려가 수화기를 들고 '112'를 누르다가 깜짝 놀라듯 수화기를 내려놓는다.

(회상) 덤불 안에서 폭행당하는 히로미. 필사적으로 몸부림을 치는 그녀의 손에 갑자기 상대의 가죽점퍼에서 떨어진 칼집 없는 칼이…….

히로미, 정신없이 찌른다.

히로미, 전화기 앞에 털썩 주저앉는다. 유리 깨지는 소리가 들려온다.

○거리에서(낮)

여전히 오토바이로 앞뒤 호위를 받으면서 달리는 야마지의 차. …… 야마지의 이마에 땀이 배어난다.

한 대의 오토바이가 차 오른쪽으로 나왔다 싶더니 스패너를 휘둘러 유리를 두드린다. 유리에 금이 간다. 야마지 무의식적으로 차를 왼쪽으로 꺾지만…… 왼쪽에도 오토바이가 있다!

오토바이, 차에 밀려 가드레일에 부딪힌다. 타고 있던 남자가 공중으로 붕 떠서 날아간다(슬로모션).

야마지, 공포로 눈이 휘둥그레진다. 오토바이 야금야금 자동차와의 간격을 좁혀간다…….

─ (이상, 고지의 제1장 부분. 초고라 시나리오 형식이 되었지만 나중에 소설로 고칠 예정이다)

(고지의 원고에 대한 멤버의 평)

니시모토 : "불과 40매 원고 안에 베드신, 살인, 강간, 자동차 액션 등이 들어가 있어 서비스 정신 하나는 대단하다고 본다. 그러나 슬로모션이라니 어떻게 소설로 할 생각이지? 그리고 동기도 약간 언급해두는 것이……. 하지만 그 점은 나도 같을 거야."

가게야마 : "여전히 스토리의 템포가 빠르군. 이런 식으로 2백 장이나 가는 거야? 기왕 시나리오로 하려면 배우 이름

도 넣어주지 그랬어."

가가와 : "저속해."

3

(가게야마 도시야의 원고―인터뷰 형식)

― 그럼 이야기를 시작해주십시오.

"으음. 먼저 무슨 이야기부터 할까. 국제정치가 톱으로 와
야 할까, 역시. NHK 뉴스처럼. 그런 다음에 국내정치, 경제
문제, 사회, 스포츠, 마지막으로 지역 뉴스, 이런 식이면 되
겠나?"

― (약간 초조해하면서) 아니, 저기요, 우리가 묻고 싶은 건…….

"아, 전부 다 하려면 총체적으로 규명하는 게 충분치 않아
서. 오히려 어느 것 하나로 집중하는 게 좋겠어. 아예 NHK
에 대해 논할까? NHK 시청료는 내야 하는가에 대해."

― 저기, 이야기해주셨으면 하는 건 말입니다…….

"돈 문제를 이야기하게 되면 주부들이 싫어하게 될 우려가
있어서 어지간해서는 말할 수가 없을 테니까. 역시 내용으로

하지. 대하드라마에 대해? 그런 느림보 같은 드라마를 용케 보는 사람들이 있더군. 가요대전으로 할까. 탤런트가 원숭이 재롱부리듯 어리석은 흉내를 하게 하지. 거기서 만들어지는 콩트는 그렇고 그래. 재미있는 게 하나도 없어. 아니, 주부용으로는 역시 아침 드라마로 방영되는 TV 소설인가. 그 주인공 중에는 가끔 끔찍한 인물이 있지. 어느 초등학교 학예회를 중계하고 있는 게 아닌가 싶을 정도로."

— 잠깐. 잠깐만요! 하셔야 할 이야기 내용은 미리 부탁을 드린 걸로 아는데요…….

"엉? 그랬어? 너무 바빠서 말이지……. 잘나가는 평론가는 괴롭다고, 하하……."

— 저기, 부인을 죽이는 방법에 대해 여쭙고 싶습니다만.

"뭐라? 마누라를 죽이는 방법? 우와, 그거 난감하군. 그러니까 그…… 나도 그렇게 경험이 풍부한 것도 아니고 말이지."

— 한 번이면 충분합니다.

"흐음, 그건 그래. 하지만 자네 그걸 이야기하라니……. 내가 체포되면 어쩔 건데!"

— 괜찮습니다. 이건 소설이니까요.

"소설? 그래? 그랬군. 그럼 무슨 이야기를 해도 괜찮은 거군."

— 예. 외설죄에 해당되는 내용만 아니면 괜찮습니다.

"무슨 이야기를 할까! 나는 그런 종류의 이야기는 하지 않는다고! 대개 그런 건 감춰두기 때문에 호기심을 갖는 것이고 상상력을 자극하는 거라고. 노골적으로 햇볕 아래 드러내면 재미고 뭐고 없어. 요즘 섹스에는 심오함이라는 게 없어. 여자는 남자처럼 되어가고 남자는 여성화하고, 그러다 어느 날 세상은 남녀 구별이 없어질지도 몰라. 그건 대략 언론 매체가 하는……."

— 저…… 이야기를 본론으로 돌려주시겠습니까?

"엉? 아아, 그런가. 마누라를 죽이는 이야기였지. 무슨 이야기를 듣고 싶은가?"

— 우선 왜 부인을 죽이고 싶다는 생각을 하셨는지, 그 부분부터…….

"흐음, 도무지 입으로 설명하기가 어려운 노릇이라."

— 모쪼록 그런 부분을 어떻게든.

"결혼하면 알아. 그게 답이야."

— 그것만으로는 곤란합니다만.

"그런가. …… 그냥 결국은 남자와 여자 사이의 숙명적인 문제라고나 할까……."

— 무슨 말씀이신지?

"다른 여자가 생긴다는 거야."

— 무슨 소리야.

"무슨 소리야가 뭐야! 버르장머리 없게! 난 그만 가보겠어!"

— 잠깐 기다려주십시오! 저, 정말 실례했습니다…… 진정하십시오…….

"뭐, 알았으면 됐고."

— 그럼 그…… 애인이라는 건?

"내가 예전에 근무하던 회사에 있는 여자야, 나쓰코라고 하지. 애당초 만남은……"

— 그 부분은 길어질 것 같으니까 생략하고 그냥 본론으로 들어가고 싶습니다만, 사모님을 죽이겠다고 결심하신 것은 그 나쓰코 씨가 부인과 이혼하고 결혼해달라고 재촉했기 때문입니까?

"아니, 그녀는 결혼을 재촉하거나 그러지 않아, 이봐. 내 아이를 가졌다고 했지만 결코 어떻게 해달라고 울며 매달리거나 그러지 않았다고. 자기 혼자서 감당하겠다고 했고 돈을 요구한 적도 없어. 이런 여자니까 나 역시 더 헤어질 수가 없는 거야. 만약 이 여자가 자기랑 결혼해주지 않으면 부인한테 가서 모든 걸 폭로하겠다는 둥 히스테리를 부리며 포악을 부렸다면 내가 오히려 정나미가 떨어져서 헤어지고 싶겠지."

— 아, 예. 과연.

"하지만 오해하면 곤란해. 나는 마누라를 죽이겠다는 생각을 그 정도로 진지하게 했던 건 아니라고. 단지 우리 집사람은 여행을 좋아해서 일 년 내내 국내, 해외를 불문하고 싸돌아다니지. 그 비행기가 나를 위해 추락해주지 않을까 하는 생각이 들었던 정도였어. 다른 승객과 승무원은 불쌍하니까 구조가 되고 우리 마누라만 죽는다든가, 뭐 그런."

— 어떻게 그런…… 너무 이기적입니다.

"응. 나도 그렇게 생각했어. 그러니까 그냥 그 정도였다 이 말이라고."

— 그게 왜?

"이런 식이었지. 마누라 친구 중에 노다 쓰네코라는 여자가 있었어. 마누라의 오랜 친구인데 우리 집에도 자주 놀러 오곤 했지. 마누라의 동창생이면서 몸집이나 그런 게 아주 닮은 여자야. …… 3년 전에 남편을 암으로 잃고 나서는 아이도 없이 혼자 살아. 도쿄에는 의지할 친척도 없고 마누라가 유일한 친구였던 모양이야."

— 그분하고도 육체적인 관계를?

"무슨 바보 같은 소리! 난 그 정도로 여자를 밝히지는 않아! …… 어느 날 그 노다 쓰네코라는 여자가 규슈로 가게 되었어. 조상 산소에 성묘인지 뭔지가 있었던가 봐. 그 이야기를 듣고 역마살이 낀 우리 마누라가 제안을 한 거야. 비행기 표라면 언제라도 끊어줄 테니까, 하고.”

— 사모님이 무슨 연줄이라도?

“있지. 일 년 내내 돌아다니는 여자 아닌가. 어느 항공회사를 가도 얼굴이 알려져 할인요금으로 타는걸. 그런데 노다 쓰네코라는 친구는 아예 여행 경험이라곤 없거니와 비행기 표는 어디 가면 살 수 있는지도 몰라. 그래서 우리 마누라한테 맡겨놓고 믿었던 거지.”

— 어렴풋이 이해가 가는군요.

“알겠나? 그럼 난 이만⋯⋯”

— 아, 아닙니다. 그건 곤란합니다! 짐작이 간다는 정도의 의미니까요. 제발 그다음을 이야기해주십시오.

“그럼 이해가 가느니 어쩌느니 하는 소리를 하면 안 되지. ⋯⋯ 그래서 일단 마누라가 국내편 표를 예약했어. 노다 쓰네코의 이름으로 하자니 번거로워서 마누라 이름으로 예약을 한 거지. 그런데 당일, 마누라는 노다 쓰네코를 하네다까지 배웅하러 가서 로비에서 헤어지고 나서 자기는 우에노로 전시회를 보러 갔다가 그다음에는 쇼핑을 하기로 했기 때문에 귀가는 밤이나 되어야 할 예정이었지. 나는 전에 없이 집에서 혼자 빈둥거리며 쉬고 있었는데⋯⋯. 갑자기 전화가 왔어. 항공사에서 온 전화였지. 마누라가 탄 비행기가 추락했다는 거야.

― 역시, 그런가.

"뭐라고 했나?"

― 아니요, 아무것도. …… 그래서 그다음에는요?

"나는 순간 뭐가 뭔지 영문을 몰랐지. 전화해준 직원이 자세한 사항은 추후에 연락하겠다는 말만 하고 끊었어. …… 그리고 겨우 나도 생각이 난 거야. 노다 쓰네코가 마누라 이름으로 탄 비행기라는 걸. 마누라한테 연락을 하려고 했지만 어디를 싸돌아다니는지 알 수가 있나. 돌아오기를 기다리는 수밖에 없다 싶어 나는 소파에 앉았어. 그때 어떤 생각이 번쩍 스치고 지나간 거야."

― 과연, 그게 사모님을 죽인다는…….

"맞아. 전화로는 비행기가 바다로 떨어진 것 같다고 했어. 승객 전원 실종인지 어떤지 그걸 확인해야 했지만 만약 비행기가 크게 부서져 바다로 빠졌다면 그야말로 시신 상태는 끔찍할 것이고 전부 인양될 거라는 보장도 없잖아. 그렇게 되면 명목상 마누라는 죽은 셈이 되는 거야. 나는 기회다 싶었지. 지금이라면 마누라를 죽여도 의심을 받지 않고 넘어갈지 모른다. 어쨌거나 마누라는 이미 죽은 거잖아. 죽은 사람이 또 살해당할 리는 없을 테니까.”

　― 하지만 정말 사망한 여성 쪽이…….

“조금 전에도 말했다시피 노다 쓰네코는 왕래하는 친척이라고는 없었다고. 그녀의 규슈 행에 대해 나랑 마누라 이외에는 아는 사람이 있을 거라고 생각할 수가 없었지.”

　― 그래서 드디어 살인계획 개시군요?

“우선 사고 상황을 확인해야 했어. 추락이라고 했지만 사실은 불시착으로 승객 전원 무사하다, 이런 식이 되면 내 계획이 성립되지 않으니까. 나는 항공회사로 전화를 했지만 통연결이 되지를 않았어. TV를 켜고 뉴스를 봤지. 사고는 공중충돌이었어! 도대체가 그렇게 드넓은 하늘에서 부딪히다니, 믿을 수 없는 이야기지만 사실이었어. 정말이라고. 거짓말이 아니야.”

　― 아무도 거짓말이라고 하지 않았는데요.

“그래? 그럼 다행이군. 아무튼 여객기는 어떤 바보가 조종하던 세스나 기와 충돌, 공중에서 폭발하여 산산조각이 나서 바다로 떨어졌다고 하니까 그야말로 내 계획에는 딱 안성맞춤이지. 전원 사망, 더구나 시신 판별은 곤란하겠지. 나는 이 기회를 이용하지 않는 건 말도 안 된다고 생각했지.”

　― 그래서 구체적으로는 어떤…….

"그걸 지금부터 이야기하려는 거 아닌가. 그렇게 나대지 좀 말게. …… 문제는 시간이 너무 없다는 것이었지. 마누라가 저녁에 돌아오면 이웃 여자들이랑 마주칠지도 모르고 뉴스를 들은 누군가…… 어쨌거나 마누라는 친구가 많으니까 말이야. 누가 전화라도 했다가, 어머, 끔찍해라, 그건 내가 아니라니까, 헤헤헤…… 이런 식이 된다면 모처럼의 기회도 날아가버릴 테니까."

— 사모님은 헤헤헤, 이렇게 웃으십니까?

"어떻게 웃거나 무슨 상관인가?

— 아, 예에, 그냥…….

"그렇게 되지 않게 하기 위해서는 마누라를 외출 도중에 잡을 필요가 있었어. 그러나 뭐니 뭐니 해도 여자란 워낙 변덕이 심한 동물 아닌가. 어디를 간다고 말을 해놓고 나가지만 우선 곧장 목적지에 도착하는 일은 거의 없지. 도중에 파격세일 광고라도 눈에 띄면 즉각 궤도수정!! 그걸 도중에 잡는다는 게 쉬운 일은 아니지."

— 그래서 어떻게 하신 겁니까?

"운을 하늘에 맡기고 일단 나갔지. 전시회 쪽은 시간이 이미 아닌 것 같기에 쇼핑을 한다고 했던 백화점으로 차를 달린 거야."

— 잡지 못했을 경우에는 어떻게 하실 생각이었습니까?

"그거야 계획을 단념하는 수밖에 없지. 그러니까 마누라랑 맞닥뜨리느냐 여부로 내 계획을 실행할지 말지 도박을 한 거지."

— 상당히 어설프시네요.

"그야 당연하지. 일단 소설이니까."

— 아무튼 계속해주십시오.

"마누라가 항상 가는 백화점은 나도 잘 알아. 몇 번 따라가서 짐꾼 노릇을 한 적이 있으니까. 아니, 도대체가 여자라는 동물은 쇼핑을 나갔다 하면 평소에는 믿을 수 없을 정도로 기운이 펄펄 나는 모양이니까. 쇼핑용 에너지원이라는 것이 따로 있는 게 틀림없어. 평소 같으면 집안일을 조금만 해도 금세 피곤하다고 투덜거리는 사람이 쇼핑할 때는 피곤한 줄도 모르고 돌아친다니까."

— 저기…… 자꾸 옆길로 새지 말아주셨으면 합니다.

"엉? 아아, 그런가. …… 그래서 일단 나는 백화점으로 간 거라고. 마누라가 옷을 구경하고 싶다고 했기에 나도 여성복 매장을 어슬렁거렸지. 한참을 기다리다가 이제는 틀렸구나 하고 반쯤 포기하려는데 마누라가 유유히 나타났어."

— 드디어 계획을 실행하게 된 거군요.

"나는 마침 누굴 좀 만날 일이 생겨서 나왔다고 대충 둘러대고 어디 가서 저녁식사라도 하자고 했지. 물론 마누라가 싫다고 할 리 없거든.”

— 먹을 걸 꽤나 밝히는 분이시군요.

“그렇지 않은 여자도 있나? …… 그래서 일단 백화점을 나온 나는 차를 몰고 교외로 달렸지. 변두리에는 여러 가지 호텔이 있잖아.”

— 러브호텔 말이군요.

“시내 부근에 있는 것들하고는 조금 달라서 거의 관광호텔이라는 분위기지. 사장이 주말에 애인을 데리고 가기도 하는 호텔이야. 우리는 그중 한 곳으로 가서 최상층 레스토랑에서 저녁을 먹었지. 그런 장소 같으면 일단 아는 사람을 만날 걱정이 없어. 마누라는 좀처럼 그런 일이 없었기 때문에 잔뜩 신이 나 있었지. 그러다가 알코올도 좀 들어갔고, 오늘 밤은 여기서 자고 갈까, 뭐 그렇게 된 거야.”

— 러브호텔에서 말입니까?

“그래. 뭐 불만이라도 있나?”

— 아니요, 그냥.

“마누라도 오랜만에 그 뭐냐, 그쪽으로 마음이 동해서…… 나야 뭐 어쩔 수 없이 응해준 거고. 내 목적은 시간을 버는 것이었다고.”

130

— 무슨 말씀이신지?

"한바탕 쉬고 나니까 11시 가까이 되었어. 나는 아무 생각 없이 객실 TV를 켰어. 뉴스에서는 여전히 비행기 사고가 보도되고 있었어. 나는 물론 처음 알았다는 얼굴로 깜짝 놀라는 척했지. 마누라도 파랗게 질려 갖고는 이렇게 가만히 있을 수는 없다는 거야. 그래서 우리는 밤중이었지만 그 호텔을 나왔지."

— 프런트에서 좀 이상하다고 생각하지 않았습니까?

"그렇고 그런 호텔이야. 각양각색의 손님이 있겠지. 일일이 의심했다가 무슨 장사를 하겠어."

— 그건 그렇군요.

"마누라는 지독한 길치야. 일단 그렇게 오래 살고 있는 집 안에서도 화장실을 갈 때 헤매기도 할 정도니까."

— 자택이 너무 넓어서 그렇겠지요.

"음, 으응. 그래, 뭐 그런 것도 있지⋯⋯. 자네 상당히 말을 잘하는군.

— 단순하기는.

"엉? 뭐라고?"

— 아니, 그냥. 혼잣말입니다. 그럼 이야기를 본론으로 돌려서⋯⋯.

“그랬나. …… 무슨 이야기를 했었지?”

— 사모님이 길치라는 부분이었습니다.

“아, 그런가. 그래서 마누라가 길치라는 것을 이용하여 나는 도쿄와는 반대 방향으로 차를 달렸어. 마누라는 전혀 눈치채지 못하더군. 그러다가 지름길로 간다고 하면서 좁은 골목길로 차를 달렸어. 다른 차들은 거의 다니지 않는 산속 길이었지. 나는 차를 몰고 자꾸 안으로 깊이 들어갔어. …… 그러다가 마누라도 조금 불안해진 눈치야. ‘이 길로 가도 되는 거예요?’ 하고 묻더군. 나도 자신 없다는 듯 ‘여기가 아닌가?’ 하면서 차를 세웠어. 주위는 캄캄하고 다른 차도 다니지 않아. 나는 차에서 내려 소변을 보는 척하면서 길옆에 섰지.”

— 별로 보기 좋은 모습은 아니군요.

“하는 수 없지. 무엇보다 살인을 하려는 거니까. 거기서 나는 앗, 하고 소리를 질렀어. ‘왜 그래요?’ 하고 마누라가 묻기에 ‘저기 누가 쓰러져 있어!’ 하고 소리쳤어. 마누라도 얼른 차에서 내려 내 쪽으로 다가왔어. 여자란 호기심 덩어리니까. 그러더니 ‘어디?’ 하고 덤불 안을 바라보는 마누라에게 ‘저기, 더 안쪽, 거기서 조금 오른쪽.’ 하고 말하면서 나는 마누라 뒤로 돌아가 발치에서 적당한 돌을 하나 집어 들었지…….”

— 그걸로 쾅, 한 번에 치고 사모님이 비명을 지르며 주저

앉는 순간 다시 한 번 쾅, 또 한 번, 마치 악귀 같은 형상으로 계속 내리쳤다?

"남의 작품을 멋대로 각색하려 들다니!"

— 죄송합니다.

"한 방에 마누라는 맥없이 조용히 뻗어버렸다고."

— 단 한 방에 말입니까? 별로 재미가 없는데요.

"불평해봐야 소용없어. 아무튼 거기서 마누라는 죽었어. 나는 마누라가 입고 있는 것을 모조리 벗기고 시체를 덤불 속으로 끌고 들어가 그대로 내동댕이쳤어. 그런 다음에는 차로 돌아가 산길을 거꾸로 달려 집으로 왔어. 그걸로 살인 완료지."

— 그런 게 가능할까요? 시체를 묻는다든가, 돌을 매달아 댐 바닥에 가라앉힌다든가…….

"그런 짓은 초짜들이나 하는 거야."

— 예에.

"알았나. 이쪽은 시체가 발견되었다고 해도 전혀 상관이 없다고. 마누라는 이미 비행기 사고로 죽은 사람이니까. 시체에는 신원에 대한 단서가 될 만한 건 전혀 남아 있지 않았어. 그러니까 그게 내 마누라라고 생각하는 작자가 있을 리도 없지."

— 과연. 그러나 얼굴 사진이 신문에라도 나면…….

"바로 그 점을 생각했기 때문에 일부러 산속 깊이 데리고 가서 죽인 거 아닌가? 거기 같으면 적어도 한동안은 발견되지 않을 거라고 생각한 거야. 발견되었을 때는 이미 얼굴을 알아볼 수 없게 부패해 있을 테지…….."

— 그래서 실제로는요?

"발견된 것은 한 달도 더 지나서였어. 신문에 '여성 알몸시체 발견'이라는 제목으로 나왔지만 그것이 내 마누라라고 생각한 사람은 하나도 없었을 거야. 어쨌거나 마누라 장례식은 진작 끝났으니까. 나도 사고로 마누라를 잃고 기운을 잃은 남편의 연기를 태연하게 해냈고."

— 그래서 애인…… 그러니까 나쓰코 씨였던가요, 그녀는 진상을 알고 있었습니까?

"최대한 부드럽게 이야기를 해줬지. 그녀도 잘 이해해줬어."

— 실제로 죽은 노다……

"쓰네코."

— 아, 예. 노다 쓰네코 씨였지요. 그쪽에서는 뭔가 곤란한 문제는 없었습니까?

"별로 없었어. …… 당시에는."

— 그렇다면 뭔가 있었단 말이군요.

"뭐, 생각도 못했던 결과가 되었지."

— 어떻게 되었는데요?

"나는 나쓰코하고도 최대한 조심스럽게 만나고 있었지. 역시 시기가 시기인 만큼 누군가의 입에서 우리 관계가 누설되는 건 좋지 않아. …… 하지만 나쓰코도 열기가 식으면 아내의 자리에 앉혀줄 걸 알고 있었기 때문에 특별히 불평도 하지 않았고, 뭐 우리로서는 즐거운 나날이었지. 그런데 어느 날……."

— 무, 무슨 일이 있었습니까?

"다음 이야기는 나중에 다시 해주지. 다른 약속이 있어서."

— 그건 안 됩니다! 결말을 이야기해주십시오!

"금방 끝나지 않을 이야기야. 다음에 보자고. 그럼 난 여기서……."

— 하지만…… 저기……

"사례는?"

— 예?

"인터뷰 사례 말이야."

— 아, 예에. 저기…… 그건 나중에…….

"이렇게 복잡한 문제에 대해 흔쾌히 대답해준 거니까, 다른 인터뷰보다 듬뿍 얹어줘야 하네, 자네. 듬뿍!"

— 알겠습니다. 편집장님께 말해보겠습니다.

"다음번에는 액수를 먼저 말해주게. 거기에 따라 다음 인터뷰에 응할지 여부를 결정할 테니까."

— 악착같다니까!

"이것도 사업이라고. 사업. 하하하……."

— 그럼 다음에는 반드시 이야기 결말을 지어주십시오!

"사례를 듬뿍 주면 나도 그럴 마음이 내키겠지. 금액이 적으면 또 적당한 부분에서 '다음'으로 미루게 될지도 몰라."

— 아침 멜로드라마도 아니고.

"뭐? …… 그렇군. 이건 아침 멜로드라마 원작으로 딱이야. 자네, 말 한번 잘했네. 그렇게 되면 저작권은 어디까지나 나한테 있는 거야. 알았나! 그럼 또 보세."

— 이런……. 뜻밖의 결말. …… 화가 난 인터뷰어가 상대를 죽이는 건 어떨까!

— (이상, 가게야마 제1장 부분)

(가게야마의 원작에 대한 멤버의 평)

니시모토 : "와, 놀랍군! 자네가 이렇게 재미있는 글을 쓰다니! 아니, 화내지 말게. 기자로서의 체험이 말해주는 것이

겠지만 그래도 그렇지, 재미있어. 좋아, 독특한 형식으로 괜찮았어."

고지 : "발상과 전개는 이렇다 할 것이 없는 내용을 인터뷰라는 형식으로 재미있게 읽었습니다. 감탄했어요. 가게야마 씨의 부인도 여행을 좋아하시는 것 같던데 설마 본인 얘기는 아니겠지요. …… 이건 농담입니다."

가가와 : "범속!"

4

(가가와 가즈오의 원고)

아내를 죽이지 않으면 내가 살해당한다.

그걸 분명하게 깨달은 것은 5월의 어느 갈매기 같은 날이었다. 나는 오랜만에 악우惡友를 만난 그리움과도 비슷한 기분으로 그날 아침 잠에서 깨었을 때의 불쾌한 느낌을 환영했다.

오늘이야말로, 하고 나는 스스로의 오감을 향해 말했다. 오늘이야말로 동면에서 깨어날 수 있을 것이다. 길고 어두운 겨울. 종일 지하철을 타고 있는 듯한, 밤과 낮이 질척하게 뒤섞인 감각. 한 달의 길이를 가진 하루와 일주일이 늦은 주간지를 읽는 사이에 지나가는 24시간.

짜증과 초조, 축 처지는 무력감과 될 대로 되라는 느낌. 하늘을 나는 달팽이, 땅 위를 스멀스멀 기어가는 페가수스.

그렇다. 어제까지의 내가 그랬다.

지금 드디어 아침이 찾아왔다. 뱀이 뱀임을 되찾는 것이다. 자고 있는 뱀은 돼지와도 같다. 뱀은 갈고리처럼 생긴 목을 바짝 쳐들고 뾰족한 혀를 날름거리면서 단 한 번 문 이빨의 독으로 먹이의 목숨을 끊어야만 뱀인 것이다.

이 무거운 사지에서, 어찌할 바를 모르는 두통에서 시詩가 태어나는 것이다.

너무 길고 미지근한 물 같은 나날에 잠겨 감각은 마비된 것 같았지만 지금 드디어 되살아났다. 피는 어둡게 끓어오르고 혈관 안에서 부풀어 오른다. 비열한 욕정이 성스러운 빛으로 고양되는 것이다.

나는 너무 기뻐서 책상 앞에 앉았다. 눈앞에 네모난 칸이 빼곡하게 들어찬 처녀지가 펼쳐져 있다. 그 처녀의 매끈한 피부는 나를 기다리고 있는 것이다. 내 호흡, 내 애무를 기다리고 있다……

나는 세상을 창조한다. 혼돈의 카오스에서 신이 만물을 빚어냈듯이 모든 것을 이 손이 만들어내는 것이다. 태양도, 달도, 별도, 낮도, 밤도, 바다도, 산도, 숲도, 꽃도, 살아 있는 모든 것을 만들어낸다…… 창조하는 것이다.

시인은 이럴 때 신이 되어 무에서 유를 생겨나게 한다. '비존재'가 '존재'가 되는 것이다.

나는 오랫동안 사용하지 않았던 몽블랑 만년필을 꺼내 펜 끝을 잉크병에 담가 조용히 잉크를 빨아올렸다. 희미한 소리를 내면서 투명한 공간을 잉크의 짙은 파랑색으로 채워가노라니 마치 호응하듯 내 마음이 핏줄기로 채워진다. 가슴이 뜨거워지는 것을 느낄 수 있다.

'그때'는 가까운 것이다.

걸작의 예감이 철썩철썩, 밀려오는 파도처럼 다가오고 있다. 아아, 이 순간의 도취여!

평생 동안 과연 몇 번이나 찾아올지, 예측할 수도 없고 원한다고 이루어지지도 않는 희유의 순간! 이때를 위해 나는 살아 있는 것이다.

현실이 뭐야! 인생이란, 어쩌구 저쩌구 하면서 거드름을 피우는 작자 따위는 이 발밑에 와서 엎드려라! 이 충실한 시간을 모르는 자에게 '생'을 이야기할 자격은 없다. 창조하는 기쁨을 아는 자만이 참으로 살아 있는 것이다. 다른 자들은 모두 그 그림자에 지나지 않는다.

나는 펜을 그러쥔다. 나머지는…… 그렇다, 나도 모르는 힘에 이 손을 맡기면 되는 것이다. 언어가 파란 궤적이 되어 하얀 바다 위를 여행하는 것을 지켜보기만 하면 된다. …… 그렇다! 보라, 이 순풍만선의 쾌주를!

이 고양감! 하늘을 나는 독수리와도 같은 이 만족감! 시간이여 멈춰라! 너는 이토록 아름답다!

갑자기 단두대의 칼날이 떨어졌다. 나는 자신의 머리가 굴러떨어지는 것을 물끄러미 응시했다.

무신경하게 안방 문이 소리를 내며 열리더니 아내의 목소리가 들렸다.

"청소할 거니까, 잠깐 나가줄래요?"

나는 얼어붙은 듯이 만년필을 잡은 채 앉아 있었다. 이 무슨 소리냐? 유리 바늘을 누벼나가는 듯한 이 미묘한 작업을 이다지도 폭력적으로 중단하다니!

나는 소리를 지르고 싶었다. …… 그러나 그것은 소용없는 짓이다. 이미 손가락 사이로 흘러나간 황금의 과실에서 나오는 즙은 돌아오지 않는다. 시작詩作은 단절되어버렸다.

마당으로 나가 나는 아내가 청소에 온힘을 다 쏟는 모습을 가만히 바라보았다.

시인의 아내는 시인이어야 한다. 그러나 아내는 영원히 시라는 것을 이해하지 못한다. 그건 숙명이다.

나는 마당에서 껍데기가 되어 멀뚱히 서서 방 안에 아직 감돌고 있는 나의 영혼이 아내가 손에 든 진공청소기 흡입구로 빨려 들어가는 모습을 지켜보고 있었다. …… 아내는 저렇게 하여 나를 죽여갈 것이다.

아내를 죽여야 한다. 그 방법 말고는 내가, 나의 시가 살아갈 길은 없다. 이건 죄가 아니다. 인류의 유산을 지키기 위한 유일한 방법이다. 내 아내가 된 것이 그녀의 불행이었지만 그건 내 힘으로는 어떻게 할 수도 없는 일이었다.

"들어와도 좋아요." 방 청소를 마친 아내가 말했다.

나는 사형을 언도하는 재판관처럼 부드러운 어조로 "수고했어." 하고 말해주었다.

— (이상 가가와의 첫 장 서두 부분. 제군들과 달리 나는 하루에 몇 십 장씩 원고지를 채우는 곡예 같은 일은 불가능하다)

(가가와의 원고에 대한 멤버의 평)

니시모토 : "으음, 여전히 훌륭한 문장이야. '갈매기 같은

날'이라니 독보적인 감각이 넘치는군. 아름다운 작품이 될 게 분명해."

고지 : "솔직히 말해 무슨 말인지 잘 모르겠어요. 요컨대 시를 쓰고 있는데 부인이 청소하겠다고 들어와 방해를 받아 화가 났다는 거잖아요? 그런 내용치고는 좀 기네요. 그냥 재미가 없다고는 말 못해도…… 일반적인 독자들은 어떨까요?"

가게야마 : "이런 건 약해. '갈매기 같은 날'이라니, 대체 무슨 날이라는 거야? 부인이 시를 쓰는 데 방해 좀 했다고 죽이는 건 좀 불쌍하지 않아? 이혼하면 될 일 가지고."

5

니시모토는 전에 없이 편안한 기분으로 귀가하는 길이었다.

걱정했던 노부코의 편지도 그렇게 다른 멤버의 기분을 상하게 하지는 않은 것 같았다. 가게야마는 아예 받지도 못했다고 하는데 어떻게 된 일일까. 노부코가 주소를 잘못 적었는지도 모른다. 그렇다면 오히려 다행이지만.

노부코와의 결혼은 실수였다. 지금 와서 생각하면 니시모토도 그것을 인정하지 않을 수 없다. 이대로는 안 된다. 어떻게든 해야 한다.

그렇다면…… 어떻게 하면 되는 거지? 과연 노부코가 이혼에 응해줄까? 니시모토 자신은 아무것도 필요 없다. 집도, 돈도, 모조리 줄 수 있다. …… 뭐, 돈이야 지금부터라도 벌 수 있으니까.

그러나 노부코가 고분고분 받아들일 것 같지는 않다. 어쨌거나 니시모토의 작업은 이제야 순조롭게 진행되고 있는 중이다. 돈을 버는 건 지금부터다. 노부코로서는 니시모토를 떼어놓고 싶지는 않을 것이다.

노부코가 거절하면 어떻게 하지? 이혼소송을 제기할 정도의 이유가 있는 건 아니다. 노부코가 바람을 피운 것도 아니다. 그런 편지를 썼다고 해서 이혼이 인정될 거라고는 생각할 수 없다.

성격 차이라는 이혼 사유는 일본에서는 아직 인정되지 않는다고 들었다. …… 부부라고 하지만 각기 다른 인간이니까 차이가 나는 건 당연한 일이고 성격이 다르기 때문에 더욱 신선한 것이다. 자신들의 경우는 일방적인 힘의 불균형이 문제다.

그렇게 되면…… 해결은 노부코가 죽는 것밖에 없는데 니시모토는 살의를 갖고 있기는 하지만 그것을 자신이 실행할 수 있으리라는 생각은 꿈에도 할 수 없었다.

죽이고 싶다는 것과 죽이는 것은 전혀 다른 문제다. 인간의 전혀 다른 기능에 관한 문제다. 그렇지 않다면 세상은 살인이 횡행할 것이다. 누구든 죽이고 싶은 사람이 한둘은 있을 테니까.

니시모토는 거의 체념에 가까운, 깨달음에 이른 기분으로 집으로 가는 길을 서둘렀다.

"나 왔어."

"오셨어요?"

뜻밖에도 즉각 반응이 나오는 바람에 니시모토는 깜짝 놀랐다. 그것도 노부코의 목소리가 아니었던 것이다. 젊은 남자의 목소리였다.

"…… 아, 자네였군."

"저 왔습니다. 고모부."

니시모토는 우연의 장난에 자기도 모르게 웃음이 나왔다. 그의 소설 안에서 노부코를 속이는 일을 도와달라고 했던 에구치 가즈미. 그 모델이 이 에다 가즈미라는 청년이었다. 그 용모나 처지도 그대로다. 노부코가 가장 아끼는 조카라는 점도 같다.

"희한한 일도 다 있군. 자네가 우리 집엘 다 오고." 니시모토가 말했다. "요즘 어떻게 지내나?"

"여전하지요."

"그런데 그 차림은……?" 하고 니시모토는 양복에 넥타이까지 갖춘 에다의 모습을 보고 "처음 보는군, 자네가 양복을 입은 모습. 요즘 유행인가? 양복에 넥타이가?"

"무슨 소리를 하는 거예요?" 노부코가 언제나처럼 남편을 약간 무시하는 투로 말했다. "가즈미는 이번에 사업을 시작했대요. 그래서 저렇게 양복을 입은 거라고요."

"뭐라고?" 니시모토는 자기도 모르게 되물었다.

"어머, 당신 귀 먹었어요?" 노부코가 비꼬듯 말했다.

옆에서 에다가 조금 멋쩍은 듯이 "예, 언제까지고 놀고 있을 수는 없어서요, 내 힘으로 뭔가 한 가지 일을 시도해보고 싶어서……."

"그럼요! 가즈미는 똑똑하니까. 내가 보증해요. 틀림없이 성공할 거라고요."

"고모가 그렇게 말해주니 기쁘네요."

니시모토는 기가 막혀 말도 나오지 않았다. 이런 일이 있을 수가? 마치 자신이 쓴 창작의 세계가 그대로 현실이 된 듯한……. 물론 우연의 일치임에는 틀림이 없다. 그러나 그렇다 해도 이 얼마나 놀라운 일인가!

"하지만…… 지금은 어디나 불황이라서, 힘들 거야. 그래도 분발해보라고."

"감사합니다." 에다가 공손하게 말하더니 "그럼 고모, 저는 이제 그만……." 하며 일어섰다.

"어머, 벌써 가려고? 아직 이르잖아." 노부코가 아쉬운 듯 만류하며 말했다. "저녁이라도 같이 먹자, 응?"

"하지만 그럴 수는……."

"괜찮아. 어때. 이런 자리지만 너무 불편해하지 않아도 돼."

이런 자리란 니시모토가 있는 자리라는 말일 것이다.

"그런 건 아니지만……."

"그럼 이렇게 하자. 셋이서 같이 나가서 먹자. 어때? 우리가 자주 가는 샤브샤브 집이 있어. 굉장히 잘하는 집이야."

니시모토는 '우리가 자주 가는'이 아니고 '내가 자주 가는'으로 정정해줘야 한다고 생각했지만 물론 입 밖에 내서 말하지는 않았다.

"괜찮지요? 우리도 오늘은 밖에 나가서 먹자고 하던 참이니까. 그쵸? 여보?"

그런 이야기는 한 적도 들은 적도 없었지만 니시모토는 고분고분 고개를 끄덕여주었다.

"음, 그래. 같이 나가서 먹자고."

"예, 감사합니다. 그런데…… 약속이 좀……." 에다가 말끝을 흐렸다.

"여자 친구랑 만나기로 한 건가?" 니시모토의 입에서 자기도 모르게 말이 튀어나왔다.

"예, 그렇습니다." 에다가 고개를 끄덕이며 대답했다.

니시모토는 더 이상 놀라지 않았다. 분명히 아파트에서 동거하고 있을 것이다.

"어머나! 가즈미, 그런 여자가 있었어?" 노부코가 쉿소리를 내며 외치듯 물었다. 마음이 편안치는 않을 상황이지만 그래도 여전히 미소는 거두지 않은 채,

"그럼 그 아가씨도 불러. 이럴 때 만나면 좋잖아. 나도 꼭 보고 싶어."

"그럴까요? 사실은 저도 고모한테 꼭 한번 보여주고 싶었어요."

"그럼 결정한 거야! 여보, 외출준비 좀 해줄래요?"

"알았어."

문단속과 기타 준비는 남편된 자의 몫인 것이다. 노부코는 무조건 구실을 찾으면 나가고 싶어 한다. 허둥지둥 외출복으로 갈아입으러 거실에서 모습을 감췄다.

"잠깐, 전화 좀 빌리겠습니다."

“아, 얼마든지.”

니시모토는 에다가 전화 다이얼을 돌리는 손 모양을 유심히 지켜보았다. 전화번호를 완전히 외우지는 못해도 분명히 에다의 아파트도 비슷한 번호였다. 예감이 틀림없는 것 같다. 에다는 자기 자취방에다 전화를 걸고 있는 것이다.

“응, 나야. …… 아니, 지금 고모님 집에 있는데, 고모가 밖에서 같이 저녁식사를 하자고 하네. …… 당신도 오지 않을래? …… 응, 괜찮아. …… 그럴래? 그럼 저기…….” 그는 니시모토 쪽을 돌아보며 물었다.

“어디로 오라고 할까요?”

“아, 잠깐 기다려봐.”

니시모토는 얼른 노부코에게 달려가 식당 위치와 이름을 물어 메모지에 적은 다음 에다에게 주었다. …… 이런 젠장할. 에다의 이야기를 듣고 있다 보니 ‘고모님 집’에 있는 것이지 고모부 집이 아니다. 식사하고 돈을 내는 사람은 노부코지만 그 돈을 벌어오는 사람은 니시모토다. 그러나 에다는 분명 노부코를 향해 “잘 먹었습니다.” 하고 말할 것이다…….

딱히 불만이 있는 건 아니지만 친척 앞에서라도 남편의 낯을 좀 세워줘도 좋으련만. 애당초 기대하는 게 잘못인지 모르지만.

무심히 생각에 잠겨 있노라니 노부코의 벼락같은 목소리
가 머리 위로 쏟아진다.

"여보! 뭐하는 거예요? 우물쭈물할 거면 우리끼리 갈 거
예요!"

니시모토는 에다가 동거하고 있는 상대 여성까지는 그 이
미지를 만들어놓지 않았다. …… 현실의 그녀는 의외로 조신
하고 말수가 적은 아이…… 실제로 '아이'라고 해야 맞을 것
같은 아직 스무 살 안팎의 아가씨였다.

"이마이 기요코라고 합니다."

에다가 소개하자, 아가씨는 공손하게 고개를 숙이며 "잘
부탁드립니다." 하고 말했다.

느낌이 상당히 좋은 아가씨다. 니시모토가 그렇게 생각한
만큼 당연히 노부코 쪽에서는 재미없는 표정이었다. 어쨌거
나 자신의 양해도 없이(딱히 양해가 필요한 일도 아니지만) 사
랑하는 조카가 아가씨를 만들었다는 자체가 불쾌한 모양이
고 그 아가씨에게 마치 연적과 같은 질투마저 느끼고 있는
듯하다. 나이와도 어울리지 않고, 모양새도 좋지는 않았지만
니시모토는 내심 히죽거리고 있었다. 노부코에게도 마음대로
되지 않는 일이 있다는 건 무척 유쾌한 일이다.

그래도 노부코는 열심히 초조한 속내를 감추고 다정하게

처신하려고 했다.

다다미 방 하나를 차지하고 거창하게 먹고 마시는 중에 술자리가 꽤 무르익었다. 그 이마이 기요코라는 아가씨도 말수는 적지만 먹을 때는 별로 사양하는 기색이 없다. 술에 관해서는 위스키 온더락을 연거푸 세 잔이나 마셔 노부코를 경악하게 만들었다. 니시모토는 웃음을 참느라 안간힘을 써야 했다.

이런 자리가 되자 에다는 타고난 붙임성으로 적당히 상대를 추어올리기도 하고 간간이 자신과 여자 친구의 자랑도 교묘하게 늘어놓는다. 니시모토는 요즘 젊은이의 이런 처세술은 도대체 어디서 터득하는 걸까 싶어 감탄이 절로 나왔다.

요즘 젊은이는 취해도 절대 중년 남자들처럼 꼴사나운 짓은 하지 않는다. 술도 적당히, 기분도 적당히, 모든 걸 적당히 분별한다. 칭찬해야 할 일인지도 모르지만 니시모토에게는 뭔가 좀 부족한 듯한…… 젊음이라는 건 약간은 어리석어도 되는 게 아닌가 하는 생각이 들었다.

"고모, 제가 부탁드린 건, 잘 부탁해요."

"알았어. 같은 배를 탔다고 생각하고 와!" 하고 노부코도 맥주로 붉어진 얼굴을 한껏 긴장한다.

니시모토는 노부코와 에다의 얼굴을 번갈아 쳐다보며 "무슨 이야기야?" 하고 물었다. 일단 무시당하는 일에는 이골이 나 있다.

"고모가 제 사업 자금을 도와주시기로 했어요."

니시모토는 취기가 단번에 사라져버렸다. …… 그랬지! 아직 그게 남아 있었지! 물론이다. 모든 게 소설 그대로 된다면 이 이야기도 나와야지, 아니면 거짓말이다. 니시모토는 미칠 것만 같았다. 그러나…… 그러나 소설과 다른 점은 니시모토가 에다에게 말한 그대로의 이야기를 에다가 다시 노부코에게 제시하는 게 아니라는 것이다.

그러니까 이 자금 이야기가 사실이라는 점이 니시모토의 소설과는 다르다. 과연 사실일까? 에다처럼 놀고먹는 생활에 이골이 난 젊은이가 작정하고 사업을 시작한다는 게 가당키나 한 일인가?

에다 커플과 헤어져 집으로 오는 길에 니시모토가 말해보았다.

"정말 괜찮은 거야?"

"뭐가?"

"에다가 뭔가 시작하겠다고 하는 모양인데 세상이 그렇게 호락호락한 게 아니라고. 정말 잘될까?"

"무슨 소리 하는 거예요? 당신! 우리 조카한테 불만이라도 있다는 거예요?”

“그, 그런 게 아니고. 그냥 걱정이 돼서 하는 말이야.”

“당신보다 훨씬 야무진 아이예요. 가즈미는!”

니시모토는 울컥 화가 치밀었지만 언제나 그렇듯 입을 꾹 다물었다. 그리고 잠시 뜸을 두었다가,

“그래, 그건 좋은데 얼마를 융통해주기로 한 거야?”

노부코는 얼른 대답하지 않았다. 잠깐 생각하는 듯 뜸을 들였다가 “천만 엔!” 하고 말했다. 니시모토는 걸음을 멈추고 눈을 부릅뜨고 말도 없이 그대로 서 있었다. 노부코가 짜증이 난다는 듯 말했다.

“뭐예요? 내 얼굴에 뭐 묻었어요?”

“천만 엔이라고? 그건…… 그럼 우리 자금은 바닥이 나는 거잖아!”

“그게 어때서요? 어디다 갖다버리는 것도 아닌데. 빌려주는 것뿐이라고요. 곧 두 배가 되어 돌아올 거예요.”

사업이 뉘 집 아이 이름인 줄 알아? 하고 소리를 치고 싶었지만 겨우 참았다.

“만약…… 만약 실패하면 고스란히 떼이는 거잖아. 알아?”

“그런 건 당신이 걱정하지 않아도 돼요. 당신은 잠자코 일이나 열심히 하면 된다고요!”

이건 노부코의 '이야기 끝!'이라는 신호다. 노부코는 휙 앞서 가버린다. 집을 나올 때는 차를 이용했으면서 돌아갈 때는 싸게 먹히는 전차와 버스를 이용한다는 것이 노부코다운 면이다.

노부코의 뒤를 따라 걸으면서 니시모토는 이것저것 생각을 굴리고 있었다.

에다가 사업을 시작한다는 것이 과연 진심인지, 그것도 의심스러운 노릇이다. 뭔가 빚잔치를 할 일이라도 저지른 건 아닐까. 만약 사실이라고 해도 세상은 그렇게 호락호락하지가 않다. 십중팔구 실패한다고 봐야 할 것이다. 그렇다면…… 우리 집은 무일푼이 된다. 아니, 실제로는 그것 말고도 자금이 조금 더 있으니까 거리에 나앉을 일은 없지만 거의 제로에서 재출발하게 된다.

이건 자신이 창작한 소설의 줄거리와 너무 비슷하다고 니시모토는 생각했다. 뭐, 실제로 돈이 없어진다는 건 크게 다르지만 노부코 입장에서는 천만 엔을 내다버린 것과 마찬가지로 잃어버린 충격과 사랑하는 조카에게 배신을 당했다는 이중의 충격은 그나마 있을 것이다. 세상을 비관하여 자살할지 여부는 알 수 없지만 한동안 고개를 들지 못하는 정도의 반응은 확실히 있을 것이다. 그 점이 자신의 입장에서는 노리는 바일지도 모른다고 니시모토는 생각했다.

이혼 이야기를 꺼낸다고 해도 그런 상황이라면 쉬워진다. 어쨌거나 노부코가 자신의 책임으로 전 재산의 대부분을 잃어버린 거니까 니시모토가 뭐라고 해도 반론할 수 없을 것이다. 그런 허점을 비집고 들어가는 게 비겁하다는 생각도 들긴 했지만 그래도, 그런 생각을 하고 있을 상황은 아니다! 노부코 쪽은 항상 그의 허점을 비집고 들어오는 정도가 아니라 상처를 쑤셔대는 잔인한 짓을 아무렇지도 않게 해치우는 판에 이쪽에서 쓸데없이 관대하게 봐줄 필요는 없다.

생각이 여기에 미치자 이 어리석은 출자도 그렇게 한탄할 정도의 일은 아니라는 생각이 니시모토의 머리를 스치고 지나갔다. …… 분명 천만 엔이라는 돈은 크지만 지금 같은 추세로 일이 순조롭게 진행되면 2년 만에 복구할 수 있다. 자유를 얻는 대가치고는 결코 비싼 편은 아니다…….

그렇다, 단 한 번이라도 좋으니까 니시모토는 노부코에게 말해주고 싶었다.

"꼴좋다!"

그때…….

니시모토는 문득 밤하늘을 올려다보았다. 차가운 것이 볼을 때렸던 것이다.

"비가……. 어이, 비 온다. 택시 타고 갑시다." 니시모토가 노부코를 불러 세우며 말했다.

"상관없어요. 뛰어가면 되잖아요! 아깝게!" 노부코는 앙칼지게 대꾸했다.

"응, 히토미? 나야. …… 응. 비가 와. 지금 역 앞에 있어. …… 택시 승차장에 줄이 너무 길어. 우산 갖고 와주지 않을래? …… 부탁해. 기다리고 있을 테니까."

고지는 수화기를 내려놓고 혀를 차며 차가운 비가 쏟아지는 밤하늘을 올려다보았다. 공중전화에는 고지처럼 집에 전화를 하려는 사람들이 줄을 서 있다. 역 앞 택시 승차장의 긴 행렬도 얼마나 기다려야 할지 알 수 없다.

"하는 수 없지 뭐……."

걸으면 15분 정도 걸리는 길이다. 오늘은 곧장 집으로 올 걸 그랬다 싶어 후회가 되었지만 이미 늦었다. 대학시절 친구가 한잔 사겠다는 말에 따라가서 마시다 보니 비를 맞는 신세가 되었다. 억수로 재수 없는 날이다!

히토미에게 마중을 나와달라고 했으니 후환이 두렵다…… 마중까지 나가줬으니까, 응? 이런 결과가 된다는 걸 알지만 비를 맞고 가기에는 아직은 좀 춥고, 내가 무슨 진 켈리(《사

랑은 비를 타고〉의 주연 배우—옮긴이)도 아니니. 게다가 물에
빠진 생쥐 꼴로 들어간다 해도 히토미가 그대로 놓아줄 리
도 없고 어차피 젖을 거라면 그 방법으로, 이렇게 생각한 것
이다.

"…… 왜 이렇게 늦지?"

비는 도무지 그칠 기미가 없다. 손목시계를 보니 벌써 20분
이상 지났다. 천천히 걸어도 벌써 도착할 시간인데…….

고지는 개찰구에서 쏟아져 나오는 피곤에 절어 있는 직장
인들의 얼굴을 물끄러미 바라보고 있었다. 자기는 회사원은
적성에 맞지 않는다고 생각하고 있었다. 변덕이 심하고 멋대
로인 성격. 억지춘향으로 월급쟁이가 되었다면 지금쯤 노이
로제로 정신병원에 있거나 그렇지 않으면 회사를 폭파해버
렸을지도 모른다.

그러나 이 피곤에 절어 있는 사람들도 좋아서 월급쟁이로
살고 있는 건 아니다. 가족도 있고 생활이 있다. 먹고살아야
한다. 그건 어떻게 해볼 도리가 없는 짐일 것이다.

고지는 실제로 먹고살기 위해 아등바등 일했던 경험이 없
다. 최악의 경우에는 부모가 있다는 생각으로 일을 해도 건
성이었다. 그리고 그렇게 여유만만한 기분으로 하니까 시나
리오 같은 작업을 순조롭게 해낼 수 있었던 것이다. 게다가

고지에게는 허황된 이야기를 꾸며내는 천부적인 재능이 있었고, 그것도 도가 지나칠 정도라 특별히 작가의 양심이라는 것으로 괴로워해본 적도 없었다. 무슨 일이나 다 장삿속이라는 배포를 부릴 수 있었던 것이다.

그래, 나는 운이 좋은 편이지, 하고 고지는 생각했다. 세상에는 좋은 환경을 타고난 사람과 그렇지 못한 사람들이 있다. 무슨 일을 해도 적당히 성공을 거두고 어려움 없이 해치우는 이른바 탄탄대로를 가는 사람과 뭔가 한 가지 일을 해내려면 아등바등 노력을 해야 하고, 그렇게 해도 운이 나쁜 사람…….

세상은 불공평하게 만들어져 있다. 나처럼 노력하는 게 질색인 사람이 성공하고, 착실하고 소박하게 끊임없이 일을 하는 사람들은 제대로 된 생활도 꾸리지 못한다. …… 어쩔 수 없는 노릇이다.

너무 사치스러운 소리를 해서는 안 되는 건지도 모르지, 하고 고지는 생각했다. 히토미처럼 젊고 아름다운 마누라까지 얻고, 그러고도 투덜투덜 불평을 늘어놓는 건 정말 분에 넘치는 일인지도 모른다. 그래, 이쪽의 체력이 고갈되지 않는 이상 만족시켜주고…….

고지는 역의 시계로 눈길을 주었다. 이상하다. 벌써 30분

이상 지났다. 아무리 생각해도 도착하고도 남을 시간이다.

공중전화 앞에 생겼던 줄이 없어졌다. 고지는 다시 한 번 집에 전화를 해보았다. …… 신호는 가는데 아무도 받지 않는다. 이미 집을 나오기는 한 것이다. 도대체 뭘 하고 있는 거지?

이렇게 비가 오는데, 이렇게 늦은 밤길을. 설마 차에 치었다거나……. 무슨 재수 없는! 어린아이도 아니고!

문득 고지는 자신이 쓴 시나리오를 떠올렸다. 그 주인공은 역에서 기다리고 있었다. 아내가 폭행당하는 모습을 상상하면서……. 무슨 생각을 하는 거야! 그런 잡목림을 지나는 길 따위는 있지도 않잖아.

만약 그런 일이 있다면…… 공원이 있다. 걸어서 오려면 그곳을 가로질러 오면 지름길이다. 히토미도 아마 공원을 가로질러 올 것이다. …… 나름대로 넓은 편에 속하고 키 큰 나무가 있고 어둑하고 한적한 장소다.

"설마! 이렇게 비가 오는데!" 고지는 화를 내듯 중얼거렸다. "뭘 꾸물대고 있는 거지……."

빗속에서 히토미의 모습은 좀처럼 나타나지 않았다. …… 45분이 지났다. 조금 젖더라도 걸어갈걸 그랬구나 싶었다. 뜨거운 물로 샤워를 하면 될 테니까.

걸어갈까. 어차피 도중에 만날지도 모르니까. …… 아니지, 만일 서로 길이 달라 엇갈리면 오히려 귀찮아진다. 이런 때일수록 움직여서는 안 되는 것이다. 그래도 그렇지, 너무 늦다.

멀리서…… 뭐지? 저 소리는? 사이렌이다. 구급차 소리다. 자신이 쓴 시나리오가 그대로 현실이 되는 오싹한 느낌이 엄습해왔다. 불안이 스쳤다. 저기에 히토미가……. 설마!

구급차는 빨간 불을 번쩍거리면서 역 앞에서 커브를 돌아 그대로 사라졌다. 고지는 그 빨간 불의 깜빡임을 물끄러미 지켜보다가 길 쪽으로 시선을 돌렸다.

히토미가 걸어오는 게 보였다.

안도와 동시에 울화가 솟구쳤다.

"어떻게 된 거야! 걱정했잖아. 너무 늦게……"

고지의 말은 중간에 끊겼다. 레인코트를 입고 우산을 쓰고 있으면서도 히토미는 온몸이 흠뻑 젖어 있었다. 머리칼도 마치 샤워를 하다 말고 나온 것 같고, 얼굴은 창백하고 입술도 색깔을 잃었다.

"왜 그래! 다 젖었잖아, 이렇게……." 놀란 고지는 히토미의 어깨를 잡았다.

"넘어졌어…… 도중에…… 미안해, 늦어서."

"그건 괜찮은데……."

히토미는 당장이라도 쓰러져버릴 것처럼 보였다.

"어디 들어가서 잠깐 쉬었다 갈까?"

"됐어. 괜찮아." 하고 고개를 흔들더니 "빨리 집으로 가자." 하며 고지의 팔을 잡았다.

"그래. 내 우산은?"

히토미는 당황한 듯 "어머…… 어쩌지…… 넘어질 때 잃어버렸나 봐. 난 그것도 모르고……."

"됐어. 택시 타고 가자."

"하지만 저렇게 줄을 서 있는데……."

"상관없어." 고지는 히토미를 껴안듯이 감싸면서 "죄송합니다! 집사람이 몸이 좋지 않아서요. 먼저 타게 해주십시오!" 하고 행렬 선두로 비집고 들어갔다. 마침 품위가 있어 보이는 노신사 차례였다.

"알았소. 먼저 타요, 자." 하고 흔쾌히 양보해주었다.

"죄송합니다!"

서 있는 택시로 가서 탔다.

"…… 미안해." 차가 달리기 시작하자 히토미는 깊이 한숨을 내쉬었다.

"아니, 정말 병이라도 난 것 같군. 괜찮아?"

"으응. 아무것도 아니야……."

"감기 걸린 거 아냐? 미안해. 마중 나오라고 해서. 걸어갈 걸 그랬나 봐."

히토미는 눈을 감았다. 도대체 무슨 일이지? 전화를 걸었을 때만 해도 평소와 다르지 않았는데. 데리러 나오는 도중에 무슨 일이라도 있었던 걸까. 그냥 단순히 넘어진 게 아니다. 이렇게 새파랗게 질려서 이렇게 심각한 표정으로…….

설마. 그런 일이 있을 수 있을까!

집에 도착한 히토미는 뜨거운 물에 샤워를 하고 나서 곧장 침대로 들어가버렸다.

고지는 혼자서 느긋하게 욕조에 몸을 담근 채로, 절반은 안도의 한숨을 내쉬면서도 절반은 불안한 기분을 맛보고 있었다. 항상 혼자서 몸을 담그고 있으면 히토미가 들어와 욕조의 물을 철벅철벅 넘치게 하면서 키스를 해오는 통에 질려버리곤 했는데 오늘 밤에는 조용하다.

그렇다고 무작정 좋아할 수만은 없었다. 단순한 감기나 몸살이라면 다행이지만……. 목욕을 마치고 나온 고지는 가운을 입고 소파에 편하게 앉아 오래간만에 스테레오의 스위치를 눌렀다. 좋아하는 피아노 곡을 걸어놓고 볼륨을 낮게 하여 거실 안을 음악으로 채웠다. 다른 때 같으면 레코드를 걸어놓고 있으면 시샘이라도 하듯 히토미가 코 먹은 목소리로

다가와 무릎에 올라앉곤 했다.

오늘 밤에는 편안하게 음악에 젖어들 수 있겠구나, 하고 고지는 브랜디 잔을 흔들며 소파에 깊숙이 몸을 묻었다. 그러나…… 아무래도 이상하다. 피아노 선율에 귀를 기울이고 있으면서도 눈길은 힐끗힐끗 침실 쪽으로 향하고, 당장이라도 히토미가 민망할 정도의 알몸으로, "여보! 빨리 안 들어오고 뭐하는 거야!" 하며 뛰쳐나오는 게 아닐까 하는 생각이 들었다. 그렇게 될까 봐 전전긍긍하면서도 지금은 그렇게 해주는 게 오히려 마음이 편할 것 같았다.

결국 히토미는 나오지 않았다. 한 시간이 지나고 고지는 살짝 침실을 들여다보러 갔지만 어둠 속에서 조용한 숨소리가 들려올 뿐이었다.

"무슨 생각을 하는 거야?" 후유코가 물었다.

가게야마는 이불 밑으로 후유코의 매끈한 배에 손을 얹으면서 말했다.

"결정한 거야? …… 어떻게 할지."

후유코는 말없이 베개 위에서 고개를 좌우로 흔들었다. 그리고 절반은 스스로를 타이르듯 중얼거렸다.

"아직은…… 괜찮을 거야. …… 아직은 시간이 좀 있어."

가게야마는 어두운 천장을 바라보면서 한동안 입을 다물고 있다가 불쑥 말했다.

"미안해."

"무슨 소리를 하는 거야?"

"당신한테 아무것도 해줄 수가 없어서."

"괜찮아. 모든 걸 아는 상황에서 이렇게 된 거니까." 후유코는 가게야마 쪽으로 몸을 비틀었다.

"어어! 괜찮아? 그런 식으로 몸을……."

후유코가 웃으며 말했다.

"아무렇지도 않아. 안 그러면 회사에도 못 가잖아."

"그건 그래." 가게야마는 후유코의 벗은 어깨를 안아주었다.

"나랑 헤어지고 싶지?"

"바보 같은 소리……."

"솔직하게 말해."

"헤어지고 싶긴, 내가 왜?"

"하지만 그런 기분이 조금은 있지 않아?"

"집요하군."

"그럼 질문방식을 바꿀게. 내가 없어지면…… 어느 날 갑자기 회사를 그만두고 이 집을 처분하고 모습을 감춘다면…… 당신은, 안도의 한숨을 내쉬는 거 아닐까?"

“왜?”

“말썽의 씨가 사라지는 거니까.”

“아니, 왜 그런 소리를 하는 거지?”

“그런 식으로 사라지는 것도 멋지잖아? 영화의 마지막처럼.”

“이건 영화가 아니라고.”

“알아. 그래서 괴로운 거지.” 후유코는 한숨을 쉬었다. “아기를 낳아 키우는 일은 끔찍할 정도로 현실적인걸. …… 영화라면 내가 모습을 감춘 후에 곧바로 ‘몇 년 후’라는 자막이 들어간 다음에 어린아이의 손을 잡고 나타난 나랑, 부인과 딸을 양옆에 거느린 당신이 어느 거리에서 우연히 스치고 지나가는, 가슴 벅찬 라스트 신으로 연결될 텐데…….”

가게야마는 보이지 않는 손이 목을 조여오는 듯한, 답답함을 느꼈다.

“나는 마누라와 헤어질 거야.” 하고 가게야마가 말했다.

“그러지 말아요!” 놀랄 정도로 단호한 어조로 대꾸한 후유코는 침대에서 뛰쳐나갔다.

“진심이야. 위로하려는 말이 아니라고.”

“그렇다면 더욱 용서할 수 없어!”

“왜 그렇게 화를 내는 거지?”

가게야마는 너무 당황한 나머지 침대에서 일어났다. 후유코는 알몸인 채로 바닥 카펫 위에 주저앉아 등을 보이고 있었다.

"…… 당신 마음은 고맙지만, 안 돼요." 조용한 어조가 된 후유코가 말했다.

"왜?"

"당신은 사람이 너무 물러서."

"이봐……."

"그야 뭐 나를 위해 애써 부인과 헤어질 수 있을지는 몰라요. 하지만 그 사실을 잊는 일은 당신은 못해요. 부인에 대한 죄책감이 오래도록 남아 그것이 결국 우리 사이까지 망쳐버릴 거예요. …… 그걸 알기 때문에 안 된다고 하는 거예요."

"그런 일은……."

"없다고 말하지 말아요. 당신은 그런 사람이니까. 부인과 헤어지면 결국 우리 사이도 엉망이 되는 거예요. 나랑 헤어지면 적어도 지금 이대로의 생활은 남잖아."

"그렇게까지 계산적으로……."

"계산적인 게 뭐가 나빠? 어차피 누군가는 울어야 한다면 여러 사람이 상처를 받는 것보다는 한 사람이 우는 쪽을 선택해야 해요."

가게야마는 말이 없었다. 이런 식의 논리를 내세우는 이야기는 질색 중의 질색이었다. 후유코는 일어나서 침대로 돌아왔다.

"미안해. 당신을 골치 아프게 할 생각은 없었는데……." 그리고 이불 밑으로 파고들어 오더니 "잊어요. 아직 시간이 있잖아. 오늘 밤에 결정하지 않아도 되는 일이고."

"그래, 그렇군." 가게야마는 안도한 듯 말했다.

"안아줘요."

가게야마는 부서지기 쉬운 물건이라도 만지듯이 살며시 후유코의 몸을 껴안았다…….

"…… 비가 오네." 옷을 입고 있는 가게야마에게 창가에 있던 후유코가 말했다.

"그래? 자고 갈까?"

"안 돼요. 집을 너무 자주 비우면 이상한 소문이 날 거예요."

"무슨 상관이야."

"안 돼, 안 돼."

"그럼 우산을 빌려갈게."

"여자 우산을? 그거야말로 큰일 날 소리."

"비를 맞으면서 가란 말이야?"

"저기까지 같이 가요. 택시를 태워주면 되잖아."

"알았어. 그럼 한잔 하는 정도는 되겠지."

“응. 자기가 만들어.”

“그러지.”

후유코는 네글리제를 벗어 발밑에 떨구고 욕실로 들어갔다. 가게야마는 위스키를 잔에 따르면서 TV 뉴스를 바라보고 있었다. 마지막 뉴스였다. …… 기자 시절의 습관이 아직 남아 자기도 모르게 뉴스를 찾아보는 것이었다.

잔을 들고 있던 손길이 멈추었다.

‘이탈리아에서 여객기 추락…… 일본인 승객도.’라는 자막이 나왔다. 또야? 이런 사고는 정말 이상하게도 계속 일어난다. 이탈리아. 설마, 하는 생각은 들지만 가즈요와 도시코도 로마로 간다고 했다.

“…… 왜 그래요?” 샤워를 마친 후유코가 수건을 몸에 감고 나왔다.

“사고야. 비행기 추락사고.”

“어머, 끔찍해라…… 어디?”

“이탈리아.”

가게야마는 뚫어질 듯 TV 화면을 노려보고 있었다. 현장 필름은 아직 도착하지 않았을 것이다. 지도 설명과 아나운서의 얼굴이 나올 뿐이다.

“…… 승객 명단 중에 일본인으로 추정되는 다음과 같은 이름이 있었습니다. 이토 히로시, 야스다 다카코, 유미 요지, 가게야마 가즈요, 가게야마 도시코……."

후유코가 짧게 비명을 질렀다.

"또 만나."

에리코가 가가와의 어깨에 매달려 콧소리를 내며 말했다.

가가와는 귀찮은 듯 "일 년 내내 만나잖아." 하고 말했다.

"무슨 말이 그렇게 냉정해."

택시는 이제 에리코의 집 근처까지 와 있었다.

"그 호텔 느낌이 별로 좋지 않아." 에리코는 불평을 했다. "다음에는 편안히 쉬고 싶어."

"항상 편안하게 쉬었잖아."

"어머, 하지만 하룻밤을 같이 지낸 적도 없는걸. 마치 유부남처럼 꼬박꼬박 집으로 돌아가잖아."

"내 집이 아닌 곳에서 자고 오는 게 싫어서 그래."

"아아, 시인들이란 참 복잡 미묘해." 에리코가 한숨을 쉬었다. "…… 아, 다음 신호등 있는 데서 왼쪽으로."

"다음에는 호텔을 바꿀까?"

"여행을 가요. 어디든."

"여행?"

"응. 좋잖아. 시인은 여행을 하는 사람 아닌가?"

"꼭 그렇다고는 할 수 없지만."

"좋잖아. 아직 한 번도 어디 데리고 가준 적도 없는데."

여행이라. 그것도 좋을지 모른다. …… 하지만 가족여행이라는 건 가정의 연장이지 여행이라고는 말할 수가 없겠지만.

"그럴까. 좋은 생각일지도 모르겠군."

"어머, 정말?" 에리코가 얼굴을 빛내며 말했다. "와아, 신난다! 언제? 이번 주말에 어때?"

"당신은 괜찮아?"

"난 OK야."

"하지만 기차표며 그런 것도 사야 할 테고 귀찮아서."

"나한테 맡겨요. 내가 기차표랑 호텔까지 다 준비해놓을 테니까. 어디로 가고 싶어?"

"그것도 맡기지."

"알았어. …… 아, 저기 앞에서 세워주세요."

택시는 골목 입구에 멈췄다. "그럼 또 만나."

"응, 잘 자."

"바이 바이."

에리코는 튀어오를 듯한 발걸음으로 어두운 골목길 안으로 사라졌다. 가가와는 그대로 집까지 타고 가기로 했다.

“이제 오세요.” 료코가 허둥지둥 나왔다. “오늘은 늦었네요.”

“늦을 거라고 했잖아.”

“예. …… 밥은?”

“필요 없어.”

“금방 잘 거예요? 아니면 목욕이라도 할래요?”

“그렇군. 목욕이나 할까.”

“그럼 물이 식었을지 모르니까 온수기 켜놓을게요.”

가가와가 망토를 벗어던지자 료코가 집어 옷걸이에 걸었다.

“여자랑 같이 있었던 거예요?”

“왜 그렇게 생각해?”

“향수 냄새가 나기에.” 료코의 말투에는 특별히 불쾌한 낌새는 없었다.

“바의 여종업원. 옆에 바짝 붙어 있다 보니까.” 가가와는 료코 쪽을 보면서 물었다. “질투하는 거야?”

“할 수 없지요. 직업이 그런걸.” 료코가 웃으며 말했다.

가가와는 목욕물이 데워지기를 기다리는 동안 밥을 몇 술 갈 국에 말아 먹었다. 자기 몫의 반찬이 버젓이 차려 있는 건 알고 있었지만 료코의 기분을 생각해 억지로 먹는 배려를 하는 것도 아니다.

“이번 주말에 여행 갈 거야.”

“어머, 어디로?”

“아직 몰라.”

“일 때문에?”

“취재.”

“그렇군요……. 우리도 우타코가 조금 더 크면 여행도 갈 수 있을 텐데.”

가가와는 아무 대꾸도 하지 않고 신문을 펼쳤다. 료코는 의심이라는 걸 모른다. 그것이 가가와를 더 냉정한 사람으로 만들고 있었다.

“오늘 옆집 아주머니가 있잖아요…….” 료코가 이야기를 시작했다. 가가와는 듣지도 않는 이야기였다.

제3장
주의

1

"그거 참 큰일 났군……. 알았어. …… 아니, 나한테 맡겨."

니시모토는 수화기를 놓기 전에 "뭔가 착오라면 다행이지
만. …… 그러기를 빌어야지." 하고 말했다. 무슨 일인가 싶어
곁에서 듣고 있던 노부코가 다가와 물었다.

"왜 그래요? 누구한테 온 전화예요?" 호기심을 노골적으
로 드러내며 묻는다.

"가게야마."

"무슨 일 있대요?"

"응. …… 이탈리아에서 추락한 여객기 승객 명단에 부인
과 딸의 이름이 들어 있다는군."

"어머! 둘 다 죽은 거예요?"

"꼭 죽었다고 할 수는 없지."

"하지만 비행기잖아요. 살아남은 사람이 있었나! 분명히 죽었어요. 세상에! 그것도 두 사람씩이나."

이건 완전히 살판이 난 듯 단정적이다.

"하지만 실제로 타지 않았을 경우도 생각할 수 있으니까."

"명단에 이름이 있었다면 타고 있었던 게 뻔하지. 그 부인 꽤나 화려한 사람이었던 것 같던데. 이웃집 마실 다니듯 해외여행도 걸핏하면 가고. 그러니 저축 따위야 생각도 못했을 거예요. 딸도 아직 어릴 텐데! 안됐다. 그래도 생명보험에는 들어 있겠지요."

"몰라."

니시모토는 지긋지긋한 심정으로 대꾸했다. 보험에 들었다고 살아 돌아오는 것도 아니고.

"가게야마 씨, 젊은 애인이 있는 것 같던데 내심 좋아하는 거 아냐?"

노부코의 폭탄발언에 니시모토는 자빠질 듯 놀랐다.

"무슨 소릴 하는 거야!"

"어머, 뭐가요?"

"그런…… 점잖지 못한 말은 하는 게 아니야! 그쪽은 지금 기가 막힐 지경이라고."

176

"그야 뭐, 일단은 충격이긴 하겠네."

이건 도무지 태평스럽기 그지없다.

"하지만 지금 당신은……."

"젊은 애인이라고 한 거?"

"그래. 그런 엉터리 정보를……."

"어머, 엉터리 정보가 아니라고요."

"뭐 알고 하는 소리야?"

"알아요, 그 정도는." 노부코는 자못 당연하다는 얼굴로 "가게야마 씨 요즘 갑자기 복장이 확 달라졌어요. 전에는 그렇게 촌스럽던 사람이 최근에는 취향이며 센스가 눈에 띄게 달라졌던데."

"그게 어째서?"

"그 나이에 갑자기 취향이 달라지고 안목이 좋아진다는 건 있을 수 없는 일인걸. 그렇다면 뻔한 거지요. 여자가 있는 거예요."

"고작 그 정도의 근거로……."

"여자에게는 그거면 충분해요. 절대로 내 감이 빗나가지는 않을 테니까 두고 봐. 내기해도 좋아요."

노부코는 자신만만이다. 니시모토도 그런 방면으로 발달된 노부코의 후각은 야생동물 버금가는 수준임을 잘 알고 있었다.

게다가…… 그렇다, 그 옴니버스 소설 제1장. 젊은 애인이 있고 아내를 비행기 사고로 죽은 것으로 위장하고 죽인다. 가게야마가 용케도 그런 플롯을 생각해냈구나 하고 감탄했는데…….

그렇다면 가게야마는 정말 다른 데다 애인을 두고 있기라도 한 걸까. 아니, 하지만…… 그런 건 상관없다. 설마 가게야마가 이탈리아 여객기를 추락시킨 것도 아닐 테고.

"그런 건 아무래도 좋아." 니시모토가 말했다. 잠시 후 현관으로 나가며 "그럼 잠깐 나갔다 올게." 하고 말했다. 도무지 노부코의 상대를 하고 있을 기분이 아니다.

"저기요, 가게야마 씨한테 가는 건가요?" 노부코가 집요하게 현관까지 따라 나왔다.

"몰라. 왜?"

"가면 장례식이 언제인지 물어보고 와요."

니시모토는 하도 기가 막히고 어이가 없어서 숨이 막힐 지경이었다. 이상한 표현이지만 실제로 그런 느낌이었다.

노부코는 다시 현관을 나가는 니시모토의 뒤통수에 대고 한마디를 더 던졌다.

"아, 참! 그리고 말이죠, 부의금 낼 봉투도 좀 사와요!"

당신이 사! …… 하고 소리치고 싶었지만 결국 언제나처럼 아무 말도 하지 않고 집을 나왔다. 도대체가 사람의 마음을 헤아리는 배려라고는 눈곱만큼도 없는 여편네다!

집을 나오기는 했지만 답답한 기분으로 딱히 어디로 갈 작정이 있는 것도 아니었다. 오늘은 작업실은 가지 않는 날이다.

정말 가게야마의 집으로 가볼까 생각도 했지만 아직 생사도 확실하지 않은 마당에 이런 기분이 표정에 드러날 테니 위로도 되지 않을 테고 섣불리 안타까움을 보일 수도 없다.

"그래, 그냥 시간이나 죽이다 들어가자."

니시모토는 역으로 이어지는 길을 걷다가 도중에 반대쪽에서 오는 아가씨에게 눈길이 멈췄다. 대체 어느 집이지? 모조리 비슷한 집들이니 알 수가 있나, 하는 표정으로 걸어오는 아가씨는…… 그렇다, 어딘가에서 본 듯한 얼굴인데 하며 니시모토가 고개를 갸우뚱하고 있는데 상대 쪽에서 니시모토를 알아보고 다가왔다.

"니시모토 씨. 다행이네요. 이렇게 만나다니."

생각이 났다. 에다 가즈미의 여자다. 이름은…… 으음, 그러니까 이름이 뭐였더라?

"오오, 용케 알았네. 이 부근이라는 걸."

“주소만 들고 찾아왔어요.”

“그것도 대단하군.”

“전 방향감각이 꽤 좋은 편이에요.” 하고 아가씨는 자신 있게 말했다.

“그래, 무슨 볼일이라도?”

“예. 맞아요. 할 이야기가 있는데 좀 들어주실래요?”

니시모토도 젊은 여자의 부탁을 딱 잘라 거절할 정도로 여자를 싫어하지는 않는다. 여자혐오가 있긴 해도 그건 노부코 같은 유형의 여자일 때 얘기지 젊고 귀여운 아가씨라면 싫어할 이유가 없다. 그렇다. 노부코, 그 여자도 옛날에는 젊고―귀여웠는지 어땠는지는 몰라도―매력적인 점도 있긴 했다.

“그러지 뭐. 집으로 갈까?”

“아니요, 가능하면 둘이서 이야기를 하고 싶습니다만.”

“그래? 그럼……”

도대체 둘이서 하고 싶다는 이야기라니, 무슨 일일까 싶어 일단 어디 적당한 곳에 들어가려고 했지만 이 부근은 제대로 된 커피숍 하나 없다.

“역 근처에 커피숍이 있던데요.”

니시모토가 한참을 생각에 잠겨 있자 아가씨 쪽에서 먼저 제의해왔다.

"음, 그건 알고 있지만…… 거기 커피는 별로 맛이 없어서."

"괜찮아요. 이야기만 할 수 있으면."

"으, 으응. 사실은 저기…… 솔직히 말하면 그 커피숍은 이 부근 여자들이 자주 가는 곳이라 아가씨랑 그런 데 들어갔다가는 대번에……."

"알겠습니다. 부인이 무서운 거군요?"

이렇게 정색을 하고 물어보면 남자로서 체면이 서지 않는다.

"그런 게 아니고……."

"알아요. 고모님이 상당히 살벌하다고 하던걸요."

아가씨가 진지한 얼굴로 하는 말에 니시모토는 그만 웃음이 터지고 말았다.

"오호, 그렇게 말해주니 고맙군." 하고 웃으면서 "그럼 역 앞에서 택시를 탑시다. 다음 역으로 가면 그래도 괜찮은 데가 있지. 여기보다는 좀 번화하니까."

"알겠습니다."

두 사람은 역 쪽으로 걸음을 옮겼다.

"그런데 저기 뭐냐, 미안하지만……."

"예?"

"아가씨 이름이 뭐라고 했더라?"

이번에는 아가씨가 웃음을 터뜨렸다.

"이마이 기요코입니다."

"그래? 그랬군. 이런! 건망증이 점점 더 심해지니…… 나이가 나이인지라." 니시모토는 머리를 긁적이며 말했다.

"아니! 뭐라고?" 니시모토는 하마터면 커피 잔을 떨어뜨릴 뻔했다.

"그러니까 그에게 돈을 빌려주지 말았으면 한다는 말입니다." 이마이 기요코는 반복해서 말했다.

니시모토는 당황한 얼굴로 "하지만…… 어째서? 사업을 시작하려면 돈이 필요할 텐데?"

"그 사람은 그런 일 못합니다." 기요코가 단호하게 말했다. "돈을 시궁창에 버리는 거나 마찬가지일 거예요."

"흐음……."

그건 알고 있어, 라고 말할 수도 없는 노릇. 니시모토는 헛기침을 하고 나서 물었다.

"그런데 아가씨는…… 그 뭐냐…… 에다 군하고 같이 살고 있나?"

"어머! 무슨 말씀을!" 기요코는 눈을 부릅떴다. "전 그런 여자 아닙니다!"

"그, 그래? 그렇다면 다행이군." 니시모토가 당황하며 말했다. 영락없이 자신이 만든 스토리 그대로라는 생각이 강했던 것이다.

"같은 아파트에 살긴 하지만 호수는 달라요."

"그랬군." 그래서 전화번호도 비슷했던 거군. "그럼 이웃사촌이라는 이야긴가?"

"예. 위아래에 살아요. 제가 위층이고 그 사람이 아래층."

"여성 상위로군."

"그래요. 그 사람도 그런 말 자주 해요."

"아가씨는 부모님이랑 같이 사나?"

"예. 외동딸이라 아버지 잔소리가 심해서 죽을 지경이지요."

"아버지로서는 당연한 건지도 모르지."

"아이는 없으신 건가요?"

"응. 유감스럽게도."

"그렇군요. 아이가 있으면 고모님도 조금 더 부드러워질지도 모르는데."

내놓고 말하기 거북한 말도 거침없이 하는 모습에 니시모토는 유쾌해졌다.

"그래, 아가씨는 에다와 결혼을 약속한 사인가?"

기요코는 잠시 생각하고 나서 "일단은요." 하며 고개를 끄덕였다. "하지만 아버지가 반대하고 있어요. 무엇보다 그 사람 일도 하지 않고 게으른 생활이잖아요. 아버지 눈에는 도대체가 한심한 사람으로 보이는 모양이라."

"그렇겠군. 그래서 그 친구 갑자기 사업을 시작할 생각을 한 건가?"

"맞아요. 큰 사업을 한탕 벌여서 아버지를 놀라게 해주겠다고 잔뜩 벼르고 있어요."

"아가씨는 그 사업에 반대하는 건가?"

"그 사람한테 그런 재능은 있지도 않은걸요. 보니까 평소 쇼핑조차 제대로 할 줄 모르는 사람이더라고요. 돈을 쓰는 법도 모르고. …… 도저히 사업 따위를 할 그릇이 아니에요. 순식간에 파산하거나 나쁜 패거리들에게 걸려 돈만 날려버리거나 둘 중 하나일 게 뻔해요."

"그래서 아가씨로서는 말리고 싶은 거군."

"평범하게 취직해서 일을 하면 좀 좋겠어요. 여러 방면에 연줄도 있어서 어디든 취직은 할 수 있을 테니까."

"그러는 게 더 안심이 된다는 이야긴가?"

"그 사람은 위에서 누군가를 지휘하는 타입이 아니에요. 남이 시키는 대로 성실하게 일하는 게 어울리는 사람이라고요."

이 아가씨 제법 야무지구나 하고 니시모토는 내심 감탄했

다. 저 에다라는 젊은이의 성향을 정확하게 꿰뚫어보고 있
다. 노부코보다 훨씬 영리하다.

"하지만 에다는 그렇게 하고 싶지 않은 거겠지?"

"누군가에게 고용되는 게 싫은 거예요. 하지만 누구나 다
그렇지 않은가요? 누군들 좋아서 상사의 지시에 고분고분
따르는 건 아니잖아요."

"그건 그래."

"모두들 윗자리에서 자기 마음대로 말하고, 그래서 업무가
순조롭게 돌아간다면 그보다 더 좋은 일은 없겠지만 세상은
그렇게 만만하지 않다고 생각해요. 그 사람은 그걸 이해 못
해요. 자기는 고독한 한 마리 이리라며 우쭐대기나 하는걸
요. 고독한 한 마리 이리라는 건 독선적인 사람을 말하는 게
아니라고요. 남 밑에서 고개를 조아리는 것보다 훨씬 더 괴
로운 일일 거예요."

니시모토는 이마이 기요코라는 이 아가씨에게 완전히 빠
져든 형국이 되었다. 요즘 젊은이들에게 종종 보이는, 묘하게
쿨한 양, 모든 걸 깨달은 양 하는 체념과는 또 다른 현명함
을 느끼게 하는 아가씨였다.

"그런 이야기를 에다에게 해보기는 했나?"

"말해도 소용없어요. 아무래도 뜨거운 맛을 한번 보지 않

고는 도저히 이해 못할지도 몰라요."

"신랄하군."

"하지만 그 사람 정신 차리라고 니시모토 씨의 돈을 2천만 엔이나 탕진하도록 하는 건 너무 면목이 없다는 생각에……."

"아, 아가씨, 잠깐. 잠깐만." 니시모토는 기요코의 말을 도중에 잘랐다. "방금 얼마라고 했지?"

"2천만 엔이라고 했는데요." 기요코는 이상하다는 듯 대답했다.

"잘못 알았을 거야. 1천만 엔일 거라고."

"아니요, 그 사람 2천만 엔을 빌릴 거라고……."

"아마 아가씨한테 잘 보이고 싶어서 부풀린 게 아닐까. 무엇보다 우리 집에는 1천만 엔밖에는 자금이 없거든. 빌려주고 싶어도 그런 돈은 도저히……."

"알아요. 그래서 저금 1천만 엔하고 나머지 1천만 엔은 집을 담보로 대출을 받아서 주시겠다고……."

니시모토는 머릿속이 서늘해질 정도로 놀랐다. 집을 담보로 돈을 빌린다고?

"그 말이…… 사실인가?"

"모르고 계셨던 거예요?"

노부코 이 여편네! 그래서 얼마를 빌려줄 거냐고 물었을
때 잠깐 대답을 망설였던 거군. 나한테는 말도 하지 않고 집
까지 담보로! 에다가 실패를 하면 이쪽은 집까지 날려버리
게 되는 거잖아!

"저는 당연히 알고 계시는 줄로만……." 기요코는 미안하
다는 듯 말끝을 흐렸다.

"그게…… 우리 집에서는 아내가 모든 돈을 관리하거든."
니시모토는 간신히 평정을 유지하면서 말했다.

"그래…… 1천만 엔과 2천만 엔은 한 글자 차이군."

복권도 아니고…… 제기랄. 그래도 그렇지, 이건 너무하잖아.

"니시모토 씨의 집에서는 부인이 엄청나게 기가 세신 모양
이네요." 기요코가 또 입에 담기 껄끄러운 말을 거침없이 내
뱉는다. "자기 조카한테 그렇게 큰돈을 빌려주면서 부인께서
는 남편과 의논도 하지 않은 거네요."

니시모토는 뭐라고 대답할 말이 없었다. "그렇다네." 하고
그 앞에서 한탄하는 것도 남자로서—그것도 이렇게 나이 어
린 아가씨 앞에서—한심한 이야기고, 그렇다고 "나는 돈에
대해서는 당최 흥미가 없어서." 하고 웃어넘기는 모습을 보이
려고 해봐야 도저히 모양새가 날 것 같지 않다.

"그래, 아무튼 아가씨 마음은 잘 알았어." 니시모토는 핵심

을 피했다. "하지만 말이지, 내 힘으로는 아무래도……. 마누라 마음을 바꾸게 하기는 어려울 거야."

"그런가요?"

"뭐, 해보기는 하겠지만 크게 기대는 하지 않는 게 좋을 거요."

"알겠습니다. …… 하지만 고모부 님께서 엄청난 손해를 보게 되는 거니까."

"음. 그 점을 마누라에게 잘 이야기해보겠지만. 아무래도 어려울 것 같군."

솔직히 말해 니시모토는 노부코에게 그 이야기를 할 것인지 말 것인지조차 망설였다. 해봤자 나오는 대답이라고는, "시끄러워요! 내가 하는 일에 불평만 늘어놓을 작정이에요?" 하고 소리칠 게 뻔하다. 그러나 자금 1천만 엔이 다가 아니고 집까지 잃게 된다고 생각하니까 별로 편안한 마음은 아니다. 노부코와 헤어지려면 노부코가 받을 타격이 클수록 효과는 있다. 집까지 잃었다고 하면 노부코도 의기소침할 것이다. 그러나 니시모토도 의기소침하긴 마찬가지일 것이다. 지난 수년간 열심히 글을 써서 벌어들인 돈이 모조리 날아가 버린다.

이후로도 하는 일이 잘 풀리면 문제는 없지만 병이 나서 쓰러질지도 모르고 원고 의뢰가 줄어들지도 모른다. 그렇게 되면 눈 뜨고 못 볼 상황이 될 것이다…….

"바쁘신데 정말 실례가 많았습니다."

커피숍을 나오자 기요코는 예의바르게 인사를 하더니 "그럼 잘 부탁합니다." 하고 고개를 숙였다. 정말 기분 좋은 아가씨다.

니시모토는 역 개찰구를 들어가는 이마이 기요코의 뒷모습을 보면서, 그 아가씨의 부탁이라면서 노부코에게 한번 이야기를 해볼까 하는 결심이 섰다.

집에 돌아오자 노부코가 소파에 벌렁 누워 잠들어 있었다. 직접 커피를 준비하고 있노라니 끄으응, 하는 하마의 숨소리 같은 신음소리를 내며(하마의 숨소리를 들어본 적은 없지만) 노부코가 눈을 떴다.

"어머, 벌써 왔어요?"

"응. 잠깐 산책 좀 했어."

"왜요? 천천히 와도 되는데."

이건 남편을 생각해서 하는 말이 아니다. 노골적으로 성가시니까 어디든 가달라는 뉘앙스가 배어 있다.

"저기 노부코, 내가 생각을 좀 해봤는데……."

"당신은 일만 생각하면 된다니까. …… 뭔데요?"

"그렇게 오금을 박아놓으면 이야기하기가 힘들지. 에다 이
야기야."

"가즈미가 왜요?" 노부코는 벌써부터 경계의 눈초리로 남
편을 쳐다본다.

"그러니까 젊은 나이에 더구나 경험도 전혀 없는 사람이
사업을 시작한다는 건 아무래도 좀 무모한 것 같아서. 누구
든 좋은 파트너라도 있으면 모르지만……. 그러니까 우선 어
디든 회사에 들어가서 사회생활의 경험을 좀 쌓도록 해야
하지 않을까. 그런 다음에 독립해도 늦지 않아. 돈을 빌려주
는 것도 좋지만 한 번쯤은 그런 충고를 해주는 것도 중요하
다고 생각하는데. 다행히 회사 같으면 몇 군데 연줄도 있을
테니까……."

니시모토의 목소리는 볼륨 스위치를 돌리듯 뒤로 갈수록
점점 잦아들고 있었다. 이야기 도중에 노부코가 "시끄러워
요!" 하고 고함이라도 치며 말릴 줄 알았는데 아예 아무 말
도 하지 않아 오히려 불안해지기 시작했다.

노부코의 무표정에 테이블 위로 시선을 떨구고 있었다.

"어때, 노부코, 당신 생각은?"

니시모토는 조심조심 말해보았다. 노부코는 대답하지 않
았다.

당연하다. 그녀는 잠이 들어 있었다.

2

“그렇습니까. 그거 참 큰일이로군요. …… 알겠습니다. 뭔가 착오일지도 모릅니다. 기운 내십시오. …… 그럼.” 고지는 통화를 마쳤다.

“누구?” 히토미가 물었다.

“응. 가게야마 씨.”

고지는 여객기 사고에 대해 설명해주었다.

“어머……. 하지만 확실한 건 아니지요?”

“응. 명단에 이름은 있다고 하는데. …… 그쪽 비행기는 탑승자 명단이 상당히 엉터리인 모양이야. 타지 않았을 경우도 생각해야겠지.”

“그렇다면 다행인데.”

“그러게. …… 당신, 괜찮아?” 고지는 아직 잠옷 차림인 히토미를 보며 물었다.

히토미는 좀 어리둥절한 얼굴로 대답했다.

“예……. 왜 그런 걸 묻는데요?”

“아니, 어제 컨디션이 좋지 않은 것 같기에.”

“아아. 넘어진 데다 날씨마저 추웠잖아요.”

“감기 걸리지 않았어?”

“괜찮아요.” 히토미가 미소를 보이며 말했다. “그럼 오늘 작업실은?”

“응. 다른 멤버하고도 연락을 해봐야겠지만 아마 일이 되지 않을 거야.”

“그럼 밥은 천천히 먹어도 되겠네.”

“그렇겠지.”

고지는 히토미가 부엌에 서서 계란을 부치는 모습을 바라보고 있었다. …… 괜찮은 건가, 정말? 어젯밤의 모습은 정말 심상치가 않았다. 혹시 소설 그대로의 일이 일어난 거라면…….

바보 같다는 생각을 하면서도 고지는 그 생각을 떨쳐낼 수가 없었다. 히토미가 정체 모를 남자들에게 짓눌려 폭행당하는 영상이 뇌리에 오락가락했다. …… 이 부분은 바로 위에서 내려다본 장면과 밑에서 찍는 카메라 앵글로 해야겠지, 따위를 생각하다가, 이런 머저리! 지금 그런 상상이나 할 상황은 아니잖아, 하고 스스로에게 화를 냈다.

“남자들은…….” 히토미가 입을 열었다.

“뭐라고?”

“아니, 남자들은 아내와 자식이 죽었다는 소식을 들으면 어느 쪽을 더 슬퍼할까?”

“그야 양쪽 다겠지.”

“그럴까? …… 자식은 그렇다 치고 부인 쪽은 잘됐다 싶은 남편도 있지 않을까?”

“그야 사람에 따라 다를지 모르지만……. 왜 그런 소리를 하는 거야?”

“아, 아니. 그냥.” 히토미는 달걀프라이를 접시에 담으며, “자, 먹어요.” 하고 말했다.

“고마워. 당신은?”

“별로 먹고 싶지가 않아서.”

“뭐야? 식욕이 없는 거야?”

“나중에 먹을게.”

고지는 집요하게 물으려고 하지는 않았다. 하지만 역시 아무래도 이상하다.

“남자에게 있어서 아내라는 건 많은 여자들 중 하나겠지? 얼마든지 갈아치울 수 있는. 하지만 자식은 자기의 분신과도 같잖아.”

“갈아치울 수 있다니, 청소기 먼지주머니도 아닐 테고, 그렇게 간단한 일은 아니지." 고지는 애써 농담을 섞어가며 가볍게 말하려고 했다.

"당신, 오늘도 외출?"

"아니…… 어떻게 할까 생각 중이야. 딱히 볼일이 있는 것도 아니고. 오래간만에 집에서 느긋하게 지내볼까 하는데."

"어머, 그래?"

히토미의 말투에 고지는 잠깐 먹던 손을 멈추고,

"뭐야, 어디라도 갔으면 하는 거야?"

"아니, 나 잠깐 나갔다 올 일이 있어서."

"그래. 다녀와. 그럼 나도 나가서 영화라도 보고 올까. 지친 머리도 좀 쉬어줘야지."

"그게 좋겠네. 다녀와요."

아무래도 이상하다. 히토미는 왠지 남편이 집에 있는 걸 원하지 않는 듯하다. 지금까지 이런 일은 없었는데. 고지는 복잡한 심정으로 커피를 마셨다.

"작업은 잘 되어가고 있는 거야?" 히토미가 물었다.

"응. 지금 새로운 작품 구성을 만들고 있는 중이야."

"어머, 어떤 이야긴데?"

고지는 당황하며 고개를 흔들었다.

"아, 그건 아직 정해진 건 아니고. 앞으로 정해야지!"

설마 마누라가 강간당하는 이야기라고는 말할 수 없지 않은가!

그러다가 고지는 화들짝 놀랐다. 가게야마의 작품에서는 아내를 비행기 사고로 죽은 걸로 해놓고 죽이는 이야기였다! 이 무슨 이상한 우연인가! 현실이 소설을 따라가고 있는 것 같지 않은가.

설마 히토미는 정말……. 생각이 이에 미치자 갑자기 소름이 끼쳤다.

"어디 가는 건데?" 고지가 물었다.

"응? 아니 뭐…… 그냥 잠깐 쇼핑이나 좀 할까 하고." 히토미는 당황한 모습으로 대답했다.

고지는 옷을 갈아입고 집을 나왔다. 아무리 봐도 히토미는 뭔가 감추고 있는 것 같다. 오늘 나가는 것도 쇼핑이 아닐지 모른다.

순간 고지는 히토미의 뒤를 따라가볼까, 하는 생각이 들었다. 마누라를 미행하는 일이 내키지는 않지만 이것저것 쓸데없는 공상을 부풀리는 것보다는 나을지 모른다.

생각에 잠기면서 아파트 1층으로 내려와 밖으로 나가려다가 고지는 하마터면 누군가와 부딪힐 뻔했다.

"앗, 실례……." 하고 고개를 들다가 그대로 못 박힌 듯 서버렸다. 눈앞에 서 있는 사람은 가죽점퍼에 헬멧을 쓴 남자였던 것이다! 역시 그랬던 건가! 소설 그대로 폭주족 패거리가 히토미를 윤간하고…….

"…… 아, 죄송합니다." 상대는 헬멧을 벗었다. 근처 우동집 점원이었다.

그로부터 30분이 채 되기도 전에 히토미는 아파트에서 나왔다. 뭔가 서두르고 있는 느낌이다. 택시를 탄다. 고지도 허둥지둥 뒤를 따라갈 택시를…… 잡아타려고 했지만 오늘따라 한 대도 보이지 않는다. 그사이에 히토미가 탄 택시는 어디로 갔는지 보이지도 않았다.

"이거야 정말……."

소설 안에서는 절묘하게 바로 빈차가 지나가지만 현실은 그렇게 되지 않는 것 같다.

길가에 우두커니 서 있는데 빈 택시가 와서 섰다.

"타실 겁니까?" 택시기사가 얼굴을 내밀며 물었다.

"엉? …… 아, 그럼."

하는 수 없이 고지는 택시를 탔고 "히비야 영화관!" 하고 말했다.

"그래? 알았어." 가가와는 수화기를 놓았다.

"누군데요?" 료코가 청소하던 손을 멈추고 물었다.

“그냥 아는 사람.” 가가와는 설명하는 것도 귀찮아 “그럼 나갔다 올게.” 하고 말했다.

“예. 알았어요.” 료코는 고개를 끄덕이더니 “언제 들어와요?” 하고 물었다.

“몰라.”

가가와는 아무렇게나 대답하고 집을 나왔다. 조금 전 전화는 물론 가게야마로부터 온 것이고 사고 소식과 함께 작업은 잠시 쉬기로 했다는 연락이었다. 그런 점에서 쓸데없이 꼼꼼한 남자다.

아내와 자식이 사고를 당했다고? …… 내 신세랑 바꾸고 싶을 정도야, 하고 가가와는 생각했다. 인생은 그렇게 마음대로 되지 않는 법이다. 그건 그렇고 어떻게 할까. 집을 나오기는 했지만 딱히 갈 곳도 없다. 작업은 쉬기로 했다. …… 에리코한테 가도 되겠지만 어차피 그녀도 오후에는 일하러 나갈 테니까…….

‘전화라도 해볼까.’ 생각하다가 얼른 ‘그래, 그 집에는 전화가 없어서 바꿔달라고 해야 하잖아.’ 하고 망설이다가 그래도 걸어보니 고약한 느낌을 주는 노파가 받아 투덜거리기만 하고 좀처럼 바꿔주려고 하지 않았다. 그따위 불쾌한 태도에 맞장구치는 것도 재미가 없다.

집으로 가볼까, 생각했다. 어차피 시간은 얼마든지 남아도는 몸 아닌가.

가가와는 택시를 타고 에리코의 자취방이 있는 곳으로 갔다.

그 시간. 가가와의 집에서는 전화벨이 울리고 있었다.

"예, 가가와입니다." 료코는 수화기를 들고 말했다.

"저기…… 니시모토라고 합니다만." 하는 남자 목소리였다.

"아, 예. 니시모토 씨라고요. 항상 저의…… 오빠에게 말씀 많이 들었습니다."

"아, 동생이신가요? 가가와는 있습니까?"

"작업실로 갔는데요……."

"그렇습니까?" 니시모토는 좀 의외라는 목소리로 "이상하군요. 오늘은 쉬기로 했는데. 그 사고 때문에."

"사고라니요?"

"못 들으셨습니까? 가게야마 씨의 부인과 딸이 유럽에서 비행기 사고를 당했거든요."

"어머! 저는 전혀……."

"그렇습니까? 가게야마 씨 쪽에서 전화가 오지 않았던가요?"

"그러고 보니 아까 외출하기 전에 전화는 있었던 것 같습니다만……. 남편은…… 아니, 오빠는 아무 말도 하지 않아서…… 실례했습니다."

“아닙니다. 그럼 그 친구, 가게야마 씨한테라도 간 걸까요. …… 알겠습니다. 그리고 일단 다음 작업 일정은 사고에 대한 상황이 밝혀질 때까지 기다리자고 했으니까 그 말을 좀 전해주셨으면 하고……”

“알겠습니다. 오빠가 오면 그렇게 전할게요.”

“부탁합니다.”라고 말하더니 이어서 “아이 우는 소리가 들리는데요?” 하고 말했다.

“예?”

우타코 우는 소리가 수화기 너머로 들린 모양이다.

“아, 예……. 친척이 놀러 와 있어서요.”

“그래요? 실례가 많았습니다.”

“아니요. 천만에요. …… 그럼.”

다른 멤버들에게는 료코를 여동생이라고 하기로 해놓았다. 이 집에 올 일은 없어도 전화를 걸어오는 일은 있기 때문이다.

료코는 아직도 자신이 그의 정식 아내가 되지 않은 것 같아 외롭고 쓸쓸할 때도 있지만 시인이란 본디 예민하고 복잡한 법이니까 하고 체념하고 있었다.

그건 그렇고 동료의 부인과 딸이 사고를 당했다는데, 그 사실조차 전하지 않고 나가버리다니. 한마디 해주면 좋으련만.

우타코의 기저귀를 갈아주다가 료코는 한숨을 내쉬었다. 가끔 자신은 남편에게 있어서 도대체 뭘까 하는 생각이 들 때가 있었다. 자신은 남편을 사랑하고 있고 이렇게 같이 있을 수 있어서 행복하기도 했지만 아무런 대화도 없다기보다 심지어 마치 각기 따로 살고 있는 것 같은 나날에 때로는 허전함을 느낄 때가 있었다.

분에 넘치는 불만을 가져서는 안 된다. 그렇게 매일 스스로를 타이른다. 좋아하는 상대와 결혼했고 아이는 건강하게 자라고 있고 생활도 전에는 생각도 못했을 정도로 풍요로워졌다. 여기서 더 많은 것을 바라는 건 정말 분에 넘치는 짓이다.

하지만……. 그래도 료코는 어딘가 모르게 가슴속이 휑하니 비어 있는 듯한 느낌을 지울 수가 없었다.

그건 남편을 가까이 느낄 수 없는 위화감이었는지도 모른다. 남편은 특별히 자주 화를 내는 것도 아니지만 같이 웃어주지도 않는다. 아이가 울어도 얼굴을 찡그리거나 그러지는 않는다. 그렇다고 자진해서 안아주지도 않는다. 가끔 생각난 듯 안아주기는 하지만 료코가 만족해도 그는 별로 만족도 불만도 아닌 듯하다.

요컨대 남편에게 있어서 옆에 있는 사람이 꼭 료코여야

할 필요 따위는 없는 것이다.

나는 복이 많은 편이야. 행복해. …… 그렇게 아무리 스스로를 타일러봐도 료코의 가슴을 휩쓸고 지나가는 바람의 울음소리는 가시지 않았다.

료코는 문득, 생각해봤다. 당분간 작업을 쉬기로 했다는 걸 알고 있을 그는 지금 어디로 간 걸까?

“어머! 어쩐 일이야?” 잠에 취한 얼굴로 문을 연 에리코는 반가움에 눈을 빛냈다. “일은?”

“오늘은 쉬기로 했어.”

“그랬어?”

“방해한 거야?”

“무슨 소리야! 어서 들어와, 어서!”

세 평 남짓밖에 되지 않는 흔해빠진 자취방이었다. 그 좁은 공간이 잔뜩 어질러져 있다. 주방 싱크대에는 지저분한 밥그릇이며 컵이 수북이 쌓여 있고 방 한복판에는 이불이 깔려 있는데 시트는 온통 구겨지고 이불이 한쪽으로 아무렇게나 밀려나 있는 모습은 잠버릇이 얼마나 사나운지를 말해주고 있다. 머리맡에는 주간지가 펼쳐진 채 있고 재떨이에는 비벼 끈 몇 개의 담배꽁초가 들어 있다.

"꽤나 어지럽게 사는군." 가가와는 방을 둘러보며 말했다.

"어머, 그래 보여?" 에리코는 지극히 태연한 얼굴로 "다른 사람들은 어떻게 사는지 본 적이 없어서 몰라. 다들 이렇게 살지 않아?" 하고 말했다. 자기 몸에 맞지도 않는 잠옷을 입고 있었다.

그녀는 "으으, 춥다." 하며 과장된 몸짓으로 부르르 떨더니 카디건을 걸치고는 이얍, 하고 이부자리를 통째로 둘로 접어 방 한구석으로 밀어냈다.

"게으르기 짝이 없는 여자군."

가가와는 자기도 모르게 웃음이 터졌다. …… 청결을 중요시하며 항상 뭔가를 정리하고 있는 료코와는 너무나 대조적이다. 게으르고 질척한 느낌이지만 이 방에는 이상하게 편안함 같은 것이 있었다.

"거기 아무 데나 적당히 앉아. 커피 금방 갖다줄 테니까."

에리코가 주방으로 갔다.

"난 괜찮으니까 신경 쓰지 마."

"당신 때문에 준비하는 게 아니고 내가 마시고 싶어서."

가가와는 에리코의 말투에 빙긋이 웃음이 나왔다. 이게 바로 에리코다운 면이다.

"당신도 마시고 싶어? 내 거 준비하는 김에 해줄 수 있는데."

“얼마야?”

“좋아, 3백 엔.”

“커피숍보다 비싸잖아.”

“서비스료가 붙어서.”

“OK. 마실게.”

가가와는 펼쳐놓은 주간지를 이리저리 뒤적거렸다. 저속하기 그지없는 기사와 서푼짜리 가치도 없는 정보만으로도 이정도 두께의 책을 만들 수 있다니. 이 또한 하나의 재능일지도 모른다.

“테이블은 접어서 치워놓았어. 참아줘.”

“알았어.”

에리코는 커다란 머그잔에 커피를 가득 담아 아무것도 깔지 않은 다다미 바닥 위에 놓았다. 이런 엉터리 같은 점이 나름대로 하나의 스타일이 되고 있다.

“왜 쉬기로 한 건데?” 에리코는 무릎을 세워 앉더니 커피를 마시면서 물었다.

“가게야마 말이야.”

“응. 그 기자 출신이라는 사람? 무슨 병이라도 났나?”

“비행기가 추락했다는군.”

“어머! 큰일이네. 죽었어?”

"마누라와 딸이."

에리코는 잠시 생각하다가 말했다.

"맞아. 유럽으로 여행 갔다고 하지 않았나?"

"응. 이탈리아에서 추락했대."

"아아. 뉴스에서 봤어. 어머나! 그 비행기에 탄 거야? 안됐다."

"나하고는 상관없어."

"무슨 말을 그렇게 해? 조금이나마 동정심은 보여줘야지."

"살아 있으면 더 불행해졌을지도 몰라. 그건 아무도 모르는 거야."

에리코는 쿡쿡 웃더니 말했다.

"당신 정말 냉소적인 사람이야."

"냉소적인 게 아니야. 사실이야."

"아무래도 상관없지만…… 그럼 오늘은 한가한 거네?"

"그래서 온 거야."

"어머! 그럼 시간 죽이기 상대야? 내가?"

"작업까지 제쳐놓고 오지는 않지."

"좋아. 아무튼 나도 오늘 가게 쉬지 뭐."

"괜찮아?"

"감기 증세가 있는지 열이 난다고 하면 괜찮을 거야."

"그럼 쉬었다 가볼까?"

"정말 열이 있다니까. 만져봐." 에리코는 가가와 쪽으로 바짝 다가왔다. 입술이 요염한 미소를 머금고 있었다.

"어디쯤?"

"여기쯤……."

에리코는 가가와의 입술에 자신의 입술을 겹쳤다. 두 사람은 다다미 위에서 몸이 엉켰다.

"어떻게 된 거요? 아직 아무 연락이 없는 거요?" 나타난 젊은 직원에게 가게야마가 물었다.

"죄송합니다. 아직 현장 쪽에서 연락이 없다고 해서……."

항공회사 직원들도 초췌한 표정이었다. 무리도 아니다. 어젯밤부터 내내 이렇게 승객의 가족과 회사 텔렉스 사이를 오가고 있으니.

가게야마도 직원을 원망할 생각은 없었다. 사고가 일어난 건 이탈리아고 여기는 도쿄다. 아무리 본사와 국제전화가 통한다고 하지만 현장까지는 통하지 않을 것이다.

항공회사 회의실에는 열 명 남짓한 사람들이 앉아 있었다.

가게야마는 기자 시절에 항공기 사고를 몇 번 취재한 적이 있다. 추락한 비행기가 국내선이나 일본 여객기이고 일본인 승객이 대부분일 경우에는 엄청난 혼란이 벌어진다. 득달

같이 모여든 가족만 해도 수백 명에 이른다. 너 나 할 것 없이 흥분하여 짜증을 내고 있고 보도진의 카메라, 조명, 마이크가 그 흥분에 박차를 가한다. 실제로 그 강한 조명을 받으면 묘하게 누구에게라도 호통을 치고 싶어지는 모양이었다.

가장 와글와글 시끄러운 건 오히려 추락이 확인되기 전이다. 한 줄기 희망이 있는 만큼 불안감 또한 강해서 뭔가 말을 하지 않고는 그런 초조감을 견딜 수가 없을 것이다. 항공회사 직원에게 달려드는 것도 이런 분위기 때문이다.

조난이 확인되면 이번에는 분위기가 반전하여 답답한 침묵이 흐른다. 비행기의 경우 생존 가능성이 희박하기 때문에 누구나 그 현실을 응시하려고 필사적으로 노력하는 것이다. 항공회사의 책임자가 나타나 깊이 허리를 숙여 사과의 인사를 할 때쯤에는 이미 누구 한 사람 화를 낼 기력조차 잃고 만다.

그러나 이번처럼 외국에서의 사고가 되면 이렇게 모여드는 가족도 10여 명 정도고 게다가 연락이 닿지 않는 먼 땅의 사건이기도 해서 누구나가 아직 반신반의하는 표정이다.

보도진도 그다지 많지 않다. '전원 사망'이라는 사고현장의 상황이 확인되면 유족—가족이 유족으로 변하는 것이다. 글자 하나 바뀌는 이것이 얼마나 엄청난 변화인가!—에게 마이크를 들이대려고 대기하고 있는 게 분명하다.

가게야마는 손목시계를 들여다보았다. 이미 정오가 지났다. 슬그머니 피로감이 몰려오고 있다.

"저기……."

앞에서 목소리가 들려 고개를 들어보니 조금 전 젊은 사원이다. 모두의 눈이 일제히 그에게로 집중된다. 그중에는 엉거주춤 일어나려는 사람도 있다. 젊은 직원은 말을 꺼내기조차 괴롭다는 듯,

"참으로 면목이 없습니다. 아직 아무 연락이 없어서……."

일제히 한숨을 내쉬는 소리가 들린다. 직원은 이어서 조심스럽게 입을 열었다.

"그래서…… 피곤하신 분도 계실 것 같아…… 저기…… 매우 조촐하게나마 옆방에 가벼운 식사를 준비했습니다. 괜찮으시면……."

순간 히스테릭한 여자의 목소리가 그의 말을 잘랐다.

"웃기는 소리 하지 말아요! 이 상황에 식사라니, 밥이 목구멍으로 넘어갈 것 같아요?"

"예에…… 죄송합니다."

"당신한테 죄송하다는 말 듣는 게 무슨 소용이 있다고!"

그 여자의 목소리가 오히려 가게야마의 머리를 냉정하게

만들어주는 것 같았다. 이 직원에게 소리를 쳐봐야 아무 소용도 없는 것이다. 이 남자는 나름대로 애를 쓰고 있다. 엘리트 의식으로 무장한 직원일수록 이런 때는 쌀쌀맞게 처신하게 마련이지만 이 남자는 진심으로 안타까워하는 표정이었다. 직업의식으로는 매우 훌륭한 태도다.

가게야마가 일어나 말했다.

"나는 가서 식사를 해야겠습니다."

직원이 아, 살았다, 하는 듯한 얼굴이 되어 "예! 그럼 이쪽으로! 즉시 차를 준비할 테니 옆방으로 들어가주십시오!" 하며 방을 튀어나갔다.

가게야마가 옆에 있는, 역시 회의실인 듯한 방으로 들어가보니 길게 붙여놓은 책상 위에 맞춤 도시락이 가지런히 놓여 있었다. 가게야마가 가까운 자리에 앉자 한 사람, 또 한 사람 다른 가족들도 들어왔다. 다들 답답함에서 벗어나 조금이나마 숨통이 트인 것처럼 보였다.

가게야마는 벌떡 일어나 옆방으로 다시 갔다. 조금 전 직원에게 소리를 지른 여자가 혼자 우두커니 앉아 있었다. 가게야마가 가까이 가서 말을 걸었다.

"차라도 좀 드시겠습니까?"

여자는 화 난 사람처럼 입을 굳게 다물고 있었다. 마흔대 여섯쯤 되었을까, 아니면 오십이 다 되었을 법한, 상당히 고 집스러운 표정이다. 가게야마의 말에도 전혀 일어서려고 하지 않았다.

포기하고 다시 옆 회의실로 돌아오니 여사원이 사람들에게 돌아가며 차를 따라주고 있었다. 누구나 기다렸다는 듯 단숨에 그 차를 비우고, "미안하지만 한 잔만 더." 하고 부탁하는 사람도 있었다. 왠지 마음이 풀어지기라도 하듯 도시락 뚜껑을 열고 먹기 시작하더니 옆자리 사람들과도 이야기를 나누게 되었다.

제법 비싸 보이는 도시락이군 하고 가게야마는 내용을 보며 생각했다. 2천 엔…… 아니, 3천 엔짜리는 될 것 같다.

아무리 가족을 걱정한다고 해도 배는 고프고 목도 마르다. 그게 당연하다.

가게야마는 남은 찻잔에 포트의 차를 따라 혼자 남아 있는 여자에게로 가지고 갔다.

"자, 조금 드시지요."

여자는 새초롬한 얼굴로 가게야마를 노려보더니 이윽고 마지못한 듯 찻잔을 받아들었다.

식사하던 자리로 돌아오자 옆자리 남자가 말을 걸어왔다.

"아직 한참 더 걸릴까요?"

40줄에 접어들었을 회사원인 듯한 남자였다.

"글쎄요. 그쪽 사람들은 무슨 일이나 느릿하지요. 딱히 게으름을 피우는 건 아니지만 그게 그쪽 사람들의 생리인 모양입니다. 일본처럼 이런 사건이 나면 중계차가 득달같이 현장에 달려오는 그런 일은 없으니까 우리 쪽에서 보면 짜증이 나는 경우가 많습니다."

"그렇군요." 남자는 감탄한 듯 고개를 끄덕였다. "잘 아시는군요."

"전에 신문기자를 했었기 때문에……."

"그럼 이런 일에는 우리보다 익숙하시겠군요."

"제가 가족의 입장이 된 건 처음입니다만." 가게야마가 쓴웃음을 지으며 말했다.

"여객기에 타신 분은……?" 하고 남자가 물었다.

"집사람과 딸입니다."

"그렇습니까?" 남자가 고개를 끄덕이더니 이어서, "저는 동생이 탔습니다." 하고 말했다.

"업무로 간 겁니까?"

"그렇습니다. 그쪽 와인을 구입하러 갔습니다. 제법 괜찮은 물건들을 사오곤 해서 근무하는 곳에서도 평판이 꽤 좋았습니다."

“그렇군요.”

“사실 이 자리에는 제수씨가 와야 하지만…….”

“쇼크로 쓰러지시기라도?”

“무슨 말씀을! 천만에요! 쓰러지긴요.”

남자는 얼굴을 찡그리며 “아무튼 지독한 여자라니까요. 절더러 ‘아이를 두고 갈 수는 없으니까 대신 가주세요.’ 이러는 겁니다. 아무리 그래도 남편이 죽었을지도 모르는 마당에……. 안 봐도 뻔합니다. 남자가 있는 거지요.”

“오호!”

“동생은 사람이 물러서 그럴 리 없다며 웃어넘겼지만요, 난 압니다. 어디 바텐더나 누군가랑 얽여 있는 겁니다. 그래서 남편이 죽어도 눈 하나 깜짝하기는커녕 슬프지도 않은 겁니다. 오히려 좋아하겠지요, 보험금이 들어오니까.”

가게야마는 듣고 있기가 거북했다. 지금은 이런 남의 험담이나 들을 때가 아니다. 하지만 남자는 멈출 기미가 없는 것 같았다.

“아예 동생의 집은 제수씨 명의로 되어 있습니다. 우습지 않습니까? 그렇게 해서는 안 된다고 내가 그만큼 말렸건만…….”

“잠깐 실례…….” 참을 수가 없어서 가게야마는 자리에서 일어났다.

남자는 어안이 벙벙한 얼굴로 지켜보고 있었다.

복도로 나오니 조금 전의 그 젊은 직원이 있었다.

"잘 먹었습니다."

가게야마가 인사를 하자 몸 둘 바를 모르겠다는 얼굴로 "아뇨, 그런 식사를 하게 해드려서 정말 면목이 없습니다." 하고 말했다.

"이 근처 어디 이발소는 없을까요?"

"예? 이발소 말입니까?"

"면도를 좀 하고 싶소. 아무래도 지저분한 꼴로 있기도 그렇고, 마음도 울적해져서."

"알겠습니다. 바로 맞은편 빌딩에 한 군데 있는 것 같습니다."

"고맙소. 가보겠습니다."

가게야마는 항공회사 빌딩을 나와 길을 건너 맞은편 빌딩 지하로 내려갔다. 아담한 이발소가 있어서 들어가 이발과 면도를 하기로 했다.

의자에 앉아 정면의 거울에 비치는 자신의 모습과 마주했다. 눈 밑에 다크서클이 생겨 갑자기 늙어버린 것처럼 보였다.

도대체 어떻게 되는 거지? 나는 어떻게 하면 되는 걸까? 가즈요와 도시코가 죽었으면 좋겠다고 생각하고 있는 걸까.

아니면 살아 있기를 바라는 걸까. 물론 살아 있기를 바란다. 당연하다.

하지만 과연 그것이 진심일까, 하고 생각해보았다. 아내와 딸이 일단 살아 있지 않다는 전제 하에 그런 생각을 하는 게 아닐까? 자신을 변호하기 위해…….

말끔하게 면도를 하고 나니 기분도 훨씬 개운해졌다. 이제야 자기 모습을 되찾은 것 같았다. 요금을 지불하고 밖으로 나온 가게야마는 항공회사 빌딩 입구 주변을 서성거리는 후유코를 발견했다.

"어이!" 가게야마가 부르자 후유코가 놀라 돌아보았다.

"어머…… 뭐하고 있는 거야?"

"아…… 잠깐 면도를 좀 했어. 당신은 뭐하러…….''

"걱정이 돼서 와봤어. 줄곧 뉴스를 보고 있었는데 아무 말도 하지 않기에."

"아직 현장에서 들어온 정보는 없는 모양이야."

"그렇구나……. 당신은 괜찮은 거야?"

"응. 괜찮아. 당신…… 회사는 빠진 거야?"

"당연하지. 일이 손에 잡히지도 않을 텐데 뭐."

"걱정하게 해서 미안해."

"그만. …… 하지만 내가 정말 당신 부인과 딸이 걱정이 되어 왔다는 것만은 믿어줘. 나야 어떻게 되든 상관없어. 부인 이랑 딸만 무사하다면……"

"알고 있어." 가게야마는 후유코의 어깨에 손을 얹었다. "당신 마음은 고마워."

후유코는 고개를 떨구고 깊은 한숨을 내쉬었다.

"그럼 난 갈게. 내가 있어 봐야 방해만 될 텐데."

"나중에 연락할게."

"알았어."

후유코는 가게야마의 손을 잡더니 "기운 내요." 하고 말했다. 그 말은 오히려 후유코 쪽에 더 필요한 것 같았다. 후유코가 멀어져가고 나서 금세 빌딩에서 항공회사 직원이 튀어나왔다. 그리고 가게야마를 보고 달려왔다.

"아, 저기…… 방금 연락이."

"뭐라고? 뭐라고 하던가?"

"예. 그게…… 역시 비행기는……"

"추락한 건가?"

"산 중턱에 부딪힌 모양입니다."

가게야마는 한숨을 내쉬었다. 그렇다면 도저히 살아날 가망은 없다.

"수색은?"

"아직 본격적으로 진행되지 못한 모양입니다. 아무래도 산속이라 어려운지……."

"그렇겠지. 탑승자 명단은 틀림이 없는 건가?"

"지금 다시 한 번 체크를 의뢰하고 있는 상황입니다."

"알았소. 안으로 들어갑시다."

가게야마는 빌딩으로 들어가려다가 잠깐 후유코의 모습을 찾으러 뒤를 돌아보았다. 그러나 그녀의 모습은 이미 보이지 않았다.

3

"역시 죽었다잖아." 노부코가 득의양양한 얼굴로 조간을 보며 말했다.

"안됐지 뭐야." 니시모토는 토스트에 버터를 바르면서 말했다.

"어머, 두고 봐요. 1년도 되기 전에 재혼할 거야. 상대는 젊은 여자일 거고."

조심성이나 배려라고는 눈을 씻고 봐도 없는 여자다.

"그건 가게야마 본인의 문제야. 우리가 참견할 일은 아니라고."

"어머, 누가 참견한대요. 내 예감을 말한 것뿐이에요."

"그게 쓸데없는 소리라는 거요."

"부의금 준비해놓아야겠네." 노부코는 부의금 걱정만 한다.

"장례식 같은 건 나중 일이야. 가게야마도 일단 이탈리아로 가겠지."

"이탈리아? 멋지다. 나도 해외여행 한번 가고 싶어."

군이 여행 따위 가지 않아도 거울을 보라고, 다른 별에 여행이라도 떠난 기분이 들걸, 이렇게 말해주고 싶었지만 물론 실제로는 입 밖에 내서 말하지도 못한다.

"그쪽은 즐거운 여행이 아니야."

"하지만 멀리 떠나는 건 맞잖아요. 그 비행기 요금은 항공회사가 부담하는 걸까?"

"그야 그렇겠지."

"그것도 좋겠네. 있잖아요. 당신 유럽행 비행기를 타고 가다 떨어져봐요. 그러면 내가 득달같이 날아갈게. 교섭을 잘해서 유럽 순회 정도는 시켜줄지도 몰라."

노부코의 이야기가 소름 끼치도록 무시무시한 이유는 절반은 본심이기 때문이다. 어느 비행기가 떨어질지 모르는 게 다행이다 싶어 니시모토는 가슴을 쓸어내렸다. 만약 그걸 미리 알면 노부코는 완력을 써서라도 니시모토를 태울지 모른다.

“오늘은 나가는 거예요?”

“그럴 생각이야.”

“나도 나갈 거예요.”

노부코가 그런 이야기를 굳이 니시모토에게 하는 건 이례적인 일이다.

“어딜 가는데?” 약간 불안한 예감이 들어 니시모토가 물었다.

“유럽…… 이 아니고 은행.”

“은행? 당신 설마 그…….”

“뭘?”

“아니, 그러니까…… 뭐냐, 에다가 필요하다고 한 돈 때문은 아니겠지?”

“어머, 그러면 안 되는 건가?”

“아니, 안 된다는 말이 아니라…….”

“그럼 됐어요.”

노부코는 얼른 자리에서 일어나 “가즈미랑 만나기로 했거든.” 하고 말했다.

“이봐 노부코. 에다는 아무리 봐도 그 방면으로는 완전히 초짜야. 사업이라고 시작해봐야 실패할 게 뻔하다고. 그러니까…….”

니시모토는 어제 연습한 이야기를 다시 해보려고 했지만 도중에 그만두었다. 노부코가 아예 들으려고도 하지 않고 외출 준비를 시작했기 때문이다.

"그럼 다녀올게요."

"어이, 천만 엔은 당일에 찾기가 무리일지도 몰라."

"어제 미리 연락해뒀어요."

그런 면에서는 빈틈이 없다. …… 더 이상 노부코를 막을 수는 없다. 니시모토는 하는 수 없이 토스트를 우적우적 먹었다.

노부코가 없다면 니시모토는 굳이 외출하고 싶은 생각은 들지 않았다. 어차피 저 사랑스러운 조카랑 식사라도 할 생각일 것이다. 금방 돌아오지는 않을 터. 이런 기회에 집에서 여유롭게 지내볼까.

〈마누라 죽이는 법〉의 스토리도 그다음을 써야 한다. 그러나 지금 시점에서는 그다음을 쓸 마음이 내키지 않는 것도 사실이다. 이상한 이야기를 썼다간 현실이 그 이야기를 쫓아오게 되니 함부로 쓸 수도 없다.

그러나 소설 쪽의 계획이 성공하여 아내가 자살하면…… 현실의 노부코도 자살할지도 모른다. 그렇다면 분발해서 쓰겠는데. …… 하지만 그렇게까지 비슷한 현실이 따라올지 여부는 아직 의문이고 만약 현실에서 그렇게 된다면 아무래도 뒷맛이 개운치 않을 것이다.

"이런 소리를 해봐야 마누라는 없애지도 못할 거야."

문득 가게야마 생각이 났다. 그렇게 여행을 보내주는 등 마누라를 배려하는 작자에게만 그런 행운이 찾아오는 것이다. 노부코는 뭔가 묘한 이야기를 했지만……. 젠장, 노부코 저 여편네야말로 대신 추락 비행기에 타주면 좋으련만!

일을 할 의욕도 나지 않아 니시모토는 오랜만에 사다놓고 손도 대지 않았던 책을 들고 와서 거실에 앉아 읽기 시작했다. …… 두 시간 정도 지났을 때 전화벨이 울렸다.

"여보세요. 니시모토입니다."

"아, 저예요. 이마이 기요코입니다."

"응. 그래. 사실은 말이지……."

"고모님은 벌써 나가셨나요?"

"응. 조금 전에. 전에 말한 돈을 찾으러 갔어."

"역시!"

"에다랑 만난다는 이야기를 하던데. 나도 일단 이야기는 해봤지만 집사람의 마음은 역시 달라지지 않았어. 기대를 저버려서 미안하군."

이야기를 해봤지만 상대의 귀에는 들어가지도 않았다고

말하기는 어려웠다.

"그래요? …… 고모님이 그 사람을 어디서 만난다고 말하지 않던가요?"

"아니, 말 안했어."

니시모토는 뭔가 쫓기는 듯한 상대의 말투를 깨닫고 "왜 그러지? 왜 그렇게 당황해서……?"

"지금 그 사람 아파트에 있어요." 기요코가 말했다. "가끔씩 청소를 해주거든요."

"그래서?"

"아무 일도 아닐지 모르지만……."

"뭐가?"

"팸플릿 한 장이 나왔어요."

"팸플릿? 무슨?"

"요트요."

"요트?"

"꽤 큰……. 그래서 가격을 봤더니 2천만 엔이었어요."

"2천만? 보트 하나가?"

"요트라니까요. 그것도 조금 멀리까지 나갈 수 있는 제품이라고요."

"그래도 그렇지, 너무 비싼 거 아냐?"

"2천만이라는 금액이 신경이 쓰여서요."

"2천만……. 그러니까 우리가 빌려주는 돈이……."

"그 2천만 엔짜리 요트에 따로 표시를 해놓고 전화번호 밑에 빨간 사인펜으로 밑줄을 그어놓았어요. …… 뭔가 불길한 예감이 들어요."

"그 2천만 엔으로 요트를 산다는 건가? 설마! 아무리 그래도 그런……."

"고모부님은 그 사람을 너무 몰라요." 기요코가 답답해 죽겠다는 듯한 말투가 되었다. "그 사람은 술에 취하면 터무니없는 약속을 아무렇지도 않게 하는 사람이에요. 술 친구들 사이에서 허세를 부리고 싶어 그러는 거겠지만."

"그래도 그렇지, 설마……."

"지난번에는 술김에 친구한테 나를 하룻밤 빌려주겠다고 약속을 했다면서 나더러 부탁한대요, 글쎄."

"빌려준다니, 그건 그러니까……."

"그 친구랑 잠자리를 하라는 거지요. 난 그 사람하고도 같이 잔 적이 없는데. 말을 한 이상 지키지 않으면 체면이 서지 않는다고 조르기에 따귀를 한 대 올려줬어요."

"그런 말도 안 되는……. 그래서 그 친구 도대체 어떻게 했지?"

“가끔 매춘 같은 일을 하는 여대생을 돈으로 고용해 약속을 지킨 모양이에요.”

“기가 막히는군.”

“그러니까 있을 수 없는 일이 아니라는 말입니다. 취한 김에 ‘내가 조만간 요트를 태워주지.’ 정도의 약속을 했다고 해도 이상할 게 없는 사람이라니까요. 나중에 물러설 수 없게 되니까 저렇게 사업을 시작했다는 이야기를 생각해낸 게 아닐까요?”

“만약 그렇다면…… 큰일이군!”

“요트를 마련해놓고 그쪽에다가는 사업에 실패했다고 말할 생각이었을 겁니다.”

“아, 알겠소. 어떻게든 말리지 않으면…….”

“쓸데없는 걱정이라면 다행이겠지만.”

“알려줘서 고마워. 즉각 은행에 연락해봐야겠군.”

“늦지 않았으면 다행이겠네요.”

“글쎄. …… 아, 정말 고맙소.”

니시모토는 수화기를 놓고 이마의 땀을 닦았다. 요트라니! 이런 우라질 놈!

얼른 은행에 전화를 하자, 생각은 했지만 전화번호를 모른다. 통장은 노부코가 갖고 가버렸을 것이고……. 당황하다 보면 간단한 일에도 머리가 돌아가지 않는 법이다.

"그렇지!"

은행에서 받은 수첩을 떠올리고 얼른 찾아왔다. …… 늦은 거 아닐까? 노부코가 곧장 은행으로 갔다면 이미 늦었을 것이다. 그러나 그 여편네가 하는 짓이니 가다가 어디 들러 늦장을 부리고 있지 말라는 보장도 없다.

니시모토는 전화번호를 누르다가…… 멈췄다.

에다가 거짓말을 했다. 요트를 사기 위한 돈이었다. …… 이건 노부코에게는 무엇보다 엄청난 타격이 아닌가. 1천만 엔은 어차피 날려버린다고 각오한 바다. 이 집은 아직 그렇게 빨리는 담보로 잡을 수 없을 것이다. 빌려주는 쪽도 이것저것 분석하고 있을 것이다.

마음대로 쓰게 내버려두자. 요트가 되었건 뭐가 되었건 살 테면 사게 놔두자. 이쪽은 나중에 그 사실을 알았다고 하고 노부코를 궁지에 몰아넣으면 된다.

1천만 엔이라. 적은 돈은 아니지만 그걸로 노부코와 헤어질 수 있다면…….

니시모토는 전화기를 바라보면서 소설 다음 이야기라도 써볼까 하는 생각을 했다.

어제도 그랬다. 이건 어떻게 된 거다. 분명히 이상하다.

고지는 불안한 마음으로 히토미의 자는 얼굴을 들여다보았다. 어제도 히토미는 먼저 들어가 잠이 들어버렸고 고지가 침대에 들어갔을 때도 잠깐 잠꼬대 비슷하게 웅얼거리기만 했을 뿐 등을 돌려버렸다. 평소 같으면 먼저 알몸이 되어 기다리고 있었건만.

마치 나를 피하는 것 같군, 하고 고지는 생각했다. 아니, 이런 이야기를 남에게 했다간 웃음거리나 될 것이다.

"마누라 컨디션이 이상해요."

"어떻게 이상한데?"

"벌써 이틀이나 안아달라고 하지 않아요."

바보 멍청이 같긴! 아무리 신혼이라도 이틀 정도를 그냥 잔다고 이상하게 여길 사람은 아무도 없다. 지금까지의 히토미를 모르면 이건 지극히 당연한 일이다.

이건 완전히 사태역전이다. 밤마다 덤벼드는 등쌀에 죽기 전에 내가 죽여야 한다고 생각했을 정도였는데 막상 히토미가 졸라대지 않으니까 불안해서 어찌할 바를 모르는 것이다.

고지는 이불 밑으로 살며시 손을 넣어 히토미의 잠옷을 걷어올리고 맨살을 쓰다듬기 시작했다. 히토미는 거의 잠에 취한 상태로 "이러지 마……." 하고 중얼거리더니 고지의 손을 뿌리치고 몸을 뒤척여 등을 돌리고 말았다. …… 분명히 뭔가 이상하다.

"이봐, 어떻게 된 거야?" 늦은 아침을 먹으면서 고지가 물었다.

"뭐가?" 히토미가 되묻는다.

"아니, 어디…… 몸이 좋지 않은 건가 싶어서."

"별로. 난 괜찮아요. 왜?"

"아니……. 그렇다면 다행이지만."

최근에는 도통 알몸으로 달려드는 일이 없지 않느냐고 따지기도 거북하다. 게다가 이쪽으로서는 대충 안도하고 있는 것도 사실이다.

"오늘도 나갈 거지요?"

"응? 별로 예정은 없는데……."

"가끔은 어디 나가서 기분전환이라도 하고 와요."

또야. 나를 내보내놓고 자기는 또 어딘가로 나갈 생각인 것 같다.

"그럼, 그러지 뭐. 당신도 같이 가면 어때?"

"어머, 난 할 일이 많아서."

"그래? 그럼 나 혼자 나갔다 올게."

"그래요, 알았어요." 어딘가 모르게 반가운 말투가 섞인 대답을 하더니 "가게야마 씨 집은 정신이 없겠네요." 하고 화제를 돌렸다.

오늘은 절대 실수하지 말아야지. 고지는 밖으로 나와 택시를 잡아타고 말했다.

"미안하지만 저기 모퉁이를 돌아서 세우고 기다려주겠소?"

"왜 그러시는데요?" 운전사가 의아한 얼굴로 묻는다.

"그냥 좀 부탁합니다. 요금은 그만큼 낼 테니까."

택시는 아파트 끝을 돌아 멈췄다.

"뭘 하려는 겁니까?" 운전사가 수상하다는 눈길로 고지를 보았다.

"그냥, 좀 기다려주시오. 미행할 일이 있어서 그래요."

"오호. 부인이 바람이라도 피웁니까?"

"아무러면 무슨 상관이오."

고지는 울컥 화가 나서 아파트 출구 쪽을 뚫어지게 바라보았다. …… 5분. 10분. 15분.

"어떻게 된 겁니까?" 운전사가 기지개를 켜며 "아무도 나오지 않는데요."

"가만히 좀 있어요! 이제 곧 나올 테니까!"

다시 10분. …… 택시의 미터기 올라가는 소리만 찰칵, 찰칵, 들린다.

"잠깐 잠 좀 청해도 됩니까?" 운전사가 아예 놀리듯 말했다.

"제기랄, 기다려요!"

고지는 택시를 내려 아파트 앞으로 걸어나와 자기 집 베란다를 올려다보았다. 히토미가 빨래를 널고 있었다!

고지는 우거지상을 하고 택시로 돌아와서는 "갑시다!" 하고 말했다.

"어디로요?"

"아무 데나!" 하고 내뱉듯 말하고 시트에 몸을 묻었다.

"오늘은 어떻게 할 거예요?" 료코가 물었다.

"어떻게 하다니?"

"작업실은 쉬잖아요. 가게야마 씨의 집이라도 찾아가서……."

"질색이야, 그런 일." 가가와는 신문을 펼치면서 말했다.

"그래도 부인과 딸을 한꺼번에……, 정말 안됐어요."

"그러게." 마음에도 없는 맞장구를 친다.

"만약에 나랑 우타코가 이런 사고를 당했다면……."

"그때는 그때고. 내가 죽을지도 모르는 일이야. 모든 게 운명이라고."

료코는 조금 서글픈 얼굴로 남편을 바라보았다.

"저기요, 여보."

"뭐야?"

“나…… 당신 아내 맞지요?”

“무슨 소리를 하려는 거야.” 가가와가 웃으며 말했다.

“하다못해 같이 일하는 분들에게라도 나를 좀 소개시켜줘요. 그렇잖아요. 이번에 가게야마 씨의 집 일로 장례식을 치르면 나도 문상을 가고 싶은데…….”

“당신이 뭐하러 그런 델 가? 가게야마를 아는 것도 아니면서.”

“그래도 나는 당신의…….”

“마누라야, 그럼 됐잖아. 시인이라는 사람은 말이지 평범한 사생활을 보여줘서는 안 되는 거야.”

료코는 더 이상 아무 말도 할 수 없었다. …… 소리를 지르고 싶고 울부짖고 싶은 마음도 있지만 어느새 그 마음을 꾹 눌러 참는 버릇이 배어 있었다.

“…… 외출할 거예요?”

“응. 집에 있어 봐야 무슨 일이 되겠어. 잠깐 동네 한 바퀴 걷다가 올게.”

“어제도 걷다가 온 거예요?”

“왜?” 가가와는 료코 쪽을 힐끗 보며 말했다.

“어제도 쉬는 날이었잖아요.”

“그랬지. 하지만 내 나름대로 일이 있어. …… 왜 쉬는지 알고 있는 거야?”

“당신이 나가고 나서 니시모토 씨가 전화했어요.”

“니시모토가? 여기로 전화하지 말라고 했건만!” 못마땅한 목소리로 말했다. “그래서 당신, 내 마누라라고 말한 거야?”

“아니요. 동생이라고 했어요.”

“그럼 됐어.” 가가와는 고개를 끄덕이고 나서 “그럼 잠깐 나갔다 올게.” 하고 말했다.

“예…….”

가가와가 집에서 나간 후 료코는 힘이 빠져버린 듯 멍하니 주방 의자에 앉았다. …… 남편에게 자신이 아무것도 아니라고 느끼는 건 얼마나 괴로운 일인가.

자기도 모르게 눈물이 볼을 타고 떨어졌다.

“어머…… 내가 왜 이러지…… 정신 똑바로 차려야지.”

일부러 밝은 어조로 그렇게 중얼거리고는 눈물을 닦았다. “자, 일을 하자, 일을!”

남편이 벗어놓은 바지를 옷걸이에 걸어놓으려고 가지런히 주름을 맞추다가 주머니에서 쪽지 하나가 떨어지는 걸 발견했다.

“영수증인가?”

쪽지를 주워 들여다보았다. 메모였다. 열차 편명과 발차 시간. 여관 이름인 듯한 상호와 전화번호……

여자 글씨였다.

주말여행. 료코는 차가운 물이라도 뒤집어쓴 듯한 느낌으로 그 자리에 우두커니 서 있었다.

"잘 왔어." 가게야마가 문을 열어주며 밖에 서 있는 후유코에게 말했다. "자, 들어와."

후유코는 주저하면서 현관 안으로 발을 들여놓았다. 가게야마의 집에 온 건 처음이다.

"아무도 없는 거야?"

"응. 조금 전에 아는 기자가 다녀갔어. 반쯤은 취재를 목적으로 반은 위로차, 뭐 그런 거겠지. 벌써 갔어. 들어와."

"내가 와도 되는 거야?"

"그럼. 자, 여기가 거실이야."

후유코는 어디서나 볼 수 있는 좁고 답답한 거실 입구에서서 안을 둘러보았다.

"정리가 잘되어 있네. 먼지는 많이 쌓여 있지만."

"한참 동안 청소를 하지 않아서." 가게야마는 어깨를 으쓱해 보였다. "앉아. 오늘은 내가 당신을 대접할 차례야."

후유코는 불안한 모습으로 소파에 걸터앉아 가게야마를

올려다보았다.

"취한 거야?"

"아니, 무슨 소리야. 하긴…… 조금 마시기는 했지만. 당신도 뭐 좀 마실래?"

"별로 마시고 싶지 않아."

"그러지 말고. …… 아, 그런가? 그럼……."

"언제 출발하는 거야?"

"오늘 밤에."

"비행기는?"

"항공회사 쪽에서 전세기를 마련하는 모양이야. 애쓰는 거겠지. 고작 열 명 남짓한 승객을 위해 전세기를 띄우는 거니까. …… 출세한 거지." 가게야마는 비아냥거리듯 웃었다.

"현장으로 갈 수 있을 것 같아?"

"아니, 전원이 다 가기는 무리겠지. 여자나 노인은 도저히 갈 수도 없는 산속인 모양이니까. 나는 갈 생각이야."

"괜찮은 거야?"

"신문기자라고 하면 돼. 기자는 웬만한 일에는 충격도 받지 않게 생겨 먹었거든."

"그래도 이번에는 다르잖아."

"그렇지도 않아. 모르지. 게다가 현장까지는 어차피 헬리콥

터로 갈 거니까. 현지에 내리고 나서가 큰일이지. 그래서 여자와 아이는 데리고 가지 않는 거야."

"위험한 거야?"

"그것도 있지만 무엇보다 끔찍하니까. 비행기 사고 현장이라는 게 워낙 좀……."

"그렇게까지?"

"우선 사지가 온전하게 남아 있는 시체가 없을 거야. 목이나 손발도 갈기갈기 잘리고 어떤 조각이 누구의 것인지도 모르겠지. 더구나 아마 불에 타서 새카맣게 되어 있을 거야. …… 나는 몇 번 가봐서 알거든. 잔해 사이를 돌아다니면서 가방이나 뭔가를 발견하고 집어 들면 거기에 잘린 손이 딸려 나오기도 하거든."

"그만!" 후유코는 자기도 모르게 고개를 돌렸다.

"하지만 이상한 일이지. 그렇게 끔찍한 현장도 직업이라 생각하면 무섭지도 아무렇지도 않으니……. 이번에는 업무가 아닌 일로 가는 거니까 어떤 기분일지 아예 짐작도 안 가."

후유코는 깊이 한숨을 내쉬고,

"준비는? 갈아입을 옷이며 필요한 물건은 싸놓은 거야?"

가게야마는 어깨를 으쓱하더니 대답했다.

"아니, 뭐 어떻게 되겠지."

"안 돼! 정신 똑바로 차려야 해."

후유코는 짐짓 단호한 어조로 말하며 일어섰다. "내가 준비해줄게. 여행 가방은?"

"그런 거야 마누라가 갖고 갔지. 그냥 가방들은 있지만."

"좋아. 어디 있어?"

"침실에."

"안내해. 당신 집이잖아."

"알았어."

두 사람은 2층으로 올라갔다.

"여기야."

네 평 정도의 서양식 공간에 초록색 카펫이 깔려 있고 더블 침대와 옷장이 있다.

"어디 있어?"

"옷장 위에."

후유코는 화장대 거울 앞에 있는 철제 의자를 가지고 와서 그 위에 올라가 장롱 위에 있는 큰 가방 하나를 꺼냈다.

"자, 당신 옷. 속옷, 양말, 손수건, 와이셔츠, 넥타이……."

"옷장을 열면 두 번째 서랍에 모두 들어 있을 거야."

후유코는 옷장 문을 열었다.

"며칠 정도 예정이지?"

"나흘 정도."

"그럼 네 벌이면 되겠군. 넥타이는 두 개면 되고. …… 와이셔츠도 갈아입을 걸로 두 벌만 있으면 되고. 오늘 입고 가는 건 침대에 걸어놨다가 내일 다시 입어."

후유코가 부지런히 서랍에서 손수건이며 양발을 꺼내 가방에 채워 넣는 것을 가게야마는 침대에 걸터앉아 바라보고 있었다.

"미안해."

"무슨 소리야? …… 당신 잠은 잤어?"

"어제 두세 시간 정도."

"그러면 안 돼! 기가 막혀서. 자기가 아직 젊은 줄 아나 봐."

"말이 좀 심하군." 가게야마가 웃으며 말했다.

"알았어. 여기서 조금 자라고. 알았지?"

"하지만……."

"두세 시간 자면 깨워줄게. 그동안 가방 정리하고 준비를 마쳐둘 테니까. 알았지?"

"알았어."

가게야마는 넓은 침대에 혼자 누웠다.

"…… 오래간만이군. 여기 눕는 거."

"잠자코 잠이나 자."

“아니, 정말이야. …… 여긴 마누라가 혼자 자는 데야. 잠버릇이 고약한 사람이라.”

“알았으니까 눈 감고 자.”

“벌써 오래전부터 아내랑 한 침대에서 자지 않았어…….”

“그만해. …… 조용히 하고 자라니까.”

“나는 항상 옆방에서 자곤 했지. 맞은편 옆은 딸 방이야. 가끔 내가 여기 들어오기라도 하면 마누라는 ‘저 아이가 들으면 안 되니까.’ 하면서 내쫓았어.”

후유코는 말없이 속옷을 가방 안에 차곡차곡 넣었다.

“마누라도 이제는 여기서 잘 일이 없어진 거네…….” 가게야마는 혼잣말처럼 계속했다. “도시코도 이제 아무것도 들을 일이 없어진 거지. 여기서 뭘 하든 그 아이에게는 들리지 않을 거야…….”

후유코는 묵묵히 자기 일만 하고 있다.

가게야마는 일어나더니 침대에서 슬그머니 내려왔다. 후유코는 등을 돌리고 있어서 알아채지 못하고 있었다. 가게야마의 손이 후유코를 뒤에서 껴안았다.

“이러지 마! 뭐하는 거야?”

후유코가 놀라 몸을 비틀었다. 가게야마의 팔을 뿌리치려고 했지만 남자의 완력을 도저히 당해낼 수가 없었다.

“그만해……. 이런 마당에…… 뭘 하자는 거야!”

후유코는 침대로 내동댕이쳐졌다. 가게야마가 거칠게 덮쳐 왔다.

“지금 제정신이야? 그만해! 여긴…… 당신 부인 침대잖아…… 싫어! 그만…….”

가게야마가 후유코의 저항을 누르려는 듯 거칠게 입술을 겹쳐왔다. 저항하던 힘이 스르르 풀리면서 후유코는 가게야마의 손길이 옷을 벗기는 대로 맡기고 있었다…….

일이 끝나고 가게야마는 잠에 곯아떨어졌다.

후유코는 깊은 한숨을 몇 번 내쉬고 침대에서 내려와 여기저기 흩어진 옷을 모아다 허둥지둥 입었다.

가게야마는 깊이 잠들어 있었다. 잠을 자기 위해 자신의 내면을 가득 채우고 있는 안타까움, 자책의 염, 그 모든 것들을 후유코를 껴안음으로써 잊으려고 했을 것이다. 후유코도 가게야마의 그 심정을 이해할 수 있었다. 잠든 가게야마에게 살며시 이불을 덮어주고 가방 싸는 일로 돌아가려고 했다.

갑자기 전화벨이 울리고 있다는 것을 알았다.

“아래층이야. …… 어떻게 하지?”

가게야마는 잠에서 깨어나지 못한다. 후유코는 얼른 침실을 나와 계단을 뛰어내려갔다. 거실에서 전화벨은 초조한 듯 계속 울리고 있었다.

“예, 가게야마 댁입니다.”라고 대답하는 후유코의 귀에 “로마에서 국제전화입니다.” 하는 교환수의 목소리가 들렸다. 사고에 관한 연락일 것이다. 가게야마를 깨우려고 했지만 어느새 전화가 연결되는 소리가 들렸다.

“여보세요!”

외치는 듯한 여자의 목소리가 깜짝 놀랄 정도로 가까이에서 들렸다.

“가게야마 댁입니다. 누구신지요?”

“어머! 당신은 누구?” 전화기 너머에서 물어왔다.

“저기…… 잠깐 도와주러 와 있는 사람입니다만.”

“남편 있지요? 남편을 깨워주세요!”

후유코는 숨이 멎는 것 같았다.

“사모님이십니까? 무사하셨습니까?”

“예. 딸도 무사해요. 둘 다 예정을 바꿔서 지중해 섬으로 가 있었어요. 그래서 한동안 연락을 할 수가 없었는데…….”

“잠깐만 기다리세요! 가게야마 씨를 불러오겠습니다!”

후유코는 달려갔다. 단숨에 계단을 올라가 침실로 뛰어들었다.

“일어나! 빨리 일어나!” 가게야마의 몸을 흔들었다.

“뭐야…… 시간이 벌써 그렇게 된 거야?” 가게야마가 잠이 덜 깬 눈으로 일어났다.

“부인이야! 전화가 걸려왔다고!”

“누구라고?”

“당신 부인이라니까! 무사하다고! 딸도! 자, 얼른 가서 전화 받아!”

한동안 넋이 나가 있던 가게야마가 물었다.

“…… 정말?”

“빨리 가서 받으라니까! 목소리 들리겠어!”

가게야마는 벌거벗은 채로 침대에서 뛰어내려 침실에서 나갔다. 고꾸라질 듯 1층으로 내려가더니 거실 수화기를 거머쥐었다.

“여보세요!”

“당신이에요? 나예요!”

“괜찮은 거야? 사고는…….”

“예정을 바꿨어요. 괜찮아요. 무사하다고요.”

“도시코는?”

“여기 있어요. 바꿔줄게요.”

잠시 후 딸의 목소리가 들렸다.

“여보세요! 아빠? 들려요?”

갑자기 가게야마의 눈에서 눈물이 흘러내렸다. 참으려고 해도 멈추지 않고 자꾸 눈물이 넘친다.

"아빠? …… 왜 그래?"

"아아…… 아무것도 아냐. 괜찮은 거야?"

"예. 아무 일도 없어요. 걱정했지요?"

"당연하지…… 당연하지."

눈물은 멈추지 않고 볼을 적시고 흘러내렸다.

후유코는 벌거벗은 가게야마가 수화기를 붙잡고 울고 있는 모습을 거실 입구에 서서 한동안 바라보고 있었다. 그리고 현관을 나와 소리가 나지 않도록 조심하면서 가게야마의 집을 나왔다.

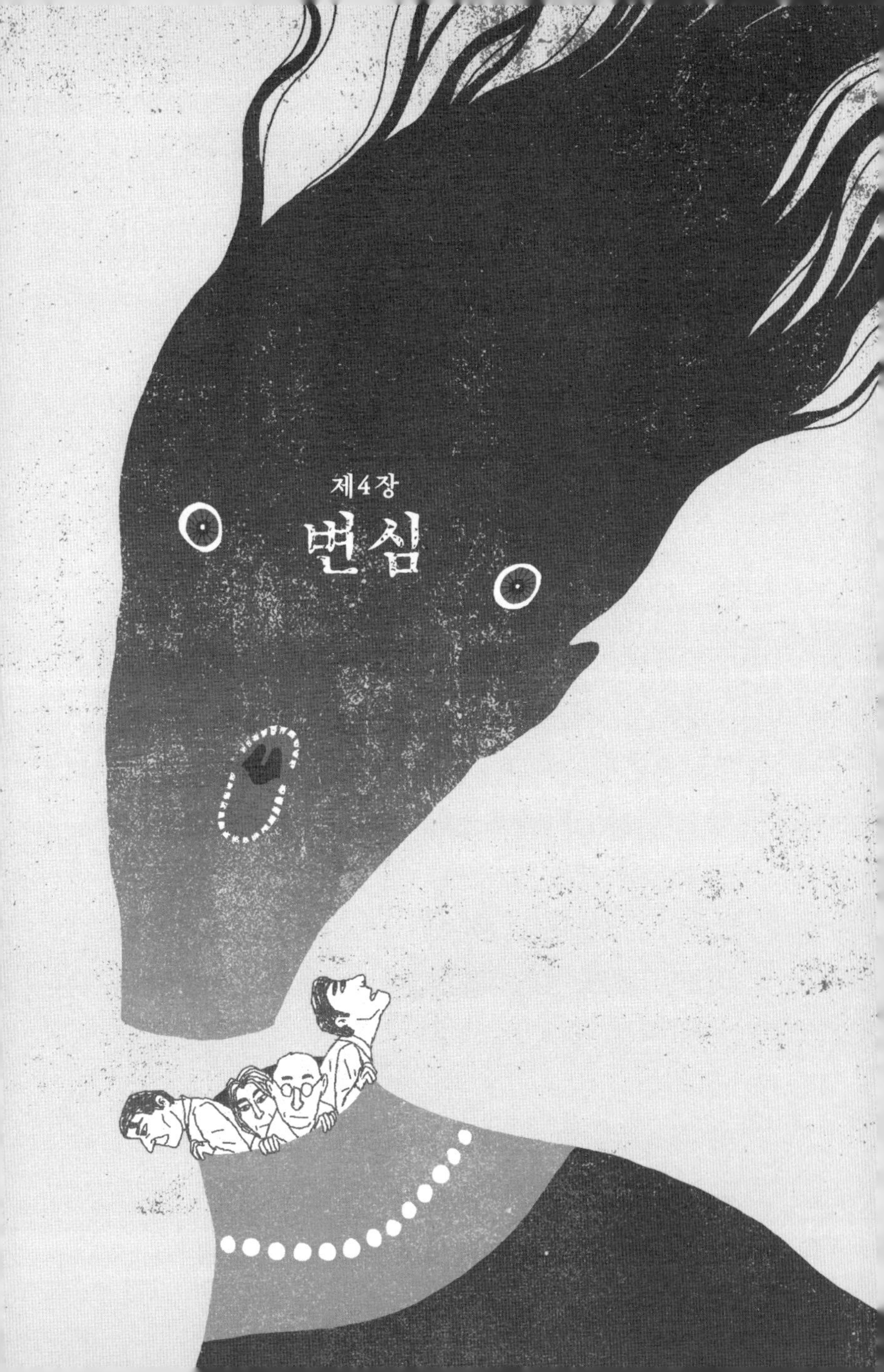
제4장
변심

1

(니시모토 야스지의 원고—계속)

니시카와는 지난번과 같은 커피숍에서 에구치를 기다리고 있다. 부탁을 잘 처리해준 걸까. 노부코는 에구치 말이라면 우선 무조건 믿고 보는 사람이다.

기다린 지 얼마 되지 않은 시간에 에구치가 나타났다. 평소와 달리 양복을 입고 넥타이를 맨 그 모습을 보고 니시카와는 그만 웃음이 터졌다.

"왜 웃으십니까. 이것도 정해놓은 대로 한 건데."

"아니, 아니야, 미안해. 잘 어울려. 하지만 너무 달라져서."

"고모도 깜짝 놀라더라고요. …… 어이! 커피!"

"그래, 어땠어. 경과는?"

"예. 곧이곧대로 믿어주던걸요."

"그래? 역시 자네 말이니까."

"고모가 너무 반가워하는 모습을 보니까 그런 고모를 속
인다는 게 괜히 나쁜 짓을 하는 것 같아 마음이 불편해서
혼났습니다."

"그냥 속이는 건 아니잖아. 다 집사람을 위해서 하는 일이
니까."

"그거야 알지만……."

"그래 얼마나 빌려주겠다고 하던가?"

"천만 엔이라면 가능하다고 하시더군요."

"전부? 기가 막힌 여편네군!"

"난 아무 말도 하지 않았어요. 고모 쪽에서 그렇게 제시한
겁니다."

"뭐라고!"

니시카와는 자신이 아내에게 얼마나 무시를 당하고 있는
가를 새삼 통감했다.

"그래서 천만 엔 빌리기로 하고 왔는데 괜찮으시겠어요?"

니시카와는 주머니에서 메모를 꺼내 "이 계좌로 넣어달라
고 해."

“알겠습니다.”

“언제 돈을 인출한다고 하던가?”

“내일이라도 된다고 하셨어요.”

“그렇군. 자네 일이라면 만사 제쳐놓고 나서는군, 그 여편네.” 니시카와는 쓴웃음을 지었다.

그날 밤 집에 돌아오니까 노부코 역시 에구치의 이야기를 하면서 만족스러운 듯 덧붙였다.

“그 아이도 이제야 의욕을 내기 시작했어요. 천만 엔 정도는 조금도 아깝지 않아요.”

“하지만 요즘 같은 불경기에 사업을 시작하기가 만만치는 않을 텐데.”

“뭐예요! 트집이라도 잡을 생각이에요?”

“그런 게 아니고 회사를 시작한다는 일이 그렇게 간단하지만은 않다는 이야기야.”

“그럼 어떻게든 도와줄 궁리라도 하면 되잖아요! 당신이란 사람은 불평만 늘어놓을 줄 알지!”

니시카와는 얼른 욕실에 들어가겠다며 자리를 피했다.

그로부터 일주일은 아무 일도 없이 지나갔다. 돈은 진작 다른 계좌로 옮겨져 니시카와의 계좌는 빈털터리가 되었다.

하지만 아무리 그래도 그렇게 금방 사업에 실패한다는 것
도 자연스러운 일은 아니다. 2,3주는 시간을 둘 필요가 있다.

…… 그날 점심을 먹고 돌아오니 노부코에게 전화가 왔다.

"어, 무슨 일이야?"

"큰일 났어요. 당장 집으로 들어와요."

드디어 올 것이 왔군, 하고 생각했다. 논의했던 것보다 훨
씬 일렀고, 또 일단 니시카와가 연락할 때까지 기다리기로
되어 있었지만 에구치는 젊다. 확실히 감질나게 기다리는 성
격은 아닌 모양이다.

"당장 들어오라니…… 하던 작업이 있는데……."

"작업이라는 게 뭔지 모르지만 내버려두고 빨리 와요!"

노부코는 꽤 당황하고 있다. 이건 좋은 징조다. 니시카와
는 회심의 미소를 지었다.

"알았어. 그럼 점심시간이 끝날 때까지만 기다려."

"무슨 소리예요! 커피나 마시고 있을 틈이 있으면……."

"그런 게 아니고. 일 때문에 연락할 때가 있다고. 다른 사
람이 돌아오기 전에는 나갈 수가 없어."

"…… 그럼 가능한 빨리."

노부코는 마지못해 수긍했다. 노부코가 양보하는 일은 몇
년에 한 번 있을까 말까다. 지금 얼마나 충격을 받고 혼란스

러운지를 보여주는 증거다.

될 수 있는 대로 감질나게 해줘야지, 하고 니시카와는 한 시에 회사를 나와 일부러 느린 전차를 타고 집으로 갔다.

집 앞 몇 십 미터 되는 곳에서 잠깐 동안 속력을 내서 숨이 차게 한 다음 집으로 들어갔다.

"여보! 뭘 그렇게 꾸물거렸어요!" 노부코가 뛰어나온다.

"아니, 전차가 잘 연결이 안 되더라고. …… 무슨 일이야, 도대체?"

"아무튼 들어와요."

니시카와는 현관에 놓인 남자 구두 두 켤레가 눈에 들어왔다. 그다지 비싸 보이지 않는 구두였다.

거실로 들어가니 소파에 두 남자가 앉아 있었다. 얼핏 보기에 회사원은 아니다. 어딘가 모르게 눈매가 살벌하다.

"경찰서에서 오신 분들이에요."

"아, 이런……." 니시카와는 얼떨결에 인사를 했다. 경찰이 왜? 그렇다면 그 사건과는 관계가 없는 걸까?

"무슨 용건이신지?" 니시카와는 소파에 앉으며 물었다.

"에구치 가즈미라는 사람을 아시지요." 형사가 먼저 물었다.

"예, 집사람의 조카입니다만."

"조카 되시는 분께 최근에 돈을 빌려주셨습니까?"

“예. …… 분명히 빌려줬습니다만.”

“얼마입니까?”

“천만 엔입니다.”

형사는 얼굴을 마주 보았다.

“지금 천만 엔이라고 하셨습니까?”

“그렇습니다.”

“2천만 엔을 잘못 아신 게 아닌지?”

니시카와는 웃으며 다시 물었다. “우리 집에 그런 돈은 없습니다. 천만 엔 빌려주고 나면 자금이 바닥인걸요.”

이건 아무래도 좀 심상치 않은 분위기다. 에구치가 무슨 일이라도 저지른 걸까? 니시카와는 내심 불안해지기 시작했다.

“저기……:”

노부코가 쭈뼛쭈뼛 머뭇거리며 끼어들었다. 노부코가 쭈뼛쭈뼛 머뭇거리는 일도 있다니, 니시카와는 상상도 못하던 모습이다.

“이분 말이 맞아요. 2천만 엔 빌려줬어요.”

니시카와가 펄쩍 뛰며 놀랐다.

“어이, 노부코! 그런 돈이 어디 있다고……:”

“빌렸어요.”

“빌려?”

"은행에서. …… 이 집하고 땅을 담보로……."

니시카와는 놀라 입을 다물지 못했다.

"어, 언제?"

"사흘 전에. 천만 엔만 더 있으면 틀림없이 잘될 거라면서 부탁을 하기에……."

"에구치가?"

그 녀석…… 무슨 짓을 한 거지!

형사가 떨떠름한 얼굴로 끼어들었다.

"그럼 남편에게 상의도 하지 않고 천만 엔이나 되는 돈을?"

"예에."

"그건 좀 납득할 수가 없군요."

"저기 형사님." 니시카와가 끼어들었다. "도대체 무슨 일입니까? 에구치가 어떻게 되었다는 겁니까?"

"별장 하나를 통째로 빌리고 외제 스포츠카를 타고 다니고 마리화나, LSD 등 파티를 열었습니다."

"…… 그걸 모조리 우리 돈으로?"

"그런 모양입니다. 스포츠카도 4,5백만 엔짜리를 그 자리에서 현금을 주고 샀고 별장 빌리는 돈도 조카 되시는 분이 지불하고 있다는 이야기니까요."

니시카와는 이마의 땀을 닦았다. 옮긴 쪽 계좌를 나중에 확인해봤어야 했다! 일단 넣어놓고 금방 인출해버린 게 분명하다.

"그래 돈을 모조리 써버린 겁니까?"

"그런 모양인데 확인할 수가 없어서."

"그야…… 에구치한테 물어보면……."

"사망했습니다."

니시카와는 자신의 귀를 의심했다.

"죽었다고……?"

"예. 스포츠카가 나무에 충돌했습니다. 다섯 명이 타고 있었는데 전원 사망했습니다. 그중 두 사람은 뒷자리에서 카섹스를 하던 중이었다고 합니다."

"이게 무슨 일이람!" 노부코가 울먹이는 목소리가 되었다. "불쌍한 가즈미!"

뭐가 불쌍해! 이쪽은 무일푼이고 게다가 이 집까지…….

"아, 조카님 일은 안됐습니다. 돈의 출처가 확실하지 않았기 때문에 이렇게 찾아뵌 것입니다. 번거롭겠지만 나중에 경찰서로 오셔서 필요한 서류를 작성해주셨으면 합니다만."

"알겠습니다." 니시카와는 어이가 없어 망연자실 상태로 대답했다.

형사들이 돌아가고 나서 니시카와와 노부코는 오랫동안

아무 말 없이 앉아 있었다.

"일이 어이없게 된 거네." 노부코가 말했다.

"그래…… 무일푼에다가 이 집까지 날아가게 생겼으니."

"큰일 났어요."

"큰일 난 정도가 아니지! 그래서 내가 그렇게 위험하다고 했건만!"

이번에는 노부코도 아무런 대꾸를 하지 못했다. 대신 한숨을 쉬며 말했다.

"아아! 누가 천만 엔 정도 빌려주지 않을까?"

"그런 머저리가 어디 있겠어."

"당신 회사에서 빌릴 수 없을까?"

"고작 4,50만 엔 정도겠지."

니시카와는 일어나면서 "거 봐. 당신 마음대로 빌려준 거야. 당신이 알아서 처리해." 하고 내던지듯 말했다. …… 보통 때 같으면 이런 소리를 하면 사납게 대들 게 뻔하지만 노부코는 아무 말 없이 생각에 골몰하고 있을 뿐이다.

제기랄. …… 니시카와는 안방으로 들어가 누워서 생각했다. 손해는 너무 크지만 노부코도 상당히 타격을 입은 것 같으니 그 점에서 목적은 달성한 듯하다.

그러나 자살을 할 정도까지 갈까? 뭔가 한번 더 밀어붙일 필요가 있을 것 같다…….

"여보!" 노부코가 얼굴을 내밀며 불렀다.

"왜?"

"할 이야기가 있어요."

노부코는 짐짓 심각한 표정으로 니시카와 앞에 와서 앉았
다. 니시카와는 불길한 생각이 들었다.

"뭐야? 도대체." 하며 일어났다.

"돈을 만들 방법은 없어요. 친척들 중에도 그만한 부자는
없고……."

"그래."

"방법은 한 가지밖에 없어요."

"그게 뭔데?"

"보험금."

"보험금?"

"그래요. 생명보험 말이에요. …… 죽으면 나올 거예요. 그
걸로 갚는 거야."

니시카와는 이렇게 이야기가 술술 풀려도 되는 걸까 싶어
당황스러웠다. 이럴 때는 살짝 말리는 척이라도 해야 할 것
같았다. 차마,

"그러면 되겠군. 얼른 죽어." 이렇게 말할 수는 없다.

“뭐, 그렇게까지 하지 않아도……”

“아니, 결심했어. 하지만 자살일 경우에는 보험금이 나오지 않겠지?”

“가입 후 몇 년 안에는 안 나오는 것 같던데. …… 하지만 우리는 벌써 10년 이상 납입했지. 괜찮을 거야.”

“아무튼 모르게 죽으면 문제는 없는 거네. 자살이든 뭐든.”

“글쎄. 사고나 뭐 다른 이유로 보이도록 하면……”

“좋은 방법 없을까?”

“흐음, 실수로 목을 매는 일은 없을 것 같고. 차에 치이는 사고나……”

“죽을 확률이 낮아.”

“그건 그렇겠군.”

“강에서 익사하는 건 어떨까?”

“이 부근에 강이 있나?”

“그것도 그렇네.”

“가스중독은 위험하겠지.”

“폭발할지도 몰라.”

“이 집만 날아가면 모르겠지만 이웃집까지 날아갈 거야.”

“그러면 안 되겠지……. 그럼 자살이라는 게 밝혀져도 어쩔 수 없는 걸까?”

“글쎄.”

“보험금이 깎이겠지만…… 그래도 없는 것보다야 낫겠지.”

“그렇겠지.”

“이 집만이라도 있다면 재혼하기에도 편하고 다달이 생활은 어떻게든 꾸려갈 수 있을 것이고.”

재혼까지 생각해주다니, 친절하기도 해라. 이 사람이 예전의 그 마누라라고는 여겨지지 않는다.

“…… 할 수 없어. 유감스럽지만.”

“당신이 꼭 그래야 한다면…….”

“그럼.” 하고 일어서더니 “마음이 변하기 전에.”

“어떻게 할 건데?”

“목을 매는 게 가장 손쉬울 것 같아서.”

“그럴 만한 줄이 있을까?”

“빨랫줄이 있어. 꽤 튼튼할 거야.”

노부코는 빨랫줄을 가져오더니 “…… 자, 이거. 어디 높은데 매줘요.”

“어디가 좋을까?”

“지금 집은 높은 대들보 같은 게 없어서.”

“거실 천장에 상인방이 있었지.”

“맞아. 거기가 좋겠어!”

상인방이라고 해도 요즘 것은 별로 튼튼하게 되어 있지도 않지만 일단 줄을 걸고 잡아당기니 그런대로 힘이 들어간다.

"이거면 충분할 거야."

충분하다는 말도 좀 이상하지만.

"이제 고리를 만들어야지."

"그래. …… 이러면 되지. 조금 높게 하지 않으면 다리가 닿겠군."

"그래, 그 정도면 되지 않을까?"

"이제 됐어. …… 그러면."

"남은 건 유서예요. 어떻게 할까?"

"글쎄. 별로 필요하지도 않을 것 같은데."

그런 걸 쓰고 있다가 마음이 변하면 큰일이다. "뭐 대단한 작가가 자살하는 것도 아니니까."

"그것도 그렇겠네요. 얼른 해치우는 게 결심이 흔들리지 않고 좋아."

그렇다. 맞는 말이다. 자 이제 드디어 해방되는가.

"그럼……."

"그래. 여러 가지 일이 있었지만." 하며 니시카와가 말했다.

"오랫동안……. 수고하셨어요." 하고 노부코가 말했다. "편안하게 성불하세요."

"그래. 당신도 건강하게……" 말을 하다 말고 갑자기, "이봐, 편안하게 성불하라니 무슨 소리야?"

"어머! 당신, 성불하고 싶지 않아요?"

"어째서 내가? …… 죽는 건 당신이라고!"

"내가? 그걸 말이라고 해요?"

"죽어서 갚는다고 했잖아."

"당신이 죽고 그 보험금으로 빚을 갚는다는 의미예요."

"이봐, 왜 내가 죽는 거야? 에구치 녀석에게 돈을 빌려준 사람은 당신이야. 거기다 나한테는 상의 한마디 없이 이 집까지 저당 잡힌 것도. 죽을 사람은 당신이야! 당연하잖아."

"뭐라고요? 당신은 한 가정의 가장이잖아. 내 빚이 당신 빚이고 내 죄가 곧 당신 죄라고요."

"그런 말도 안 되는 소리가 어디 있어?"

"죽고 나서 받는 보험금도 당신이 더 많아요. 내가 죽어봐야 보험금도 별로 많지 않아. 그러니까 당신이 죽는 게 훨씬 득이라고요."

"득실의 문제가 아니잖아! 내가 왜……."

"그럼 나더러 죽으라는 거야? 당신이 정 그런 생각이라면……."

노부코는 부엌으로 달려가더니 끝이 뾰족한 고기용 칼을

들고 왔다.

"내가 죽여주지!"

"어, 비켜! 그만두지 못해! 위험해!" 니시카와는 펄쩍 뛰며 도망쳤다.

"기다려요! 남편으로서 책임을……."

"웃기지 마! 그런 머저리 같은 말이 어디 있어!"

두 사람은 집 안을 이리저리 가구를 쓰러뜨리고 장지문을 부수면서 추격전을 펼쳤다.

니시카와가 넘어졌다. 노부코가 기회는 이때라는 듯 달려 온다.

"어이! 치워! …… 칼을 버리라고!"

노부코의 손을 잡고 필사적으로 반항하면서 니시카와가 소리쳤다.

"이제 와서 무슨 소리! 나를 죽이려고 했던 사람이 무슨 개수작을!"

두 사람의 엎치락뒤치락은 한동안 이어졌다.

— 이 이야기가 끝나는 시점에서도 여전히 계속되고 있었다.

2

노부코가 돌아온 것은 저녁이 다 되어서였다.

"아아, 피곤해!"

노부코는 크게 기지개를 켜며 소파에 털썩 주저앉았다.

"어떻게 된 거야, 천만 엔은?"

"가즈미한테 정확하게 전달했어요. 두고봐요, 조만간 두 배가 되어 돌아올 테니."

요트가 되어 돌아오겠지. …… 니시모토는 내심 그렇게 중얼거렸다.

"천만 엔이면 되는 건가?" 니시모토는 짐짓 물어보았다.

"왜요?" 노부코가 약간 놀라는 얼굴로 되묻는다.

이 집을 담보로 천만 엔을 빌리는 걸 남편이 알 리가 없다고 생각하고 있으니 당황했을 것이다.

"아니, 그냥 물어본 거야. 사업을 시작하는 것치고는 금액이 좀 적은 게 아닐까 싶어서."

노부코가 애매하게 웃으며,

"그렇지만 우리한테 그 이상의 돈은 없잖아요."

"그건 그렇군." 니시모토는 얼버무리며 같이 웃었다.

"이제 저녁준비를 해볼까?" 노부코는 어색하게 말하며 부엌으로 도망치듯 가버렸다. 그래도 조금은 양심에 찔리는 것이 있는 모양이군, 하고 생각하니 니시모토는 우스워졌다…….

저녁을 먹는 동안에도 돈 이야기는 하지 않았다. 노부코가 전에 없이 신경을 쓰면서 요리조리 이야기를 피했기 때문이다.

식사를 거의 마쳤을 무렵 현관의 초인종이 울렸다.

"누구지, 이런 시간에?" 하고 중얼거리면서 니시모토가 현관으로 나갔다.

"누구세요?" 하고 안에서 물어보자 "이마이 기요코입니다." 하는 대답이 돌아왔다.

니시모토는 놀라 문을 열고 "이런 시간에 어쩐 일로……." 하고 말하려다가 이마이 기요코 뒤에 서 있는 남자를 보고 입을 다물었다. 에다 가즈미였다.

"에다 군도 같이 온 거야? …… 자, 일단 들어와."

거실로 안내하자 노부코도 놀라 다가왔다.

"가즈미, 어쩐 일이야?"

에다의 모습이 아무래도 이상하다. 물에 빠진 생쥐마냥 몰골이 처참하고 기운이 없어 보인다.

이마이 기요코가 봉투 하나를 테이블 위에 놓았다.

"이거, 돌려드리러 왔습니다." 단호한 어조로 말한다.

“그건……” 노부코가 당황하며 “내가 빌려준…….”

“예. 천만 엔짜리 수표입니다.”

“왜 돌려주는 거야?” 노부코는 발끈한 표정이 되어 “애당초 그 돈은 아가씨한테 빌려준 게 아니잖아요. 가즈미한테 빌려준 돈이에요. 그걸 왜 아가씨가 갖고 와서 갚는다는 거지요? 도대체 무슨 생각으로…….”

“무슨 생각이고 뭐고 없습니다!”

기요코가 날카로운 목소리로 노부코의 말을 중간에서 잘랐다. 니시모토는 깜짝 놀랐다. 기관총처럼 퍼붓는 노부코의 이야기를 도중에 자를 수 있는 사람이 있을 줄은 생각도 하지 못했기 때문이다.

“고모님을 생각해서 돌려드리는 겁니다.” 하고 뭐라고 대꾸도 못할 말투다.

노부코도 기가 막힌다는 표정으로 “어, 어떻게 된 거야?” 하며 에다 쪽으로 시선을 옮겼다.

그러자 기요코도 에다를 보며, “자, 이야기해요!” 하고 무섭게 다그쳤다.

이 순간 노부코의 얼굴은 참으로 볼 만했다. 니시모토는 노부코의 눈이 당장이라도 튀어나오는 게 아닐까 싶을 정도로 휘둥그레지는 것을 곁눈질로 빤히 보고 있었다. 기요코는 잠깐 사이를 두었다가 지난번의 그 요트 이야기가 사실이었음을 간단히 설명했다.

니시모토는 식은땀을 흘리고 있었다. 자기는 이미 알고 있었는데 그걸 노부코에게 전달도 하지 않았다. 그 사실이 기요코의 이야기 중에 발각이라도 날까 겁이 난 것이다.

그러나 기요코는 그런 내색은 전혀 하지도 않고 처음 발설하는 것처럼 설명했다. 노부코의 놀라는 모습은 물론 이만저만이 아니었지만 너무 놀란 나머지 화내는 것조차 잊고 있는 것 같았다.

"…… 내가 팸플릿에 나와 있는 번호로 전화를 해보니까 벌써 이 사람이 천만 엔짜리 수표를 갖고 가서 계약을 마친 후였어요. 나는 허둥지둥 그 매장으로 달려가서 담판을 짓고 이 돈을 도로 찾아온 겁니다."

그쪽에서도 용케 돈을 돌려줬구나, 하고 니시모토는 놀랐다. 2천만 엔짜리 물건을, 그것도 계약까지 마쳤다고 하니까 간단한 설득으로는 계약을 취소할 수가 없었을 것이다.

"그쪽도 불만이 많았지만 이건 이 사람이 사기나 다름없는 방법으로 빌린 돈이니까 이대로 진행을 시켰다간 번거로운 일만 생길 거라고 윽박질렀어요. 그랬더니 그쪽에서도 얼른 이 사람을 불러다가……" 하며 에다 쪽을 힐끗 본다.

노부코가 겨우 입을 열었다.

"가즈미……. 어떻게 나한테 그런 짓을……."

"친구한테…… 나도 모르게 허풍을 떨어놓고…… 뒤로 물러날 수가 없게 되는 바람에……."

에다는 거의 알아들을 수도 없을 정도로 기어들어가는 목소리로 말했다. 그에게는 이미 예전의 빈틈없는, 잘난 젊은이의 모습은 온데간데없이 마치 호된 꾸중을 듣는 어린애 같은, 잔뜩 풀이 죽은 비참한 몰골만 남아 있었다.

"그래서 이걸 돌려드리러 온 겁니다." 기요코가 말했다. "이 사람은 인생 공부가 더 많이 필요합니다. 고모님도 이 사람을 도와줄 생각이라면 정말 밑바닥부터, 성실하게 돈벌이를 할 수 있도록 보살펴주십시오."

노부코는 한마디 말도 못하고 입을 꾹 다물고 있다.

"그럼 저희는 이만……." 이마이 기요코가 일어섰다. "자, 가요."

에다도 시키는 대로 얌전히 일어섰다.

"실례하겠습니다." 인사를 하고 현관을 나가는 기요코의 뒤를 니시모토가 쫓아갔다.

"아가씨……. 이렇게 도와줘서. 고맙소." 하고 말했다.

기요코는 "왜 어떻게든 손을 쓰지 않으셨던 겁니까?" 하고 물었다.

니시모토는 대답할 말이 없어서 "그건⋯⋯." 하고 우물거렸다.

"대충 짐작은 가지만요." 하고 기요코가 비꼬듯이 "그래도 그렇지요. 부인이 아무리 뭐든 멋대로 결정한다고 해도 이런 일은 남편의 책임이기도 하잖아요? 서로의 허점을 이용하려 들다니 부부가 할 짓은 아니라고 생각합니다."

니시모토는 아무 대답도 할 수 없었다. ⋯⋯ 기요코가 에다를 쫓아가듯이 나간 후에도 한참 동안 현관 앞에 선 채 닫힌 문을 바라보고 있었다.

저 아가씨가 한 말은 어디까지나 이상론이다. 머릿속에서 상상하는 부부의 이야기다. 본인도 결혼을 하면 어떻게 될지 아무도 모르는 일이다. 그러나⋯⋯ 그렇다 하더라도 지금 그녀의 말은 니시모토의 가슴을 아프게 찔렀다.

거실로 돌아오니 노부코가 여전히 무슨 일이 일어났는지 모르겠다는 얼굴로 소파에 앉아 있다.

"갔어." 니시모토가 그렇게 말하며 테이블 위의 봉투를 집어 들었다. 안에서 1천만 엔짜리 수표를 꺼낸다.

"다시 계좌에 갖다 넣어야겠군." 그렇게 말하며 테이블 위에 놓는다. "뭐, 그 아가씨가 야무지게 처리해준 덕분에 돈만이라도 다시 찾을 수 있어서 다행이군. 참, 우리보다는 훨씬……."

니시모토는 말을 잇지 못했다. 그리고 눈앞의 광경을 이해하는 데 한참의 시간이 걸렸다.

…… 노부코가 울고 있었던 것이다.

오랜 결혼생활에서 노부코의 눈물을 보는 건 이번이 처음이었다. 채널을 잘못 돌린 건가? 아니, 이건 TV 드라마가 아니잖아. 정말, 진짜로 노부코가 울고 있다.

"이봐……, 울 일은 아니잖아."

니시모토는 슬며시 말을 걸어보았다. '봐라, 꼴좋다.' 이렇게 말할 수도 있었지만 왜 그런지 불쑥 위로의 말이 튀어나왔다.

"에다 그 친구는…… 응석받이야. 도무지 구제불능에다……. 그래도 봐, 돈은 무사했고……."

"그만해요!" 노부코가 째질 듯한 목소리로 말을 잘랐다. "당신은 돈밖에 몰라! 그까짓 돈 아무러면 어때서!"

니시모토는 할 말이 없었다. 돈밖에 모른다고? 기가 막히는군. 누가 할 소리! 그까짓 돈 아무러면 어떠냐고? 그런 말은 처음 듣는군. 젠장! 나한테 그렇게 말할 수 있느냔 말이다!

니시모토는 일어나서 말없이 거실을 나와 2층 작업실로 가면서, "제멋대로 지껄이고 있군!" 하고 비로소 가슴속의 말을 내뱉었다.

잠을 깬 것은 무엇 때문이었을까. 잘은 모르지만 아무튼 니시모토는 잠을 깼다. 한밤중 새벽 두 시가 지나서였다.

작업실로 이불을 가지고 와서 잤기 때문에 왜 잠이 깼는지 잘 모른다. 어둠 속에서 한참 동안 귀를 기울여봤지만 이상한 소리는 나지 않는다. 그러나 그대로 누워 있기에는 아무래도 뭔가가 신경에 거슬려 견딜 수가 없었다. 대체 뭘까?

니시모토는 가스 밸브며 현관 문단속 같은 건 비교적 신경질적인 편이다. 늘 해야 하는 의무인 탓이기도 하지만. 그런 만큼 이렇게 한밤중에 잠을 깼다는 것이 아무래도 신경에 거슬렸다.

"어쩔 수 없지. 일어나볼까……."

니시모토는 눈도 말똥말똥해졌기 때문에 이불에서 나와 전등을 켰다. 눈이 부셔 두세 번 깜빡이고 나서 잠옷 차림으로 복도로 나왔다. 2층은 방이 두 개밖에 없는데 하나는 니시모토의 작업실이고 또 하나는 가구류를 넣어 창고처럼 쓰고 있다. 침실은 1층에 있었다.

노부코 이 여편네가 일어난 걸까. 니시모토는 계단을 내려갔다.

부엌에 불이 켜 있다. 니시모토는 먼저 침실을 들여다보고 깜짝 놀랐다. 이불도 깔려 있지 않다. 노부코가 자고 있지 않았던 것이다.

"…… 노부코." 부르면서 부엌으로 들어가보았다. 그러나 거기에도 노부코의 모습은 없었다.

"어디 있는 거야?"

화장실에도 거실에도 없다. …… 그렇다면 집에 없다는 의미다. 나간 걸까? 이 밤중에?

노부코는 보통 한번 잠이 들면 아침까지 절대로 일어나지 않는 체질이고 밤을 샌다는 건 있을 수 없는 일이다. 대체 어떻게 된 거지.

현관 불을 켜보니 잠금장치도 체인도 벗겨져 있었다. 역시 밖으로 나간 모양이다. 그렇다면 니시모토가 잠을 깬 것은 이 현관문이 열리고 닫히는 소리 때문이었는지도 모른다.

그건 그렇고 문도 잠그지 않고 나가다니 무슨 짓이야. 이런 밤중에 뭘 하고 있는 거지? 슬리퍼가 없어진 걸 보면 멀리는 가지 않은 모양이다.

"젠장, 덕분에 잠이 홀랑 달아나버렸잖아……."

부엌으로 돌아온 니시모토는 포트의 물을 주전자에 부어 다시 끓이고 커피를 만들었다. 물론 인스턴트다. 식탁에 앉아 천천히 뜨거운 커피를 마신다. 오랜만에 심야의 커피를 마시니 느낌이 새삼스럽다.

뭐, 노부코가 하는 짓이니 아마 기분이 뒤숭숭해서 산책이라도 나갔을 것이다. 이 부근은 주택단지라 밤에도 길은 상당히 밝은 편이다. 위험한 일은 없을 것이다. 게다가 어린애도 아니고. …… 무슨 일이 있으면 그 또한 반가운 노릇 아닌가.

그러나 니시모토의 가슴에는 아직 저 이마이 기요코의 말이 남아 있었다. 서로의 허점을 이용하는 건 부부가 할 짓이 아니다. 그러나 '부부가 아닌 거나 마찬가지로 사는 부부'가 너무나 많다. …… 그것이 현실이다.

왜 노부코가 울었을까? 니시모토는 문득 생각이 났다. 아까는 화가 나서 이런저런 생각도 해보지 못했는데 정말 왜 울었을까? 조카에게 배신당한 것이 그토록 슬펐던 걸까. 그래 봤자 조카 아닌가. 배 아파 낳은 자식도 아니고……. 아니, 그런 건가? 에다는 노부코에게 있어서 '자식' 대신이었는지도 모른다. 자신이 갖지 못한 '자식'이라는 존재를 그 젊은이 안에서 찾고 있었던 게 아닐까.

"그랬던 걸까……." 자기도 모르게 입 밖으로 중얼거렸다.

생각해보면…… 아니, 생각할 것까지도 없다. 그런 심정은 이해하고도 남는다. 나는 지금까지 그걸 미처 깨닫지 못했다. 저 노부코의 강퍅한 성격 이면에 자리한 커다란 공허함까지는 생각이 미치지 못했다.

노부코는 어디로 간 걸까?

니시모토는 문득 빗소리를 들은 것 같았다. 조금 전까지는 오지 않았던 비다. …… 이 여편네, 물에 빠진 생쥐 꼴이 되는 거 아냐? 니시모토는 얼른 잠옷을 벗고 평상복 차림으로 갈아입은 다음 우산을 들고 밖으로 나왔다. 차가운 비가 길을 적시면서 본격적으로 내리고 있었다.

일단 나오기는 했지만 어딜 가서 찾지? 무작정 걸어가다 보면 공원이 나오겠지…….

아무튼 가보자. 니시모토는 이 주택단지 중심부의 상가 옆에 있는 비교적 넓은 공원으로 발길을 돌렸다. 슬리퍼를 신고 달리 갈 곳이 떠오르지 않았다.

우산을 두드리는 빗소리를 들으면서 돌이 깔린 길을 서둘러 걸었다. 그 공원에는 그래도 지붕이 있는 휴게소 같은 것이 있지만 무한정 거기에 있을 수도 없을 것이다. 설마 데리러 올 거라고는 생각도 못할 테니까 빗속을 뛰어올지도 모른다.

"도대체가 성가신 여편네라니까……." 니시모토는 걸음을 빨리하면서 중얼거렸다.

공원으로 가는 길을 반 정도 걸었을 때 니시모토는 발걸음을 멈췄다. 구급차 사이렌 소리가 뒤에서 다가오고 있었다. 그 소리는 순식간에 니시모토를 추월해 가버렸다. 그리고 공원이 있는 방향으로 빨간 램프가 사라지는 것을 니시모토의 시선이 따라갔다.

공원에는 연못이 있다. 별로 크지는 않지만 죽으려고 들면 죽지 못할 것도 없는 연못이다.

"설마……."

노부코가 자살하기 위해 집을 나갔다고는 생각할 수 없지만 하지만, 애당초 니시모토는 그렇게 되기를 바랐던 게 아닌가. 만약 그것이 현실이 된다면, 저 구급차는…….

니시모토는 걸음을 더 서둘렀다. 우산을 쓰고 있어도 비가 얼굴을 적셨지만 아랑곳하지 않고 빨리 걸었다. 공원까지는 겨우 5분밖에 걸리지 않는 거리지만 한없이 멀게만 느껴졌다.

구급차는 공원 앞에 멈춰 서 있었다. 니시모토는 순간 등골이 서늘해졌다. 최악의 예감이 들어맞은 걸까? 노부코가 연못에 몸을 던진 걸까? 마지막은 거의 뛰다시피 공원에 도착했다. 구급차 문은 활짝 열려 있고 그 옆에 이웃 주민인 듯한 몇몇 사람들이 모여 있었다. 그 사람들에게로 달려간 니시모토는 그중 한 사람에게 물었다.

"무슨 일입니까?"

"술에 취한 사람이 쓰러져 있었나 봅니다."

들것이 공원에서 나왔다. 누군지 모르지만 지저분한 행색의 중년남자였다. …… 니시모토는 가슴을 쓸어내렸다.

취한을 재빨리 수습한 구급차는 다시 사이렌을 울리면서 멀어져갔다. 모여 있던 사람들도 하나둘 자기 집으로 흩어져 간다.

"어머, 여보!"

깜짝 놀라 돌아보니 노부코가 버젓이 우산까지 쓰고 서 있었다.

"이런 곳에 무슨 일로 온 거예요?"

"당신……. 뭐야 우산 갖고 나왔어? 잠이 깨서 보니까 당신이 없고 비도 오기 시작하기에 비 맞고 감기라도 걸리면 어쩌나 해서 찾으러 나온 거야."

"어머, 그랬어요? 아까 내가 집을 나설 때부터 비가 오고 있었는데."

"그럼 다행이지만……. 뭐하러 이런 밤중에 나와 돌아다니는 거야?"

"나눠줘야 할 부녀회 회람이 있는 걸 깜빡했지 뭐예요. 그걸 저기 있는 집 우편함에 넣고 왔어요."

"그래? 그건 그렇고 왜 현관문은 열어놓고 다녀. 위험하잖아."

"금방 들어갈 생각이었어요. 그런데 무슨 일인지 사람들이 웅성거리고 있기에 들여다보고 있는데 구급차가 와서 그냥 구경하고 있었지 뭐."

"아무튼 구경 좋아하는 버릇은 여전하군." 니시모토는 그만 웃고 말았다.

"그게 없으면 여자가 아니라던데."

"뭐라고? …… 그만 가자고."

"그럽시다."

두 사람은 집을 향해 비오는 길을 천천히 걸어갔다. 밤의 정적을 뚫고 내리는 빗소리가 오히려 한층 더 심오하게 느껴지는 밤이었다.

"오랜만이군." 니시모토가 말했다.

"뭐가요?"

"이렇게 같이 걷는 거."

"그런가? …… 듣고 보니 그럴지도 모르겠네요."

"…… 에다 일은 너무 마음 쓰지 마. 젊을 때는 누구나 어리석은 짓을 하게 마련이지."

"알아요. 내가 어떻게 됐었나 봐요. 갑자기 부탁을 받고 아무 생각 없이 빌려주다니. 그것도 지금 전부를!"

"그쪽도 놀랐을 거야."

"한탕 크게 해보겠다는 생각은 버려야 한다고 타일렀어야 했어요. 그런데 반대로 부추기는 꼴이 됐으니."

"됐어. 무사히 끝났으니."

"그 아가씨 참 야무져요. 그다지 마음에 드는 아가씨는 아니지만. 그래도 덕분에 천만 엔이라는 돈을 건졌으니 할 말은 없지 뭐."

"그 아가씨가 분명 에다를 다시 일어서게 할 거야."

"그건 절대 안 돼요." 노부코가 고개를 가로저으며 말했다.

"왜 안 된다는 거지?"

"그 아가씨랑은 헤어질 거예요."

"어떻게 알아?"

"알아요. 여자는 본능적으로 알게 되어 있어요."

이런 감은 누구보다 예리하다. 니시모토는 감히 이의를 제기하지 않았다.

"게다가 가즈미는 그런 야무진 여자가 옆에 있으면 아무리 나이를 먹어도 의지만 하게 된다고요. 반대로 자기가 정신을 바짝 차리지 않으면 먹고살 수 없는 그런 연약한 여자가 훨씬 도움이 될 거예요."

272

"그런가? …… 이제 다 왔군."

"어머, 뭐예요. 당신……."

노부코는 현관문을 열고 "당신도 문을 잠그지 않고 나왔잖아."

"그건…… 걱정 때문에 서두르느라고 그랬지. 게다가 길이 엇갈려서 돌아오면 들어갈 수 없을지도 모르고."

"친절도 하셔라." 노부코가 웃으며 말했다.

니시모토는 뭔가 모르게 안심이 되었다.

"이제 잘 거지?"

"그럼요. 얼마나 졸린지 걸으면서 잠드는 줄 알았다니까."

"과장은……. 그럼 잘 자."

"잘 자요."

2층으로 올라가면서 니시모토는 오래간만에 부부다운 대화를 했구나 싶었다.

"아무래도 마누라를 죽이는 소설 같은 건 내가 쓸 수 있는 게 아닌데……."

이불 속으로 들어가면서 니시모토는 중얼거렸다.

3

(고지 다케오의 원고—계속)

○경찰서의 한 사무실(낮)

초췌한 모습의 야마지, 의자에 앉아 있다. 마주 앉은 형사 A.

형사A : (서류를 보면서) "그렇군. 그쪽에 책임이 없었던 건 분명합니다. 그 패거리는 당신 차에 위해를 가하려고 했습니다. 당신은 그것을 피하려고 했을 뿐이니까요."

야마지 : (말이 없다)

형사A : "운이 좋았습니다. 그때 마침 순찰차가 지나갔으니 망정이지 안 그랬더라면 지금쯤 어떻게 되었을지 모릅니다."

야마지 : (거의 무심하다는 표정으로) "예에."

형사A : "차에 부딪혀 날아간 남자는 골절로 전치 1개월의 진단이 나왔는데 뭐, 죽지 않은 게 천만다행이지요. 그런데 당신 혹시 그자들에게 뭔가 원한을 살 만한 특별한 이유라도 있었던 건 아닙니까?"

야마지 : (당황하며) "아니요, 말도 안 됩니다!"

형사A : "그렇습니까? 그럼 다행이지만. 그자들 상당히 포악하고 거칠거든요. 더 이상은 아무 일 없겠지만 그래도 조심하셔야……."

　야마지 : (일어서면서) "번거롭게 해드려서 죄송합니다." (하고 나간다)

　○주차장(낮)

　야마지, 자신의 차 쪽으로 걸어가고 있다. 문을 열려다가 문에 긁힌 상처를 발견한다. 불길한 예감에 얼굴을 찡그리며 주위를 둘러본다.

　카메라, 주위를 빙 한 바퀴 돌며 비춘다. 차가 즐비하게 서 있고 맞은편은 평범한 도로. 아무런 특징도 없는 풍경.

　야마지, 차에 탄다. …… 금이 간 유리창. 야마지, 한숨을 내쉬며 차를 출발시킨다.

　○자동차 수리공장 바깥(낮)

　'××자동차수리공장'이라는 간판.

　깨진 유리를 갈아 끼우고 긁힌 문도 새로 칠한 야마지의 차가 나온다. 야마지, 공장 주인인 듯한 남자와 나란히 서서 그걸 보고 있다.

　야마지 : "사장님, 무리한 부탁을 해서 미안합니다."

　공장주 : "무슨 말씀을! 그게 저희 일인걸요. 어쨌거나 뜻

하지 않은 재난이었습니다."

야마지 : "그러게 말이오. 그런 작자들은 좀 더 엄하게 단속을 해줘야 하는데. (차로 걸어가며) …… 아, 잘 고쳤군. 고맙소."

공장주 : "비용은 나중에 청구서를 보내겠습니다. 잘 부탁합니다."

야마지 : "알았소. 그럼……."

야마지가 차에 타고 차가 출발한다. 뒤에서 손을 살짝 들어 보이는 공장주.

○차 안(낮)

야마지, 아까보다 조금은 기운을 차린 모습. 라디오를 켜자 음악이 흘러나온다.

야마지 : (혼잣말로) "그렇지. …… 아침부터 아무것도 안 먹었잖아."

전방에 레스토랑 간판이 보인다. 야마지, 핸들을 꺾는다.

○레스토랑 앞(낮)

야마지의 차가 주차장으로 들어가 멈춘다. 그 밖에도 두세 대의 차가 서 있을 뿐. 야마지가 차에서 내려 문을 닫고 잠근다. 그런 다음 레스토랑으로 들어간다.

카메라, 레스토랑으로 들어가 자리에 앉는 야마지를 밖에
서 창 너머로 보여주고 나서 천천히 도로 쪽으로 화면을 돌
린다. 검은 헬멧이 크게 클로즈업된다.

○레스토랑 안(낮)
야마지, 식사를 마치고 커피를 마시고 있다.
야마지 : (한숨을 내쉬며) "이제 정신이 좀 드는군."
문득 생각이 나서 일어나 레스토랑 입구 옆에 있는 공중
전화 부스로 간다.

전화 부스 안. 야마지가 들어와 수화기를 들고 동전 몇 개
를 넣고 다이얼을 돌린다. 발신음이 들린다. …… 그러나 아
무도 받지 않는다. 야마지, 다소 불안한 모습으로 수화기를
도로 내려놓는다.

전화 부스에서 나와 자리로 돌아온 야마지, 무심코 밖을
내다보다가 흠칫 놀란다.
창 너머로 길 건너편에 오토바이 한 대와 그 옆에 서 있는
헬멧에 가죽점퍼를 입은 남자가 보인다.
자세히 살피듯 바라보는 야마지.

가죽점퍼를 입은 남자가 이윽고 오토바이를 타고 사라진다. 야마지, 안도하는 모습. 천천히 커피를 마저 마신다.

○야마지의 아파트(저녁)

현관에서 벨소리가 울린다. 히로미가 나와 문을 열어준다. 야마지가 들어온다.

야마지 : "나 왔어."

히로미 : (무표정하게) "어서 와요."

야마지 : "오늘 끔찍한 일을 당했어." (하면서 거실로 들어간다)

거실. 야마지가 들어오다가 우뚝 멈춰 선다.

창문의 유리가 모조리 깨지고 유리조각이 거실 안에 흩어져 있다.

야마지 : "어, 어떻게 된 거야? 이건……."

히로미 ; (천천히 뒤에서 들어오며) "누가 돌을 던졌어요."

야마지 : "누가 그랬어? 아이들이?"

히로미 : "가죽점퍼를 입고 오토바이를 탄 남자들."

야마지 : (헉, 하고 숨을 들이쉰다) "그래……? 이런…… 오늘 나도 끔찍한 일을 당했는데. 같은 패거리가 분명해. 차가 부서질 뻔했는데……."

히로미 : (별로 관심이 없다는 표정으로) “그랬어요?”

야마지 : “그래서 경찰에 신고는 했어?”

히로미 : “아니.”

야마지 : (어깨를 으쓱 올리며) “그럼 내일이라도 청소를 하고 유리를 새로 끼우자고. 오늘은 어쩔 수 없군, 이대로 지내는 수밖에.”

히로미 : “그러게요. …… 하지만 이대로는 잠을 잘 수 없을 것 같아, 위험하기도 하고.”

야마지 : “그건 그렇지만…….”

히로미 : “어디 호텔이라도 가서 자요.”

야마지 : “뭐라고?”

히로미 : “어쩌겠어요? 난 무서워서…….” (하며 야마지의 팔에 매달리려고 한다)

야마지 : (어쩔 수 없이 고개를 끄덕이며) “알았어. 그럼 그렇게 할까.”

히로미 : “다행이야. 안심하고 잘 수 있겠네.” (하며 웃는다)

야마지, 잠시 복잡한 표정이 된다.

주방. 야마지와 히로미가 저녁을 먹고 있다. 야마지, 이따금 탐색하는 눈으로 히로미를 보지만 히로미는 아무 표정도 없이 열심히 먹기만 할 뿐.

히로미 : (남편의 시선을 깨닫고) "왜 그래요? 내 얼굴에 뭐 묻었어요?"

야마지 : "아, 아니. 그냥……."

야마지 : (얼른 눈길을 돌리고 식사를 계속한다)

현관에서 초인종 소리가 울린다.

히로미 : "누구지? 이 밤중에……." (하며 일어선다)

야마지 : "어이, 열기 전에 잘 확인하라고." (히로미의 등에 대고 외친다)

현관. 히로미 꼬마렌즈로 바깥을 살핀다.

(인서트 쇼트) 어안렌즈로 현관에 달린 꼬마렌즈를 통해 보는 화면으로 코트를 아무렇게나 걸친 중년 남자가 서 있다.

히로미 : (문을 열어주며) "누구시죠?"

중년 남자가 경찰수첩을 보여준다. "이시카와라고 합니다. N서에서 나왔습니다만……."

히로미 : "그런데…… 무슨 일로?"

이시카와 : "실은 남편께 잠깐 여쭤보고 싶은 게 있어서……." (하고 말하면서 집 안을 천천히 둘러보고 있다. 야마지가 방에서 나온다)

야마지 : "저한테 볼일이 있다고요?"

이시카와 : "야마지 씨입니까? N서의 이시카와라고 합니다만, 잠깐 말씀 좀 여쭙고 싶어서."

야마지 : "그래요? 그럼 이쪽으로……." (하고 거실 쪽으로 안내하려다가 흠칫 멈춘다) "그, 그렇지, 거실은 잔뜩 어질러 있으니……."

이시카와 : "아니요, 그런 건 상관없습니다."

야마지 : "하지만 좀……. 그럼 이 아래 커피숍으로 갑시다. 괜찮지요?"

이시카와 : (약간 이상하다는 표정이 된다) "예…… 그럼 그냥……."

야마지 : (안도한 듯) "그럼, 가시지요. (히로미를 향해) 잠깐 나갔다 올게."

히로미 : "예. 알았어요."

야마지 : 이시카와를 앞세우고 집을 나선다. 히로미, 약간 불안한 얼굴로 그 자리에 서 있다.

○아파트 1층 커피숍(밤)

(인서트 쇼트, 사진 한 장을 클로즈업) 가죽점퍼를 입은 젊은이. 히로미를 덮치려다가 칼에 찔려 죽은 남자의 사진이다.

이시카와와 야마지, 마주 앉아 있다.

이시카와 : (사진을 야마지 쪽으로 내밀며) "이 남자입니다. 혹시 전에 보신 적 있습니까?"

야마지 : (사진을 들고 빤히 들여다본다. 고개를 가로저으며) "유감스럽게도 기억이 없습니다. (사진을 이시카와에게 다시 주며) …… 이 남자가 어떻게 되었다는 겁니까?"

이시카와 : "어젯밤에 이 부근에서 살해되었습니다."

야마지 : "예에! 그건…… 몰랐군. 그런데 그게 저와 무슨 상관이 있다는 겁니까?"

이시카와 : "아니, 아닙니다. 그걸 물어보고 싶었을 뿐입니다."

야마지 : "그렇다면……."

이시카와 : "오늘 당신 차가 폭주족에게 습격을 당했다고 하던데요."

야마지 : (뭐야, 하는 어조로) "아, 그거 말입니까? 뭐 '습격당했다.'고 할 정도의 일도 아니었습니다. 그냥 사소한 심술이었지요."

이시카와 : "하지만 까딱 잘못했으면 큰 사고로 이어질 뻔했잖습니까? 오토바이를 탔던 사람 중 하나는 골절이 되었고요."

야마지 : "그건 그쪽이 잘못한 겁니다. 창문을 깨려다가 그

랬으니까요."

　이시카와 : "잘 알겠습니다. 그건 됐습니다만."

　야마지 : "그럼 무슨……."

　이시카와 : "어제 살해된 사람은 당신을 습격했던 그룹의 리더 격인 남자였습니다."

　야마지 : "그랬습니까?"

　이시카와 : "그러니까 저들이 당신을 습격한 것은 리더가 살해당한 건과 뭔가 관계가 있는 게 아닐까 하는 생각을 해본 겁니다."

　야마지 : (어깨를 으쓱 하며) "전혀 짐작이 가지 않는데요."

　이시카와 : (한숨을 쉬며) "그렇습니까? 그럼 그냥 단순한 우연이라는 말씀인가요?"

　야마지 : "그렇게밖에 생각할 수가 없지요. (문득 생각난 듯이) 그렇다면 분명 리더가 살해당한 일로 분이 풀리지 않아 우연히 지나가던 내 차에 위해를 가한 게 아닐까요."

　이시카와 : (별로 공감하지 못한 듯) "글쎄요. 그렇게 생각할 수도 있겠지요. 시간을 내주셔서 감사합니다." (하며 일어선다. 야마지도 같이 일어난다)

　야마지 : "아닙니다. 수고가 많으십니다."

　두 사람은 커피숍을 나온다.

○아파트 앞(밤)

이시카와 : “그럼 저는 이만 실례하겠습니다.”

야마지 : “알겠습니다. 안녕히 가십시오.”

이시카와 : “부인께도 잘 부탁한다고 전해주십시오.”

야마지 : “알겠습니다.”

이시카와 : (조금 걸어가다가 갑자기 돌아다본다) “아, 참, 아까 얼핏 들여다봤는데 아파트 유리가 심하게 깨져 있는 것 같았습니다만.”

야마지 : (약간 당황하며) “그건…… 근처의 개구쟁이 아이들이…….”

이시카와 : “저런 나쁜 녀석들이 다 있나. 부모한테 알려서 보상해달라고 하는 게 좋겠습니다. 나쁜 짓은 습관이 되니까 말입니다.”

야마지 : “예…… 그렇게 하지요.”

이시카와 : “그럼…….” (하고 인사를 한 후 다시 걸음을 옮긴다)

뭔가 석연치 않은 표정으로 그의 뒷모습을 바라보고 있는 야마지.

○야마지의 아파트(밤)

현관. 야마지, 들어온다. 히로미가 맞으러 나온다.

히로미 : “무슨 얘기했어요?”

야마지 : “아니 뭐……. 오늘 당한 일 때문에. 별 이야기 아니었어.”

히로미 : “그래요? 그럼 밥 먹고 나갈까요?”

야마지 : “어디로?”

히로미 : (웃으며) “뭐예요! 아까 오늘은 호텔에 가서 자자고 해놓고.”

야마지 : “아아……. 그랬지.”

히로미 : “자, 얼른 먹어요.”

히로미는 조금 전보다 훨씬 기운이 나는지 주방으로 간다.

○길거리(밤)

교외로 나가는 매우 한적한 길. 산길로 차가 달리고 있다. 약간 속도를 빨리 해서 내달리고 있다.

○차 안(밤)

핸들을 쥐고 있는 사람은 히로미다. 조수석의 야마지, 불안한 모습이다.

야마지 : “너무 달리지 마.”

히로미 : “괜찮아요. 나만 믿어요.” (사뭇 재미있다는 투로 말

하며 핸들을 돌린다) “죽어도 같이 죽을 텐데 뭐.”

야마지 : (쓴웃음과 함께) “아직은 죽고 싶지 않아.” (백미러로 힐끗 눈길을 주다가…… 백미러 클로즈업. 오토바이 불빛이 보인다. 야마지, 돌아본다)

열 대 가까운 오토바이가 뒤를 따라오고 있다.

야마지 : “큰일 났다! 저 녀석들이야.”

히로미 : “누구?”

야마지 : “내 차를 쫓아와 나쁜 짓을 한 놈들이야. 제기랄! 당신 운전 괜찮겠어?”

히로미 : “이렇게 달리고 있는데 바꿔줄 수는 없잖아요.”

야마지 : “그, 그렇군……. (입술을 핥으며) 정신 똑바로 차려야 해.”

오토바이 중 몇 대가 속도를 내서 야마지의 차를 추월하더니 차 앞에 딱 붙어서 달린다. 야마지, 제정신이 아닌 모습.

야마지 : “젠장! 조금만 더 가면 차가 다니는 길이 나올 거야, 어떻게든 해봐. 그러면…….”

히로미 : “이 길이 좋아요.”

야마지 : (히로미의 얼굴을 빤히 처다보며) “…… 뭐라고?”

히로미 : “당신 눈치 못 챘어요? 자동차 열쇠 말이에요.”

야마지 : (자동차 열쇠를 본다. 히로미의 열쇠다. 놀라며) “그

열쇠는……."

　히로미 : "당신은 강물에 던져버렸다고 생각하는 모양인데
요. 유감스럽게도 강을 넘어 날아갔어요. 우연히 지나가던
아이가 주워서 갖다줬어요."

　야마지, 넋이 나간 얼굴…….

　히로미 : "왜 그런 짓을 시켰어요? 그런 놈들이 나를 덮치
게 하다니."

　야마지 : "몰라……. 나는 모르는 일이야."

　히로미 : "저 사람들이 오늘 우리 집으로 찾아왔어요."

　야마지 : "저…… 오토바이 탄 놈들이?"

　히로미 : "그래요. 내가 리더를 죽였잖아요. 그들이 날 죽
이는 줄 알았어요. 하지만 상대도 말귀를 못 알아듣는 자들
은 아니더라고요."

　야마지 : "무슨 일이 있었던 거야?"

　히로미 : "교섭을 했어요."

　야마지 : "교섭?"

　히로미 : "나도 피해자라는 걸 알아듣게 설명했어요. 이해
해주더군요. 그리고 당신을 죽여달라고 부탁했어요."

　야마지 : (눈이 휘둥그레진다) "어이…… 그런 농담을……."

　히로미 : "뭐가 농담인데요? 저 리더라는 자한테 겁탈을 당

했을 때는 농담 따위 아니었다고요!”

　야마지 : “잠깐. 잠깐만 기다려. 지금은…… 지금은 일단 피하자고. 그러지 않으면 둘 다 죽어!”

　히로미 : “아니. 죽을 사람은 당신 하나뿐이야.”

　힘껏 핸들을 꺾는다.

　○들판(밤)

　길을 벗어난 야마지의 차가 넓은 들판 위를 달려와 멈춘다. 오토바이도 뒤에서 따라오더니 차를 빙 둘러 에워싸고 멈춘다.

　○차 안(밤)

　야마지 : (당황하여 주위를 둘러본다) “이봐, 어떻게 할 작정인 거야?”

　히로미 : (전방을 뚫어지게 노려보며) “왜 그런 짓을 했어?”

　야마지 : “무, 무슨 이야기인지…….”

　히로미 : “얼버무리지 마! 말 안하면 난 차에서 내릴 거야.”

　야마지 : “어떻게 할 건데?”

　히로미 : “뒷일은 저자들한테 맡길 거야.”

　야마지 : “그런…….”

히로미 : "그럼 난 내릴게." (자동차 키를 빼들고는 차에서 내린다)

야마지 : (주머니를 뒤지며) "젠장! 모조리 치어버릴 거야!" …… 하지만 주머니에 열쇠가 없다. 야마지, 필사적으로 여기저기 찾아본다.

○들판(밤)

차에서 내린 히로미, 손바닥 위에 자동차 열쇠를 놓고 짤랑짤랑 소리를 낸다. 그 손을 클로즈업. 두 개의 열쇠.

들판 한복판에 야마지의 차가 서 있다. 그 차를 향해 라이트를 비추면서 원을 그리며 멈춰 있는 오토바이. 그중 한 대가 차를 향해 달리기 시작한다.

○차 안(밤)

정신없이 주머니를 뒤지던 야마지는 오토바이 한 대가 다가오는 것을 보고 화들짝 놀란다.

오토바이를 탄 남자 창문 옆을 지나가면서 망치로 유리를 내리친다. 새하얗게 금이 가는 창. 야마지, 자기도 모르게 고개를 잔뜩 움츠린다.

계속해서 또 한 대의 오토바이가 달려와 지나가면서 반대쪽 유리창을 깨고 간다.

야마지 : "그…… 그만해!" (겁에 질려 머리를 감싸 안는다)

오토바이가 잇따라 달려와 정면과 후면의 창문이 하얗게 금이 간다.

야마지 : "그만!" (더 이상 참지 못하고 차에서 뛰쳐나온다)

○들판(밤)

차에서 나온 야마지, 풀 위에 비틀비틀 주저앉는다. 히로미, 몇 미터 떨어진 곳까지 걸어온다.

히로미 : "당신이 시킨 거지, 그렇지? 그 사람들한테 부탁했지?"

야마지 : "그래…… 미안해, 용서해줘."

히로미 : "왜…… 너무해."

야마지 : "시험해보고 싶었어……."

히로미 : "시험?"

야마지 : "폭행당한 후엔 당신이 섹스에 혐오감을 갖는지 어떤지 시험해보고 싶었다고."

히로미 : (경악하며) "뭐라고?"

야마지 : "그냥 한번 생각해본 거야……."

히로미 : "그런……. (얼굴이 굳어지면서) 알았어. 아무튼 인

정한 거네. 나를 덮치게 했다는 걸."

야마지, 말없이 고개를 끄덕인다. 히로미, 한숨을 내쉰다.

히로미 : "이 오토바이엔 모두 경찰이 타고 있어. 내가 낮에 그 이시카와 씨라는 사람에게 이야기를 했어. 당신이 자백하도록 상황을 조성하려면 이게 가장 좋은 방법일 거라는 결과가 나왔어. 당신이 하는 말은 차 뒷좌석에 놓아둔 테이프에 녹음이 되고 있어."

· 야마지, 놀라 주위의 오토바이를 둘러본다.

야마지 : "당신한테 졌어……. 나는 그야말로 바보 천치였군. 정말 죽는 줄 알고……."

갑자기 오토바이 한 대가 야마지를 향해 돌진해온다. 야마지 그 오토바이에 부딪혀 튕겨나가 쓰러진다. 놀라 눈을 부릅뜨는 히로미.

히로미 : (째지는 목소리로) "그만! 뭐하는 거예요?"

야마지, 신음하면서 일어나려고 한다. 그때 또 한 대의 오토바이가 돌진해간다. 공포로 일그러진 야마지의 얼굴. 히로미, 비명을 지른다. 오토바이의 바퀴가 야마지의 머리로…….

히로미 : "그만! 그만해요! 누구예요, 당신들은! 그만!"

순찰차 사이렌이 들려온다. 오토바이를 탄 남자들, 놀라 잽싸게 사라진다.

히로미, 풀 위에 털썩 주저앉는다. 축 늘어져 움직이지 않는 야마지.

순찰차가 멈추고 이시카와가 달려온다.

이시카와 : "늦었나! (숨을 헐떡이면서) 당신 차를 놓쳐버렸습니다. 도중에 놈들에게 방해를 받았습니다. (돌아보며) 어이! 구급차!"

이시카와 : (달려온 다른 형사B에게) "즉시 뒤를 쫓게 해라. 비상선을 치고!"

형사B : "알겠습니다!"

즉시 순찰차 쪽으로 뛰어간다. 조금 전 남자들과 똑같은 차림의 경찰 일고여덟 명이 오토바이를 타고 온다. 그러나 형사의 말을 듣고 즉시 추격하러 간다.

이시카와, 쓰러져 있는 야마지의 가슴에 귀를 갖다 대는데…….

이시카와 : (한숨을 내쉬며) "안됐습니다."

히로미, 듣고 있는지 아닌지 알 수 없다. 비틀비틀 일어나 마치 몽유병자처럼 초원을 걸어간다.

그 뒷모습의 롱 쇼트에서 회전하는 순찰차의 붉은 램프로 초점이 옮겨지고……. 엔드 마크.

4

고지는 어쩐지 개운치 않은 기분으로 저녁을 먹고 있었다. 히토미는 뭔가를 감추고 있다. 그 비오는 날 밤에 무슨 일이 있었던 걸까…….

아무튼 그 이후로 히토미의 모습이 부쩍 이상해진 건 사실이다. 식욕도 별로 없는 것 같고, 때로는 넋을 잃고 생각에 잠겨 있기도 하고, 그리고 무엇보다 갑자기 섹스에 흥미를 잃어버렸다는 것이 묘했다. 그렇게 매일…… 아침저녁 가리지 않고 달려들어 졸라대곤 하더니 이제는 고지가 껴안으려고 하면 몸을 비틀면서 "그럴 기분이 나지 않아." 하고 거절하는 지경이다. 덕분에 고지도 체력은 많이 회복했고 허리의 통증도 사라졌지만 이번에는 초조감만 늘고 있다.

"안 먹을 거야?" 고지는 물었다.

히토미가 아주 조금밖에 먹지 않았기 때문이다.

"별로 먹고 싶지 않아." 하고 히토미가 대답했다.

"대체 왜 그러는 거야? 당신 요즘 뭔가 좀 이상해. 어디 아픈 데라도 있는 거 아냐? 아니면 무슨 말 못할 고민이라도 있어?"

히토미는 눈을 몇 번 깜빡거렸다. 의외라는 표정이다.

"그런가? 나……."

"그래. 뭔가 있는 거지? 이야기해봐."

"역시 알아버렸네." 하고 가볍게 미소를 짓더니 "아기가 생겼어." 하고 말했다.

히토미의 대답이 너무 맥없이 나오는 바람에 고지는 한동안 말이 없었다.

"그럼…… 임신한 거야?"

"아기가 생겼다고."

"같은 말이잖아."

"맞아. 그러니까 그런 의미야."

"그럼 식욕이 없다는 건……."

"입덧이 좀 있어서 가끔 구역질 때문에 먹을 수가 없어. 그래도 먹을 수 있을 때는 먹고 있어. 그것도 엄청난 기세로."

"그럼 지난번에 어딜 나갔다 온 건……."

"병원에 갔다 온 거야. 검사 결과를 듣고 왔어."

고지는 잠시 뜸을 들였다가 다시 입을 열었다.

"그럼 그때 역까지 나를 데리러 와줬을 때도……."

"그때 처음 구역질이 났어. 아주 심했어. 깜짝 놀랐고. 공원 덤불 있는 데 가서 토했어. 그러다가…… 비를 쫄딱 맞았고 당신 우산도 더럽혔고……."

"그럼 왜 그렇다고 말을 하지 않은 거야!"

"확실해지면 말하려고. 하지만 확실해지고 나니까 이번에는 당신이 어떻게 생각할지 걱정이 되더라고. 그래서."

"어떻게 생각하다니?"

"아이 같은 거 필요 없어, 라거나……."

"왜 내가 그렇게 말할 거라고 생각해?"

"당신은 항상 애들은 시끄럽기만 하고 또 거추장스럽다고 했잖아. 그래서 낙태라도 하라고 하면 어쩌나 싶어서."

"바보 같은 소리! 그건 남의 자식일 때 이야기지. 내 아이라면…… 다르지."

"다행이야!" 히토미는 안도한 듯 "어떻게 말을 꺼낼까 한참 고민했어."

"그런 걱정은 할 필요도 없었는데. …… 예정일이 언젠데?"

"예정은 12월 2일이야. 하지만 첫아이는 늦어진다고 하니까 중순쯤이 될 거래."

"12월이라. …… 아들이래, 딸이래?"

"그걸 어떻게 알아."

"아, 그런가." 그렇게 말하며 고지는 갑자기 웃음을 터뜨렸다.

아무 일도 없었구나. 쓸데없는 걱정을 했구나.

히토미는 놀란 듯 "뭐가 그렇게 우스워?" 하고 말했다.

"아니, 그냥 좀 걱정했거든."

"뭘?"

고지는 자신이 쓴 스토리가 현실이 된 게 아닐까 걱정했던 이야기를 해주었다.

히토미는 재미있어하면서, "그 원고 나도 보여줘."

"뭘…… 대단한 것도 아니야. 당신한테 보여줄 정도의 작품도 아니고……."

"괜찮아. 응! 보여줘." 오랜만에 히토미가 콧소리를 내며 졸랐다.

전 같으면 그런 말투를 들으면 지겨워했을 테지만 지금은 왠지 기쁘기조차 하다.

"그럼……." 하고 꺼내온다.

"어머, 짧은 거잖아."

"조금 더 길게 할 생각이었는데. 그리고 진짜 발표할 때는 소설이 될 거라서. 그건 말하자면 초고 같은 거야."

히토미는 설거지도 대충 해치우고 원고를 읽기 시작했다. 고지는 TV를 켜놓고 있었지만 아무래도 불안한 기색이었다. 아무래도 대충 써놓은 원고를 눈앞에서 누군가 읽는다는 건 어색하기 짝이 없었다. 상대가 어떻게 생각하는지 궁금해서 견딜 수가 없는 것이다.

히토미가 원고를 다 읽은 것 같았다. 그러나 아무 말도 하지 않고 한동안 원고를 다시 이리저리 넘기고 있다. 고지는 불안해졌다.

"어때? 재미없어?"

"그렇지는 않은데……."

"그럼 뭐야? 솔직하게 말해줘."

"주인공이 죽는 것으로 끝이 나니까 불쌍하잖아."

"그, 그런가."

"그렇다니까. 사람에게는 죄를 갚을 기회를 줘야 한다고. 그런 면에서 나는 사형 폐지론자야."

"사형을 시키는 건 아니잖아."

"작가에 의한 사형이지 뭐. 아무리 생각해도 살려줘야 할 것 같아."

"그런가."

"그래야 독자도 구원을 받은 기분이 될 거야, 분명."

"그럼 다시 써볼게."

고지는 펜을 가지고 왔다. "으음, 그러니까. 여기서부터 고치면 되겠군."

○들판(밤) (수정본)

이시카와 : (쓰러져 있는 야마지의 가슴에 귀를 대본다) "아직 숨이 붙어 있군."

히로미 : (야마지 옆에 무릎을 꿇는다) "살아날 수 있을까요?"

이시카와 : "뭐라고 말할 수는 없지만 최선을 다해보겠습니다."

히로미 : "제발 살려주세요!"

이시카와 : (히로미를 빤히 쳐다보며) "당신을 그런 지경으로 몰아넣은 사람입니다. 그런데도 사랑하십니까?"

히로미 : (일어서며) "난 이 사람의 아내니까요."

이시카와, 희미하게 웃으며 고개를 끄덕인다.

구급차가 서 있고 하얀 가운을 입은 남자들이 야마지를 들것에 얹어 구급차로 옮긴다. 문을 닫으려고 하는데 히로미가 달려온다.

히로미 : "저도 같이 가게 해주세요! 제 남편이라고요!"

가운 입은 남자 : "알겠습니다. 타십시오."

히로미, 가운 입은 남자가 내민 손을 잡고 구급차에 올라탄다. 문이 닫히고 구급차가 사이렌을 울리면서 출발한다.

구급차가 멀리 사라지는 롱 쇼트에 겹쳐…… 엔드 마크.

"이러면 되는 건가?" 고지가 말했다.

"됐어." 히토미는 만족스럽게 고개를 끄덕인다.

"하지만 이 두 사람 전과 같은 모습으로는 돌아갈 수 없겠지?"

"글쎄. 남편은 아무래도 죄에 대한 문책을 받겠지."

"부인은 용서할까? 아니면 남편이 생명의 위험에서 벗어났다는 걸 알면 이혼할까?"

"그 부분은 그냥 독자의 상상력에 맡기고……."

"싫어! 난 그게 궁금하다고!"

"그럼, 어떻게 하면 될까?"

"그 장면을 덧붙여야지."

"하지만…… 뭐, 좋아. 어떤 식으로 덧붙일까?"

"글쎄." 히토미는 잠시 생각에 잠겨 있다가 입을 열었다. "남편을 용서한다는 결말은 너무 진부하잖아. 역시 헤어져야 하지 않을까? 생명을 구했다는 걸 알고 나서 각자 새로운 생활을 찾는 게 자연스럽겠지."

"알았어. 그럼……."

○병실(낮)(수정본)

침대에 누워 있는 야마지. 머리에 붕대를 감고 왼팔은 기브스를 한 애처로운 모습이다. 얼굴은 다소 초췌하지만 뭔가를 결심한 듯한 비장한 표정을 하고 있다.

문을 노크하는 소리.

야마지 : "예, 들어오세요."

히로미가 병실 안으로 들어온다. 손에 과일이 담긴 바구니를 들고 있다.

야마지 : (웃으며) "당신 왔어?"

히로미 : (침대 옆 의자에 앉으며) "어때? 컨디션은?"

야마지 : "아직 올림픽은 나갈 수 없겠지만 뭐."

히로미 : (웃으며) "그런 농담할 정도로 기운이 있는 걸 보니 괜찮네." (바구니에서 사과를 꺼내며) "먹을래? 깎아주려고 사온 건데."

야마지 : "고마워. …… 조금 전에 변호사가 다녀갔어. 그 폭주족 녀석들 잡혔다지?"

히로미 : (테이블 서랍에서 칼을 꺼내 사과를 깎으면서) "어머, 그래? 그거 잘됐네."

야마지 : "도무지…… 내가 미쳤지, 정말."

히로미 : (사과를 내밀며) "자, 먹어."

야마지 : "미안해." (사과를 베어 문다) "…… 음, 맛있군."

히로미 : (미소를 지으며) "비싼 거야."

야마지, 한동안 히로미를 바라보다가 움직일 수 있는 오른손으로 머리맡에 있는 봉투를 집어 히로미에게 건넨다.

야마지 : "이거, 변호사한테 부탁해서 작성한 거야."

히로미 : (받아들며) "뭔데?"

야마지 : "이혼서류야. 나머지는 당신이 서명만 하면 되도록 해놓은 거야."

히로미, 봉투로 눈길을 떨군다.

야마지 : "나는 이제 괜찮아. 당신은 이미 충분하고도 남을 일을 해준 거야."

히로미 : "지금 당장 이러지 않아도 되는데……."

야마지 : "아니, 지금이 제일 좋아." (단호한 어조로) "그렇게 하지 않으면 날이 갈수록 내가 더 괴로워질 거야. 부탁이야. 서명하고 가."

히로미와 야마지가 물끄러미 마주 보고 있다.

히로미 : (천천히 고개를 끄덕인다) "알았어. 당신이 그렇게 말한다면……."

봉투 안에서 이혼서류 용지를 꺼내고 핸드백에서 꺼낸 만년필로 서명하고 도장을 찍는다.

야마지 : "고마워. 그건 변호사한테 맡겨서 잘 처리하도록 할게."

서류를 다시 접어 넣은 봉투를 히로미로부터 받아든다.

야마지 : "여러 가지 번거로운 일은 퇴원하고 나서 가능한 빨리 처리할게."

히로미 : "알았어." (일어선다) "그럼 여보……."

야마지 : "잘 지내."

히로미 : (병실을 나가려다가 돌아다본다) "그 사과, 빨리 먹어. 상하기 전에……."

야마지 : "그럴게."

히로미, 병실을 나간다. 닫힌 문을 물끄러미 바라보는 야마지.

○병원 바깥(낮)

히로미, 병원 현관으로 나와 멈춰 선다. 문득 왼손에 낀 결혼반지를 생각하고, 그것을 빼서 힘껏 쥐어본다. 반지를 그러쥔 채 굳게 입술을 다문 히로미가 걸음을 옮긴다. 그 모습은 즉시 화면에서 끊기고 카메라는 맑게 갠 하늘을 비춘다. 그 화면 위로 엔드 마크.

"남편 쪽이 훨씬 더 멋진 모습이 된 거네." 히토미가 말했다.

"어쩔 수 없어. 그렇게 하지 않으면 여자가 더 냉정하게 보일 테니까.”

“그것도 그렇구나.” 히토미가 말했다. “하지만 일단 이런 일을 당하고 나면 남자에 대한 불신이 깊어지겠지.”

“그렇겠지. 하지만 그걸 날려버릴 만한 멋진 남자가 곧 나타날 거야.”

“그것도 덧붙여 써.”

“뭐? 하지만 더 이상은…….”

“하면 되지 뭘 그래. 행복해지는 결말을 보지 않고는 안심할 수가 없어. 응? 부탁이야.”

에라 모르겠다. 될 대로 되라!

○모 회사 근처 카페(낮)(수정본)

점심시간. 와이셔츠에 넥타이 차림의 샐러리맨과 회사 유니폼을 입은 여사원으로 붐빈다.

회사 유니폼을 입은, 성실한 여사원이라는 느낌의 히로미가 혼자서 커피를 마시고 있다. 테이블에 펼쳐놓은 주간지 기사 클로즈업. 〈아내를 강간시킨 남자!!〉라는 제목. 야마지의 사진.

그때, “뭘 읽고 있어요?” 하며 말을 걸어오는 목소리가 있다.

히로미 : “아, 노나카 씨.”

노나카는 30대 중반의 샐러리맨이다.

노나카 : "앉아도 돼요?"

히로미 : "예. 앉으세요."

노나카 : (히로미의 맞은편 자리에 앉아 히로미가 보고 있던 주간지로 눈길을 주다가) "끔찍한 짓을 한 녀석이 있군."

히로미 : "예……" (주간지를 덮는다) "항상 바쁜 것 같네요."

노나카 : "아…… 그냥 뭐, 샐러리맨 신세가 다 그렇지요." (담배를 꺼내더니) "담배 피워도 될까요?"

히로미 : "예, 그러세요."

노나카 : (담배에 불을 붙이고) "…… 그런데 저기 저런 작가라는 사람들 중에는 좀 이상한 자들이 많지요. 난 말이죠. 인간으로서 형편없는 작자는 아무리 작가로 대단하다 해도 존경하고 싶은 생각이 털끝만큼도 없어요."

히로미 : "건전하시군요."

노나카 : "어라. 야유하는 건가. 한 방 먹었군요."

히로미 : "아니요. 그렇지 않아요. 하지만 사람에 따라 사랑하는 방식은 제각기 다르겠지요. 그건 천성 같은 거라 변하지 않는 것 같아요. 평생 부인 한 사람만 바라보며 살 수 없는 사람도 있는 법이니까요."

노나카 : (조금 놀란 듯이) "뭔가 심오한 깨달음을 얻으신

듯한 말을 하는군요.”

　히로미 : (웃으며) “미안해요. 잘난 척해서.”

　노나카 : “아니. 괜찮습니다. 그럼, 다른 남자로 하여금 부인을 폭행하게 한 이런 남자의 방식도 사랑하는 방식이라고 생각합니까?”

　히로미 : (먼 곳을 바라보는 눈으로) “모르기는 하지만…… 사랑도 했을 거예요.”

　노나카 : (납득할 수 없다는 듯) “그럴까요?”

　히로미 : “내 남편이었는걸요.”

　노나카 : (넋 나간 표정으로 히로미를 본다)

　히로미 : “내가 그 폭행당한 아내예요.”

　여종업원이 노나카에게 물을 가지고 온다.

　종업원 : “주문하시겠습니까?”

　노나카, 전혀 귀에 들리지도 않는다.

　히로미 : (종업원에게) “커피 주세요.”

　종업원 : (묘한 얼굴로) “예.” (하고 가버린다)

　노나카 : (그제야 정신을 차리고) “그게…… 정말입니까?”

　히로미 : “지금은 이혼했지만 전에는 야마지 히로미였어요.”

　노나카 : “그건 미처 몰랐습니다…… 내가 쓸데없는 소리를 했군요.”

히로미 : "괜찮아요. 이미 끝난 일이고. …… 그럼 난 먼저……."
자리에서 일어나 카페를 나온다.

○카페 바깥(낮)
히로미, 나와서 걸음을 옮기자 즉시 노나카가 쫓아나온다.
노나카 : "잠깐!"
히로미 : (깜짝 놀라) "어머, 무슨 일이에요?"
노나카 : "아니…… 무슨…… 일은 없지만."
히로미 : "커피 주문해놓았어요."
노나카 : "아, 별로 마시고 싶지 않아요."
히로미 : "그래요."
노나카 : "저기…… 있잖아요……." (주위를 둘러보며) "커피라도 한잔 할래요?"
히로미, 웃음을 터뜨린다. 노나카도 뒤늦게 깨닫고 같이 웃음을 터뜨린다.
히로미 : "고마워요. 하지만 들어가봐야 해요. 곧 한 시가 되잖아요."
노나카 : "아, 그런가. 그럼 내일 낮에."
히로미 : "내일은 토요일이잖아요."
노나카 : "그럼 모레."

히로미 : "일요일인데요."

노나카 : "그럼 그다음 날."

히로미 : (웃으면서) "…… 그래요. 알았어요."

노나카 : "약속…… 한 겁니다!"

노나카, 신이 나서 앞서 가버린다. 히로미는 그 뒷모습을 바라보다가 풋, 하고 웃음을 터뜨린다. 그리고 뭔가 생각에 잠긴 듯한 미소. 그 스톱 모션에 겹쳐서 엔드 마크.

"이러면 됐지."

고지가 말했다.

"어딘지 애매하네."

"마지막 장면은 너무 확실하게 말하지 않는 게 더 나아."

"그래? 두 사람이 같이 자는 장면을 넣으면 어떨까?"

"그건 좀 지나쳐!"

"그래?"

"그렇다니까."

히토미는 약간 불만스러운 듯했지만 이내 얼굴을 빛냈다.

"맞아. 그렇다면 우리가 대신……."

"뭐?"

"이 두 사람이 되었다는 심정으로. …… 어때? 괜찮지?"

히토미는 넋이 나가 있는 고지 앞에서 옷을 벗기 시작했다.

"어, 어이! 괜찮아? 컨디션도 나쁘다면서……."

"지금은 나쁘지 않아."

히토미는 알몸으로 서서 "살며시, 부드럽게 해줘……." 하며 안겨왔다.

뭐야! 이렇게 되면 도로아미타불이잖아.

히토미를 안으면서 고지는 생각했다.

5

(가게야마 도시야의 원고―계속)

― 지난번에는 재미있는 이야기를 해주셔서 감사합니다.

"아니, 뭐. 이봐, 이건 일이라고 일. …… 지난번 고료는? 입금했겠지?"

― 예. 주말 전에 들어갔을 겁니다.

"그래. 하지만 은행에서 통지가 없었다고. 망할 녀석들!"

― 그건 은행에 말씀하십시오.

"도대체가 요즘 은행이라는 건 돈을 맡기고도 티슈 한 봉

지가 다야. 인출할 때는 그나마도 주지 않아! 돈을 넣는 것
도 꺼내는 것도 자기 은행을 이용해준다는 면에서는 똑같은
데 말이야! 티슈 한 봉지 갖고 쩨쩨하게! 돈을 긁어모으는
주제에 말이야!"

— 저기요, 지난달 이야기의 속편을…….

"흐음. 어디까지 이야기했더라?"

— 비행기 사고로 죽은 걸로 보이도록 해놓고, 부인을 죽
이는 데 성공했는데, 그러나…… 하는 데까지 했습니다.

"맞아. 실제로는 노다 쓰네코라는 아내의 친구가 비행기를
탔었지. 아내의 이름으로 말이야."

— 예. 그래서요?

"한동안은 아무 일도 없었지. 나랑 나쓰코는 1년만 기다
리면 될 거라는 생각으로 기대에 부풀어 있었지."

— 마음이 젊으십니다.

"바보 같은 소리 하지 말게. 이래 봬도 여자를 상대로 하
면 당신 같은 풋내기들은 상대가 안 될걸. 뭐하면 다음에 언
제 당신 마누라를 빌려줘보라고. 절대로 내가 더 좋다고 말
하게 해주지."

— 이야기를 이상한 방향으로 끌고 가지 마십시오.

"그쪽에서 먼저 쓸데없는 소리를 하니까 그렇지. …… 그

리고 어느 맑게 갠 날의 일이야."

— 나비부인 같습니다.

"웃기지 말게. 우리 집 현관 초인종이 울렸어. 가정부가 외출하고 없어서 하는 수 없이 내가 현관으로 나가봤지. 그랬더니 세상에 맙소사! 놀랍게도 거기 서 있는 사람은……."

— 누구였습니까?

"누구일 것 같은가?"

— 무슨 그런, 듣는 사람 감질나게 하지 마십시오. 레코드 대상이나 영화제 시상식도 아니고.

"자꾸 쓸데없이 끼어들어놓고! 놀라지 마시라! 거기 서 있는 사람은 노다 쓰네코였다고."

— 누구라고요? 노다 쓰네코라면…… 죽은 거 아니었습니까?

"그러니까 깜짝 놀랄 일이지. 유령도 아니고…… 다리가 있었거든. 그리고 자못 정중하게 마누라가 죽은 데 대한 위로의 말을 꺼내는 거야. 나는 어쩔 수 없이 그녀를 안으로 들였지."

— 어떻게 살아난 겁니까?

"음. 그러니까 이런 거야. 노다 쓰네코는 문제의 비행기에 타기 전에 화장실에 가고 싶어졌어. 아무래도 처음 하는 비행기 여행이라 긴장했던 모양이야."

— 아, 그렇군요.

"하지만 화장실에 가 있는 동안 탑승 시간이 늦어질지도 모르잖아. 난감해 있는데 마침 다음 비행기에 탈 예정인 여자가 있었어. 그 전에 로비에서 바로 옆에 앉아 이야기를 했던 모양이야. 그래서 그 여자는 가능하면 빠른 비행기를 타고 싶어 했지. 꽤 급한 볼일이 있었던 모양이야."

— 그럼 거기서 다시 승객 바꿔치기가?

"맞아. 두 사람은 마침 잘됐다며 서로의 탑승 편을 바꿨던 거야. 덕분에 노다 쓰네코는 목숨을 건졌던 거야."

— 그 바꿔치기를 해준 여자는?

"그건 몰라. 그 여자도 주위에 친인척이 거의 없는 사람이었는지도 모르지. 결국 이 바꿔치기는 아무도 모르고 끝이 난 거야."

— 하지만 어째서 노다 쓰네코라는 사람은 바로 신고를 하지 않았습니까?

"바로 그거야. 노다 쓰네코라는 이 여자가 아주 황당한 인물이었던 거야."

— 무슨 말씀이신지?

"내가 마누라를 죽였다는 것을 알고 있었어. 게다가 자못 부드러운 미소와 함께 그걸 빈정거리는 거야. 나는 머리끝까지 화가 나서 물어봤지. '뭘 원하지? 돈인가?' 하고."

— 그래, 뭐라고 대답했습니까?

"돈 같은 건 필요 없다는 거야. 이 비밀은 지켜주겠다. 그 대신……."

— 그 대신 무엇을?

"내 아내로 삼아달라는 거야."

— 그거 참 대단하네요!

"누가 아니래! 난 말도 안 된다며 소리를 질렀지. 하지만 상대는 전혀 아랑곳도 하지 않았어. 그럼 경찰에 가서 신고하면 그만이라며 나를 놀라게 했어. 이제 와서 경찰에 가면 왜 지금까지 입 다물고 있었는지 심문당할 거라고 을렀더니 그것도 전혀 먹혀들지 않았어. 무조건 자기 말대로 하지 않으면 각오하라며…… 고집이 황소야."

— 그래서 결국 어떻게 하신 겁니까? 죽였습니까?

"솔직히 말해 그 생각도 했지. 어쨌거나 상대는 나이 지긋한 여자야. 목을 졸라 죽이는 것 정도는 일도 아니지. 하지만 여자는 거기까지 다 생각해났더군. 내가 아무 말도 못하고 있으니까, '나를 죽이면, 이 사건의 진상을 적은 편지가 어떤 변호사 사무실에 보관되어 있는데 그걸 개봉하게 되어 있어요.’ 이러는 거야.”

─ 위협하기 위한 말이 아닐까요?

“나도 그렇게 생각했는데 상대 역시 내가 그렇게 나올 줄 알고 있더군. 변호사 사무실의 보관증까지 꺼내 보여줬어.”

─ 용의주도하군요.

“그러게 말이야. 나는 꼼짝도 못하는 신세가 되었지. 어떻게든 돈으로 매듭을 지으려고 했지만 도저히 응하질 않는 거야. …… 무조건 내 아내가 되면 그걸로 족하다는 거야. 내가 젊은 여자와 내연 관계에 있는 것도 다 알고 있었고 그 여자는 만나고 싶을 때 만나도 상관없다는 거야. 아무튼 잠시 생각할 틈을 달라고 내가 말했지. 노다 쓰네코는 흔쾌하게 알았다며 돌아갔어.”

─ 그래서, 어떻게 손을 쓰신 겁니까?

“즉시 나쓰코와 의논했지. 뭔가 좋은 방법은 없을까, 하고 말이야.”

─ 뭔가 좋은 방법이라도?

“없어. 결국 노다 쓰네코가 시키는 대로 하는 수밖에 없다는 결론이 나왔어.”

─ 그렇다면…….

“맞아. 현재 내 아내는 쓰네코. 같은 집에 사는 내연의 아내가 나쓰코야."

― 뭡니까? 결국 그런 거였습니까?

"뭐, 쓰네코가 일찍 죽어주면 다행인데. 하지만 어쩔 수 없지. 그런대로 잘 해나가고 있다고."

― 그렇다면 부인은 죽였지만 같은 나이의 후처를 맞이한 처지가 된 거군요.

"맞아. 여자는 정말 강해. 남자는 고작 그런 여자의 치마폭에 휘둘릴 뿐이지."

― 왜 노다 쓰네코는 그렇게 결혼을 하고 싶었답니까?

"여자는 어느 정도 나이가 되면 안정감을 느낄 수 있는 가정이 갖고 싶어지는 모양이야. 그 여자도 그랬을 거야. 우연히 절호의 기회가 찾아왔으니 이용했던 거지. 뭐 그 점은 나도 마찬가지였지만."

― 뭐 그렇게 으스댈 일도 아닌 것 같습니다만.

"그래. 맞아. …… 이 친구가! 무슨 소리 하는 거야?"

― 실례했습니다. 아무튼 이야기 감사합니다.

"사례는 틀림없이 입금하도록."

― 예. 그러지요. 하지만 이번에는 분량이 지난번의 절반 정도밖에 되지 않으니 사례도 절반으로…….

"어이! 너무하잖아! 그럼 지금부터 다시 이야기해주지. 도대체가 이런 인터뷰는 사례금이 너무 적어. 게다가 세금도 빠지고……."

― 그럼 저는 이만…….

"잠깐! 이야기가 아직 끝나지 않았다고! 내 성장배경부터 이야기해주지. 나는……."

― 인터뷰, 끝.

6

"짧아서 미안." 가게야마는 머리를 긁적였다. "어쨌거나 어수선한 상황이 벌어져서 말이지."

"나보다는 낫지." 하고 말한 사람은 가가와였다. "나는 한 장도 쓰지 못했어.

"어디 갔었나?" 니시모토가 물었다.

"온천에 잠깐."

"부럽네요. …… 우리 집에는 이제 아이가 태어나 당분간 나올 수도 없을 것 같은데." 하고 난감한 듯, 기쁜 듯한 얼굴로 말하는 사람은 물론 고지다.

네 사람은 작업실이 있는 주상복합 건물 1층 커피숍에 모여 있었다.

한참 동안 이 네 사람은 원고를 테이블에 쌓아놓고 말없이 앉아만 있었다. 이윽고 니시모토는 크게 한숨을 쉬면서 말했다.

"아무래도 이 테마는 무리였던 것 같아."

"그러게 말이야." 가게야마가 고개를 끄덕이면서 "〈마누라를 죽이는 법〉이어야 하는데 실제로 죽인 사람은 나밖에 없잖아."

"정말입니다." 고지가 킥킥 웃으며 "니시모토 씨는 어느 쪽이 살해당할지 알 수 없고, 나는 남편이 죽임을 당할 지경에 있고. 하지만 가게야마 씨의 원고도 결국은 여성이 더 강하다는 이야기로 끝나지 않았습니까?"

"뭐, 듣고 보니 그렇군." 가게야마는 방금 발표한 자신의 원고를 들고 이리저리 넘기면서 "마누라를 죽이는 일은 무리야. 아무리 창작이라도 지금은 쓰고 싶지 않은 심정이야." 하고 말했다.

"알아. …… 하지만 정말 다행이야. 부인이랑 딸 말이야."

니시모토가 말했다. 가게야마가 미소를 지으며 대답한다.

"고마워. 이번 기회에 아예 신이라는 걸 믿고 싶어졌어. 마누라 목소리를 들은 순간에 말이지. 평소에는 성가시다는 생각밖에 들지 않았는데.”

고지는 힐끗 가가와 쪽으로 눈길을 돌렸다. 뭔가 말하지 않을까 생각했던 것이다. 어떤 상황에서나 빈정거리는 게 특기니까. …… 그러나 가가와는 아무 말도 하지 않았다.

“가가와 씨, 오늘은 무척 얌전하시네요.” 하고 고지가 말했다. 아무래도 평소와는 태도가 다르다는 생각이 들었던 것이다.

“그래?” 가가와는 피식 웃으며 “…… 아무튼 여기 있는 네 사람은 하나같이 못 말리는 애처가라서 아내를 죽이는 이야기 같은 건 쓸 수가 없다는 거지.”

“세 사람 아닌가? 자네를 빼고.” 니시모토가 정정한다.

가가와는 커피를 한 모금 마시고 나서 말했다.

“음. 말해야 할 걸 깜빡 잊고 있었는데 난 결혼한 몸이야. 딸도 있어. 아직 아기지만.”

다른 세 사람은 잠시 어리둥절한 얼굴로 보고 있었다.

“전혀 몰랐는걸! 축하하네.” 제일 먼저 말한 사람은 니시모토였다. “그럼 혹시 그 ‘여동생’이라는 사람이…….”

“맞아. 마누라야. 료코라고 하지. 딸은 ‘詩’라고 쓰고 우타코라고 읽어…….”

“가가와다운 이름이군.”

"왜 아무 말도 하지 않았지?" 가게야마가 물었다.

"그냥 어쩌다 보니까. 말을 꺼낼 타이밍을 잡지 못해서."

"그 마음 알아." 하고 니시모토가 고개를 끄덕인다. "무슨 일이든 계기가 없으면 말을 꺼내기가 어려운 법이지."

"그래서 뒤늦긴 했지만 아이가 딸린 결혼식을 할까 하는데." 가가와는 얼굴이 약간 붉어졌다. "괜찮으면 다들 와줬으면 해."

"당연하잖아. 가고말고!"

"기대되는군."

"실컷 놀려줘야지!"

네 사람은 웃었다. 어딘가 모르게 지금까지 없었던 친밀감이 생기는 것도 같았다.

"저기…… 가게야마 씨가 누구신지?"

"나요."

"아, 이걸……." 하며 하얀 봉투를 내민다.

"뭐야? 보너스라도 들어 있는가 보군."

"오늘 아침 어떤 여자 분이 오셔서 가게야마 씨에게 전해 달라며……."

"알았어. 고마워." 가게야마는 봉투를 열었다.

"종업원이 바뀌었군." 하고 니시모토가 말했다.

“그러게요. 전에 있던 아이는 제법 재미있는 여자였는
데…….” 하고 고지도 고개를 끄덕인다. 가게야마는 꺼낸 편
지를 펼쳤다. 후유코의 글씨다.

　헤어져요. 당신은 부인과 딸을 소중하게 여기세요. 나는
괜찮아요. 한 번이라도 좋으니 서로 사랑하는 두 사람을 위
해 말없이 모습을 감추는 멋진 역할을 하고 싶었어요. 내가
언젠가 이야기한 ‘몇 년 후……’라는 마지막 장면처럼 만날
기회가 있을지 모릅니다. 나를 찾으려고 하지 말아요. 아파
트는 처분했고 이사한 주소도 가르쳐주지 않을 거예요. 회
사도 어제 퇴직했습니다. 당신은 매우 좋은 사람. 좋은 사
람은 연인으로는 적당치 않은 것 같아요. 그럼 행복하시길.
안녕.

— 후유코

가게야마는 천천히 편지를 접어 봉투에 다시 넣었다. 가슴
이 아팠다. 그러나 안도한 것도 사실이다. 그럴 일은 없다고
잘라 말했지만 역시 후유코가 옳았다. 안도하고 있다. 그런
스스로에게 화가 났다. 그러나…… 어떻게 할 수도 없다.
　이것이 가장 좋은 방법이다.

"그럼 새로운 장편 구상을 짜야겠군." 니시모토가 말했다.
"뭐가 좋을지 의견을 말해봐."

가가와는 마음이 가벼워져서 그런지 몸까지 가벼워진 듯한 느낌이었다. 가벼워졌다기보다는 밖으로부터의 압박감이 사라졌다고 해야 할까.

뭔가가 변했다. 아니, 모든 것이 변했는지도 모른다. 그 온천에서의 사건에서부터……

료코는 우타코가 깊이 잠든 것을 확인하고 나서 살며시 자리를 빠져나왔다. 여관의 목욕가운 차림으로 타월을 들고 조용히 방을 나온다. 긴 복도가 좌우로 뻗어 있어서 잠시 망설였지만 즉시 '대욕장'의 화살표를 발견했다.

서둘러 걸어가는데 요란한 웃음소리와 때로는 엇박자의 노랫소리까지 방에서 들려온다.

계단을 내려가 좁고 꼬불꼬불한 통로를 지나 대욕장 입구에 도착했다. 그 옆에 게임방이 있었다. 무심코 그쪽으로 고개를 돌려보니 남편과 그 여자가 있었다.

료코는 얼른 오던 길을 조금 뒷걸음쳐서 몸을 숨겼다. 남편과 그 여자는 무슨 이야기를 했는지 환하게 웃으면서 게임방에서 나와 대욕장 입구까지 와서 '남탕' '여탕'으로 갈라져

모습을 감췄다.

료코는 호흡을 가다듬고 '여탕' 쪽으로 들어갔다.

탈의실로 들어가니 그 여자가 막 옷을 다 벗고 알몸으로 서 있었다. 료코는 잠깐 그 날씬하고 유연한 몸매를 바라보았다. 분명 아름답고 매력적이었다. 생김새도 약간 도도한 인상이 매력적이었다.

이 여자가…… 그의 애인인가. 그 생각을 해도 금방은 질투의 불꽃이 타오르지 않았다. 그것을 현실로 눈앞에 했다는 사실을 아직은 믿을 수 없는 것 같았다.

그 여자는 우윳빛 유리문을 열고 안으로 들어갔다. 유리 너머로 알몸 실루엣이 움직였다. 료코도 가까이에 있는 바구니를 들고 가운을 벗었다. 그 밖에도 먼저 들어간 손님이 한 명 더 있는 것 같았다. 빨리 나와주면 좋을 텐데.

안으로 들어가니 김이 뿌옇게 서려 있고 그 안쪽 욕조에는 조금 전의 여자가 편안하게 몸을 담그고 있는 모습이 보였다.

또 한 명은 중년의 뚱뚱한 여자인데 머리를 감고 있었다. 료코는 어깨에서부터 물을 한 번 끼얹고 나서 탕 안으로 들어가 몸을 담갔다. 그다지 넓지도 않은 욕조지만 그 여자와는 반대쪽 끝에 들어갔기 때문에 상대의 표정은 잘 보이지 않았다.

남편의 애인과 같은 물속에 들어와 있는 것이다! 그가 알면 놀라 자빠질 것이다. 여자가 탕에서 나가 몸을 씻기 시작했다. 가볍게 콧노래를 부르며 부지런히 몸을 씻고 있었다.

여기서 나가면 그에게 안기려는 것이다. 저 몸이 그의 품속에서 몸부림을 칠 것이다. 료코의 내면에 격렬한 적개심이 치밀었다.

중년 여자가 드디어 나갔다. 이제 료코와 그 여자만 여탕에 남아 있었다.

료코도 탕을 나와 몸을 씻는 수도꼭지 앞에 거울을 마주하고 앉았지만 그냥 수건을 물에 담그고 있기만 할 뿐 몸을 씻지는 않는다. 절반쯤 등을 향한 자세로, 앉아 있는 여자쪽만 계속 바라보고 있었다.

여자가 다시 한 번 탕으로 들어가려고 했다. 료코는 재빨리 일어나 맞은편을 향해 탕으로 들어가려는 여자에게 달려들었다. 머리를 양손으로 물속에 처넣었다. 동시에 여자의 등에 올라타듯이 해서 밀어넣었다. 여자가 몸부림을 쳤다. 엄청난 힘이었다. 몸이 뒤집어질 뻔했지만 간신히 두 발을 욕조 바닥에 대고 버티며 힘을 가했다. 휘젓는 손이 물을 튕겨 료코의 얼굴에 뿌려졌다. 그러나 료코는 힘을 늦추지 않았다. 요란한 물거품이 생겼다가 사라진다. 조금만 더! 죽어라! 너 같은 건 죽어야 해! 죽어!

갑자기 누군가가 등 뒤에서 료코를 껴안았고 균형을 잃은 료코는 탕 안으로 쓰러졌다.

그 뒤로는 뭐가 어떻게 되었는지 모른다. 욕조의 물을 마시고 사레가 들었다. 그 여자가 달려들어 머리카락을 다 뽑아버릴 것처럼 잡아당겼다. 누군가에게 따귀를 맞았지만 그것도 그 여자였는지 아닌지도…….

30분 정도 지나 료코는 우타코가 자고 있는 그 옆에 앉아 있었다. 눈앞에는 남편이 앉아 있다. 그리고 그 여자도 그 옆에 앉아 있었다.

"부인이 있었다니……." 하고 그 여자가 입을 열었다. "난 전혀 몰랐어요."

나는 늘 존재하지 않아. 그림자야. 투명인간이야. 그렇게 생각하니 갑자기 팽팽하게 당기고 있던 뭔가가 소리를 내며 끊어졌다. 료코는 울음을 터뜨렸다. 그 소리에 우타코가 잠에서 깨 울기 시작했다. 료코는 눈물을 닦고 우타코를 안아 들었다.

"당신은 비겁해!" 여자는 가가와를 향해 말했다. "버젓이 부인과 아이도 있는데 부끄럽지도 않아! 시인이니까 바람기 정도는 있어도 된다고 생각해? 당신 부인처럼 나를 죽이려고 달려들 정도의 정열조차 당신은 없잖아! 당신은 엉터리 시인이야! 시인인 양 행세를 하고 다닐 뿐이야!"

료코는 놀라 입을 다물지 못했다. 여자가 자신을 두둔해주고 있었던 것이다. 여자는 분노에 못 이겨 벌떡 일어서더니 방을 나갔다. 남편도 그 뒤를 쫓듯 나가버렸다.

료코는 겨우 울음을 그친 우타코를 다시 재우고 자기도 그 옆에 누웠다. 그리고 어느새 잠이 들어버렸다…….

잠이 깬 것은 새벽이 다 되어서였다. 일어나니 눈앞에 가가와가 앉아 있다.

"일어났어?"

"예……. 나도 모르게 잠이 들었네. 그 사람은?"

"갔어."

료코는 고개를 폭 숙였다.

"미안해요. 내가 엄청난 짓을 했어요."

가가와는 말없이 일어나 창으로 가서 커튼을 열었다.

"날씨가 좋을 것 같군."

"그렇네요."

"여기까지 왔으니까 구경이나 좀 하다가 돌아갈까?"

료코는 남편을 바라보았다. 그 멋쩍은 듯한 미소. …… 료코의 가슴이 뜨거워졌다.

“뭐 좀 없어?” 니시모토가 말했다. “새로운 장편 테마. 가가와, 어때?”

“글쎄.”

가가와는 잠시 생각하다가 “시인이 되다 만 시인 이야기는 어떨까?” 하고 말했다.

“작가가 되다 만 기자 이야기는?” 하고 가게야마가 말했다.

“부자가 되다 만 작가 이야기.” 하는 고지.

니시모토는 웃으며, “다들 뭔가를 사무치게 깨달은 것 같군.”

“이런 건 어떨까?” 하고 고지가 말했다. “마누라를 죽이는 이야기를 쓰다 만 작가들에 대한 이야기?”

“지나치게 당연한 경향이 있는데.” 니시모토는 진지한 얼굴로 말했다.

“알코올이 들어가면 나올지도 모르지.” 가게야마가 말했다.

“이런 젠장. 그럼 오늘은 숙제로 남겨둘까. 어떻게 할 거야? 한잔 하러 갈까?”

“나도 한잔쯤은.” 하고 고지가 나섰다. “오랜 시간은 같이 할 수 없겠지만.”

“알고 있어.” 니시모토가 빙긋 웃으며 언제나처럼 “가가와는?” 하고 물었다.

가가와는 잠시 뜸을 들이고 나서 “같이 가볼까.” 하고 대답했다.

다른 세 사람은 어리둥절한 얼굴로 서로를 마주 보다가.

“그럼 좋아. 가자고!”

“누가 많이 마시는지 나랑 내기하자고.” 하고 저마다 한마디씩 하고 시끌벅적 커피숍을 나왔다.

“여보세요. 아, 노부코? 나야.” 니시모토는 역에서 전화를 걸었다.

“지금이 몇 신데 전화질이야!” 투덜거리는 목소리가 들렸다. “자고 있었단 말이야!”

“그랬어? 미안. 잠깐 다 같이 아이디어 회의를 하느라고…….”

“알코올도 들어갔겠지.”

“그런데 비가 오고 있어. 우산 좀 갖고 나와주지 않겠어?”

“뭐라고?”

노부코의 째질 듯한 목소리가 귀를 찔렀다. “지금 잠옷 차림이라고. 말도 안 되는 소리 하지 마. 감기라도 걸리면 책임질 거야?”

“하지만…….”

“택시 타고 와.”

“지금 택시 기다리는 줄이 길어.”

“그럼 뛰어오던가. 운동부족도 해소할 겸.”

전화는 끊어졌다. 니시모토는 한숨을 쉬며 수화기를 올려놓았다. 전화 앞에도 행렬이 생겨 있어서 니시모토 다음에는 젊은 샐러리맨이었다. 옆에 서서 어떻게 된 건지 하늘을 쳐다보고 있다가

“여보세요, 나야. …… 응. 지금 도착했는데. …… 그래? 미안해. 그럼 기다릴게.” 하고 감겨드는 목소리로 이야기하는 소리가 들린다. 니시모토는 저 친구 분명 신혼이군 하고 생각했다. 10년만 더 지나봐라. 귀찮은 목소리로, “뛰어와!” 하고 끊어버릴 거다.

니시모토는 어깨를 움츠리며 빠른 걸음으로 집을 향해 걸었다. 다행히 빗줄기가 조금 잦아들고 있었다.

“도대체가 이 여편네는…….” 하고 투덜거리면서 니시모토는 그러면서도 어딘가 모르게 안도감을 느끼고 있었다. 노부코가 갑자기 상냥하게 나오면 아무래도 기분이 으스스할 것 같다.

뭐, 이런 상태가 좋은 건지도 몰라, 하고 니시모토는 생각했다. 아무 불만도 없는 인생이란 살맛도 나지 않을지 몰

라……. 이런 걸 두고 억지를 부린다고 하나.

니시모토는 걸음을 서두르면서 묘하게 웃고 싶은 기분이
었다.

"괜찮아?"

고지는 창백한 얼굴로 소파에 누워 있는 히토미에게 물었다.

"응……. 많이 편해졌어요."

"일찍 들어오길 잘했군."

히토미는 조금 웃고 나서 말했다. "괜찮아. 가만히 있으면
좋아질 거야."

"뭔가……신 과일이라도 먹을래?"

"신 것이든 단 것이든 별로. 먹을 수 있을 때는 먹을 테니
까 걱정하지 말아요."

"그래?"

"…… 저기."

"뭐?"

"기뻐? 아이가 생기는 거……."

고지는 잠시 생각에 잠겼다.

"아무래도 실감이 나질 않아서."

"그렇구나. 나도 그런데. 하지만 여러 가지 준비를 해놓아

야 할 거야. 12월은 금방이겠지."

그거야 뭐 크게 중요한 일이 아닐 거야, 하고 고지는 생각했다. 어차피 언젠가 생길 거라면 지금이라도 나쁘지 않다. 아이가 있으면 히토미도 거기 매달려 전처럼 그를 들볶지 않을지도 모른다.

"그런데, 그 소설 어떻게 됐어?"

"응? 아, 그건 결국 그만뒀어."

"어머, 왜? 시시하게."

"어쩔 수 없지 뭐."

"그럼 원고는?"

"받아 왔어. 당신한테 선물할게."

"고맙기도 해라." 히토미는 고지에게 가볍게 키스했다.

이번에는 마누라가 임신한 남편들의 이야기라도 쓸까, 하고 고지는 생각했다. 좋아하는 사람, 걱정하는 사람, 아내의 감시가 느슨해진 틈을 이용해 바람을 피우고 싶어 하는 사람……. 여러 가지가 있을 것이다.

고지의 머릿속에서 어느새 스토리가 전개되기 시작했다.

역시 아파트는 비어 있었다.

믿지 않은 건 아니지만 자기도 모르게 와버렸다. 가게야마

는 문 앞에서 한동안 서 있다가 몸을 빙글 돌려 걷기 시작
했다.

후유코의 마음은 얼마든지 이해할 수 있었다. 자신이 결
국 처자식과 헤어질 수 없다는 것도. 그런데도 이렇게 미련
이 남아 아파트를 찾아오는 걸 보면…… 남자란 어쩔 수 없
는 동물이다.

가게야마는 택시를 잡아타고 집으로 곧장 가자고 하려다
가 생각을 바꾸고 도중에 쇼핑가를 지나가달라고 말했다. 늦
게까지 열려 있는 커피숍이 있고 그 집에서 파는 맛있는 케
이크가 있다. 도시코에게 사다주려는 생각이었다.

가가와는 늘 가는 커피숍에서 집으로 전화를 걸었다.
"응. 30분 정도면 도착할 거야."
"예. 알았어요."
수화기 너머로 료코가 어리둥절해 있는 것을 알 수 있다.
가가와가 귀가 도중에 전화를 한 적이 없었으니까.
"저기…… 저녁은?"
"술만 조금 마셨더니 배가 고파. 준비 좀 해줘."
"알았어요."
료코가 반갑게 말했다. …… 희한한 일이다. 여자는 그런

게 왜 반가울까.

가가와는 자리로 돌아왔다. 커피숍에는 주방장 혼자만 있고 젊은 부인의 모습이 보이지 않는다. 달리 손님도 없어서 가가와는 말을 붙여보았다.

"부인은 어쩐 일로 보이질 않는군요."

"어쩐 일이고 뭐고……." 주방장은 씁쓸한 표정으로 내뱉듯이 말했다.

"젊은 남자랑 도망갔습니다. 그것도 가게 돈을 모조리 들고! 도무지 울려고 해도 울 수도 없어요. 여자는 믿을 게 못 된다니까."

가가와는 자기도 모르게 웃음이 나올 것 같아 지배인이 눈치채지 못하도록 얼굴을 돌렸다. 이곳 부부의 "감사합니다!" 하는 목소리에 아름다운 조화와 시를 느낀 게 바로 얼마 전 아니었던가. 여자란 믿을 게 못 된다고? 시인의 감도 별로 믿을 게 못 되는군.

커피숍을 나온 가가와는 천천히 집을 향해 걸었다.

몇 년 후.

"공원을 가로질러 갈까?" 하고 가게야마가 말했다. "날씨도 좋고 조금 걷는 것도 나쁘지 않아."

"히비야 공원은 공원도 아니에요." 하고 도시코가 말했다. 벌써 고등학생이 되었고 늘씬한 키다리 아가씨였다. 제 엄마의 키를 진작 추월했다.

"일본에서는 여기도 공원이야." 하고 가즈요가 말했다. "파리에서도 공원에 사람들이 많았어."

"하지만 이런 분위기는 아니었어." 하더니 쇼핑센터와 별로 다르지 않은 혼잡에 얼굴을 찡그리면서 도시코가 다시 입을 열었다.

"아아, 유럽에 또 가고 싶어. 그치, 엄마?"

"그래. 다시 한 번 갈 때가 됐지."

"이봐, 무슨 소리야." 가게야마는 얼굴을 찡그리며 "그런 생각은 이제 그만해."

"괜찮아요. 한번 그런 일을 당한 사람인데 뭘. 설마 또 그런 일이 있을라고."

"알 게 뭐야?"

"좋잖아. 아빠. 제발 가게 해줘요."

도시코가 팔을 잡고 조르면 가게야마의 마음도 약해진다.

"좀…… 생각해볼게."

고작 저항한다는 게 이 정도다. 이 말이 OK 대답과 진배없다는 것을 아는 도시코는 "와아! 신난다!" 하고 펄쩍 뛰며 좋아했다. "이번에는 북유럽에도 가고 싶어. 햄릿 성에도 가고 싶고. 거기 서서 '죽느냐, 사느냐, 그것이 문제로다.' 이런 것도 해보고 싶어."

가게야마가 쓴웃음을 지었다.

맑게 갠 따뜻한 날씨였다. 마침 점심시간인지 히비야 공원은 남녀 직장인들로 북적거렸다.

니시코지 도시카즈의 작업도 궤도에 올라 이제는 샐러리맨으로 되돌아가는 일은 없을 것 같았다. 가게야마도 최근

에는 살이 좀 붙어서 '선생님' 소리가 어울리는 연륜이 보이
네요, 하고 도시코에게 놀림을 당하곤 한다.

평온한 나날이었다.

가게야마는 저쪽에서 걸어오는 여성에게 문득 눈길이 멎
었다. 어디선가 본 얼굴 같았다.

그렇다. 후유코였다. 틀림없이 후유코다. 어딘가 차분한 느
낌을 주는 분위기였다. 그러고 보니 어느새 33살이 되어 있
을 것이다.

가게야마는 어린 계집아이의 손을 잡고 걷는 후유코의 모
습을 보고 깜짝 놀랐다. 세 살 정도는 되었을 것 같은 그 아
이는 후유코의 손을 잡고 뒤뚱거리지도 않고 걸어가고 있다.
아무리 봐도 엄마와 딸의 그림이었다.

혹시 그때 아이를 낳았다면 저 정도 나이일 것이다.

후유코 쪽에서도 가게야마를 알아보았다. 잠깐 발길을 멈
췄지만 얼른 다시 걸음을 재촉한다.

"열차로 유럽을 횡단하고 싶어." 도시코는 계속 떠들어대고
있었다.

후유코는 곁을 스치고 지나갔다. 그 순간 가게야마의 눈에
는 후유코가 짐짓 시선을 피하는 것처럼 보였다.

"응! 아빠. 이번 봄방학 때 가도 돼?" 도시코가 물었다.

"응……? 그래. 알았어."

"와아! 땡큐!" 도시코가 폴짝폴짝 뛰면서 좋아한다.

"뭐하는 거야. 보기 흉하잖아." 하고 가즈요가 쓴웃음을 지었다.

가게야마는 돌아보지 않았다. 후유코도 분명 돌아보지 않았을 거라고 가게야마는 생각했다.

누군들 그만한 곡절 하나쯤은 있으리

'마누라(혹은 남편)가 죽었으면……'

딱히 본심은 아니더라도 많은 기혼자들이 한 번쯤은 이런 생각이 뇌리를 스쳐간 적이 있지 않을까? 물론 결혼 전과 다름없이 둘이 좋아 죽겠다는 부부도 있다. 과연 얼마나 될까 하는 것이 아카가와 지로의 생각이고 그 생각이 이 작품을 구상하는 동기가 되지 않았을까.

우리나라에서 상영된 영화 제목 〈마누라 죽이기〉의 그럴듯한 변신인 것처럼 보이는 『악처에게 바치는 레퀴엠』.

작가가 건드리는 남자들의, 아니 남편들의 심층심리에 넌지시 공감 혹은 공분해보자.

전직 회사원인 소설가 니시모토 야스지와 대인관계가 젬병인 시인 가가와 가즈오, 시나리오 작가 고지 다케오, 전직 기자 출신 가게야마 도시야. 이렇게 네 사람이 모여 필명 '니시코지 도시카즈'로 작품을 발표하는 작가군단을 이룬다. 이처럼 복수의 멤버가 팀워크를 이루며 하나의 필명으로 작품을 발표하는 체제가 가능한지 여부는 논외로 제쳐두기로 한다.

이들 네 사람은 각기 이야기가 될 만한 아이디어를 제시하고 이를 토대로, 문장 손질, 취재 등 전직을 살려 하나의 작품으로 완성시켜 발표하면서 경제적으로도 안정을 얻었고 지명도도 제법 높아졌다.

이 작가군단이 이번에는 '마누라 죽이기'에 대한 이야기를 만들어보기로 한다.

유부남인 네 명의 멤버가, 각자 양상은 다르지만 결혼 전과는 달리 그악스러워졌거나 혹은 그 반대이거나 아무튼 감당하기 버거워진 아내들 때문에 아무도 모르게 답답해하는 사정을 갖고 있다. 양념처럼 은밀한 관계의 애인이 있기도 하고⋯⋯.

"아내를 죽일까?"

아침부터 아내에게 한바탕 닦달을 당하고 나온 니시모토

가 불쑥 내놓는 아이디어에 처음에는 내켜하지 않던 이들은 드디어 아내가 없어지는 상상을 부풀린다.

자식을 낳아보지 못한 아내의 아킬레스건인 조카를 이용하여 궁지에 몰아넣을 궁리를 하거나, 국내와 해외를 넘나드는 여행을 좋아하는 아내를 태운 비행기가 추락하는 상상…….

작가 네 사람이 처한 실제 상황과 작품 구상이 교차하면서 뭔가 충격적인 결말을 기대하면서 조마조마하다가 의외의 반전에 다시 한 번 충격!

일단 착한 결말이다.

말랑말랑한 느낌의 추리소설이다.

작품을 거의 다 읽었을 즈음에, 혹시 아카가와 지로라는 이 작가, 복수의 멤버로 이루어진 작가군단을 대표하는 인물이 아닐까 하는 의심이 슬쩍 고개를 쳐든다. 한 사람이 썼다고 보기에는 네 개의 이야기가 갖는 분위기가 너무도 다채롭기 때문이다.

불온한 의심을 부풀리다 보면 1976년 등단한 뒤 30여 년 동안 500편이나 되는 작품을 쏟아냈고 게다가 쓰는 대로 베스트셀러가 되어 대표작이 따로 없는 작가로 분류된 아카가와 지로의 본색이 갈수록 수상해지는 것이다.

그러나 작가의 화려한 경력이 복수의 작가군단이 아닐까 의심하게 만드는 빌미는 되지만 아카가와 지로는 원고지에 직접 글을 쓰는 것으로 유명하다니 오히려 작가의 초인적이라고 할지, 천재적인 면모가 도드라질 뿐.

『에밀 발트 토이펠의 왈츠』『악처에게 바치는 레퀴엠』『삼색 고양이 홈스의 랩소디』.

이처럼 왈츠, 레퀴엠, 랩소디에다 간주곡, 오페라, 바이올린, 지휘자, 무언가 등…… 온갖 음악 관련 단어가 들어가는 책 제목에서 보여주듯 아카가와 지로는 클래식 음악에도 조예가 깊고 오디오에 관해서도 해박하여 그 분야의 책도 썼다. 모든 일에 열정을 주체하기 어려운 사람인 것 같다.

문학평론가 스기에 씨는 이 작품『악처에게 바치는 레퀴엠』에 대해 아낌없이 후한 점수를 내준다. 1980년 발표 당시만 해도 놀랄 정도로 참신한 플롯을 가진 소설이었다. 평론가는 이 소설이 21세기로 접어든 지 여러 해가 지난 지금 다시 읽어봐도 마찬가지로 눈부시게 새로운 소설이라고 했다. 세월의 흐름을 초월하고 있으며 그의 수많은 작품 중에서 열 손가락 안에 꼽을 수 있는 걸작이라고. 만약 당신이

아카가와 작품을 잘 모르는 사람이고 어떤 작품부터 읽을까
망설이고 있다면 주저 없이 권하고 싶은 작품이 바로 『악처
에게 바치는 레퀴엠』이라고.

2010년 5월

오근영

옮긴이_오근영

1958년 서울에서 태어나 일본어 전문번역가로 활동 중이다. 『하룻밤에 읽는 신약성서』 외에 『하룻밤에 읽는 세계사2』『하룻밤에 읽는 숨겨진 세계사』 등 하룻밤 시리즈를 다수 번역하였으며, 그밖에도 『소년 H』『악의 』『아내의 여자 친구』『굽이치는 강가에서』『연애편지의 기술』『세 마리 아저씨』 등의 소설을 번역했다.

악처에게 바치는 레퀴엠

펴낸날	초판 1쇄 2010년 7월 27일

지은이	아카가와 지로
옮긴이	오근영
펴낸이	심만수
펴낸곳	(주)살림출판사
출판등록	1989년 11월 1일 제9-210호

경기도 파주시 교하읍 문발리 파주출판도시 522-1
전화   031)955-1350   팩스   031)955-1355
기획 · 편집   031)955-4695
http://www.sallimbooks.com
book@sallimbooks.com

ISBN   978-89-522-1442-3   03830

※ 값은 뒤표지에 있습니다.
※ 잘못 만들어진 책은 구입하신 서점에서 바꾸어드립니다.

책임편집 박미정